오뉴벨 한류소설

통일가족 통일남북

ONE FAMILY ONE KOREA

광복70주년! 드디어 『통일소설』이 나왔다!

도서
출판 행복에너지

통일가족 통일남북
ONE FAMILY ONE KOREA
오뉴벨 한류소설

초판 1쇄 인쇄 2015년 7월 25일
초판 1쇄 발행 2015년 7월 30일

지 은 이 이은집
발 행 인 권선복
편집주간 김정웅
디 자 인 최새롬
마 케 팅 정희철
전 자 책 신미경
발 행 처 도서출판 행복에너지
출판등록 제315-2011-000035호
주   소 (157-010) 서울특별시 강서구 화곡로 232
전   화 0505-666-5555
팩   스 0303-0799-1560
홈페이지 www.happybook.or.kr
이 메 일 ksbdata@daum.net

값 13,000원
ISBN 979-11-5602-272-5 03810

copyright 이은집. 2015

도서출판 행복에너지는 독자 여러분의 아이디어와 원고 투고를 기다립니다. 책으로 만들기를 원하는 콘텐츠가 있으신 분은 이메일이나 홈페이지를 통해 간단한 기획서와 기획의도, 연락처 등을 보내주십시오. 행복에너지의 문은 언제나 활짝 열려 있습니다.

오뉴벨 한류소설

통일가족 통일남북

ONE FAMILY ONE KOREA

광복70주년! 세계를 향한 〈한류소설〉을 위하여!

2015년은 일제 36년의 암흑에서 벗어나 해방을 맞은 지 70주년이 되는 뜻깊은 해입니다. 그러나 남북이 분단되어 한맺힌 7천만 민족의 70년 고통과 아픔의 역사가 계속되고 있습니다.

바로 이 소설집 〈통일가족 통일남북〉은 이러한 역사적 상황에서 일제의 식민지 역사를 '한일화해'로 풀어내고, 이제 남북분단의 역사는 '통일남북'으로 끝장을 내야 한다는 소명으로 선보이게 된 것입니다.

또한 요즘 우리 나라의 드라마나 가요는 중국과 동남아 그리고 유럽과 아프리카 심지어 남미의 칠레에서까지 한류 열풍을 일으키고 있는 바, 이처럼 지구촌에 불어닥친 한류바람에 저의 한류소설도 함께 하고 싶습니다. 그리하여 저는 좀더 독자와 가까이 SNS식으로 다가가기 위해 소설의 주제와 소재는 물론 구성과 묘사를 독자의 눈높이와 언어감각으로 UCC처럼 리얼하게 파헤쳐, 얼핏 낯설지만 필살감동의 한류소설을 쓰고자 했습니다. 그래서 현재 지구촌을 휩쓰는 우리의 한류 드라마나 K-POP처럼 세계의 독자들에게도 어필하는 〈한류소설〉을 지향하는 바, 그 첫번째 평가를 독자 여러분의 몫으로 돌리고 싶습니다.

끝으로 저의 졸저를 출판해 주신 도서출판 행복에너지의 권선복 대표님과 직원 여러분에게 뜨거운 감사를 드립니다.

2015년 광복절에 작가 **오뉴벨**

크게 웃으라! 박수를 쳐라! 즐거운 인생!
-오뉴벨 작가를 말한다!-

언제 어디서 누구를 만나도 웃음과 즐거움을 선사하는 소설가 오뉴벨! 이 각박한 세상에 절대로 화를 내는 일도 없고 남의 허물을 보는 일도 없는 작가 오뉴벨! 아마 그는 태어나는 순간에도 웃음을 터뜨리며 태어났을 것이다. 그렇게 그는 자신의 인생도 이웃의 인생도 즐거움으로 삶의 무늬를 수놓아가며 살아가는 소설가다. 그는 소설도 그렇게 쓴다. 소재(素材)는 웃음이고 재미고 해피엔딩이다. 이번에 출간하는 〈통일가족 통일남북〉은 그가 추구하는 한국 최초의 한류소설로 한 편 한 편이 그렇게 재미와 웃음이 가득 담겨 있다. 오뉴벨의 한류소설은 그런 뜻에서 디지털 속도를 제치고, 독자에게 웃음을 선사하겠다는 의지의 이야기로 짜여져 있다.

그 동안 30권의 책을 써낸 작가 오뉴벨은 〈앱세대〉를 과감하게 파헤친 스마트소설 〈응답하라! 사랑아! 결혼아!〉가 〈한국출판문화산업진흥원 2014 세종도서 문학나눔 선정도서〉가 되어, 그 후속으로 이번엔 광복70주년 기념 소설 〈통일가족 통일남북〉을 선보이는 바, 이번엔 특히 도발적이고 파격적인 새로운 한류소설의 지평을 열어나갈 것이라 기대하며 축하드린다.

2015년 8월

소설가 **정연희**(예술원 회원/한국소설가협회 전 이사장)

차례

하나.
통일가족

시골에서 5형제의 셋째아들로 태어난 범수는 천재 소
리를 들을만큼 영민하여 일찌기 서울살이를 한 큰형님
의 덕택으로 대학까지 졸업하고 고교 국어교사가 되어
개천에서 용이 났다고나 할까? 하지만 브로커인 큰형
에게 사기를 당한 빚쟁이의 행패! 노름으로 패가망신
한 둘째형과 목사로 보증을 서달라는 손아랫동생 그리
고 막내동생에게까지 넌덜머리나는 갈등과 불화에 시
달리게 되는데...!

창작 메모 - 한 가족의 운명적인 애증사를 통하여
남북분단 70주년에 한맺힌 7천만 민족의 70년 고통
과 아픔의 역사를 패러디해 보았다.

통일가족

불과 며칠 전까지만 해도 강원도엔 폭설이 내리고 서울에도 아침저녁엔 영하의 날씨로 변덕을 부렸는데, 3월에 접어들자 역시 계절은 속이지 못한다고나 할까? 범수가 아침운동을 위해 여섯시에 아파트를 나서는데 아내가 채근을 해왔다.

"아유! 당신은 아직도 가죽장갑에 털모자를 쓰는 거유? 벌써 춘삼월하고도 중순이라구요!"

"응? 그런가? 하지만 새벽바람은 차다구...!"

범수는 그런 대꾸와 함께 오늘도 습관대로 동네 근린공원으로 나와 벌써 수십명이나 산책로를 따라 시계의 반대방향으로 걷고 있는 사람들 속에 끼어들었다. 그리고 세 바퀴쯤 돌았을 때 점퍼 속의 등줄기에 축축히 젖어드는 땀을 느낄 수 있었다.

'누가 마누라 말만 잘 들으면 늙어죽을 때까지 따순 밥 얻어먹고

산다더니, 집사람 말을 들을 걸 그랬나?'

범수는 가죽장갑과 털모자를 벗어 점퍼호주머니에 쑤셔넣으며 중얼거렸다. 문득 돌아보니 그가 아내와 결혼한 지도 40여년을 훌쩍 넘겨버렸다. 부부간에 큰 풍파는 없었는데 그래도 여러 차례 위기가 있었다. 하지만 그것은 오직 범수의 마음 속에서 혼자 썼다가 지운 것인데 충격적이게도 아내와 〈정신적 이혼〉을 다짐한 것이었다. 물론 지금은 한 쌍의 비둘기 부부처럼 별탈없이 작은 행복과 평안을 누리면서 살아가고 있지만 말이다.

"인생의 가장 큰 행복은 뭐니뭐니 해도 조강지처와 백년해로를 하는게 아닐까? 그러니 너네들 집에 가서 사모님한테 효도하면서 살아라! 내가 한때는 하늘높은 줄 모르게 잘 나갔고, 바람도 피워봤지만 늙고 마누라 없응께 적막강산에 홀로된 느낌이야!"

같은 과의 대학동창 모임에서 대기업의 부사장까지 한 친구의 한탄소리를 들으면서 범수는 문득 집안에서 전업주부로 평생을 내조해온 아내를 떠올려 보았다.

"여보! 나 이런 말까지는 안 할려고 했는데 이젠 정말로 못 참아! 대체 당신네 형제들은 다 왜 그 모양이유?"

지금부터 5년 전 아내가 직장에서 퇴근한 범수에게 눈물이 글썽한 채 건네오는 말이었다. 그 순간 범수는 아닌 밤중에 홍두깨 격이어서 눈만 크게 뜬 채 아내를 바라볼 뿐이었다.

"아까 저녁 때 큰형수가 다녀갔는데 뭐란 줄 알아?"

평소엔 범수에게 존대말로 대화를 하던 아내가 이젠 반말로 던져왔다.

"왜? 무슨 말을 했기에...?"

"글쎄, 올해부턴 명절 차례와 집안 제사를 우리집에서 지냈으면 하지 뭐유?"

"으응? 그래? 그러잖아도 큰형님네로 다니기가 귀찮았는데 잘 된 거 아닌가?"

이때 범수는 부모님이 살아 계시던 둘째형님네로부터 큰형님네로 명절 차례와 제사가 옮겨다녔기 때문에 언젠가는 각오했던 터여서 무심코 이런 대꾸가 튀어나왔던 것이다.

"아니! 뭣이 어째요? 당신은 지난 세월에 그토록 여러 형제들한테 당하고도 그런 대답이 술술 나와?"

"아! 내 말은 둘째형님네부터 큰형님네까지 우리 집안의 명절 차례와 제사를 옮겨지내는 동안 항상 명절비와 제수비를 갖다 드렸는데, 이젠 우리가 집에 앉아서 받게 되었으니 차라리 그게 낫지 않느냔 얘기지...!"

사실 우리 5형제들은 둘째형님네에서 큰형님네로 명절 차례와 제사를 옮겨다니는 동안 나름대로 제수비를 내놓았던 것이다. 그러니까 여자들은 몰라도 남자형제의 입장에서는 장소를 빌려주는 것으로밖에 여겨지지 않았다고나 할까? 하지만 아내는 이에 펄쩍뛰고 나섰다.

"아유! 사내들이야 봉투에 삐쭉 몇 푼 내놓고 나서 둘러앉아 밥 먹고 술 마시고 즐기다가 돌아가지만 여자들은 어떤지 알아요? 우리가 기독교 집안이라 명절 차례와 제사에 제물을 차리지 않고 꽃병과 촛

불만 켜놓고 추도식으로 지낸다지만 5형제 이십여 명 식구의 먹거리 준비가 얼마나 힘든지 알기나 하냐구!"

그간 평생을 함께 살아오면서 별로 부딪힐 일이 없었던 범수는 이처럼 아내가 사납게 대든 적이 없었기에 너무나 기가 막혀 멍하니 바라볼 따름이었다.

"...그리고 내가 여기까지는 말 안 하려고 했는데 지난날 당신네 형제들이 우리한테 한 짓을 생각하면 아직도 자다가 벌떡 일어난다니깐!"

"뭐... 뭐요? 우리 형제들이 한 짓이라니...? 그런 험한 말이 어딨어?"

드디어 범수도 아내의 공격에 화가 치밀어 방어하고 나서자, 드디어 아내의 울화가 폭발한 듯 왈칵 눈물까지 쏟으며 소리쳤다.

"허어! 당신은 벌써 다 잊었남? 당신 형제들이 우리한테 어쨌는지를...? 난 죽어서 무덤에 묻혀도 똑똑히 기억할건데...!"

암튼 여자가 한을 품으면 오뉴월에도 서리가 내린다지만 아내는 범수를 향해 더욱 큰소리로 대꾸해왔다. 순간 범수는 이미 지나가 버렸지만, 아니 잊어서 다 지워진 일이지만 네 명의 형제들과 벌어졌던 악몽같은 추억 속에 빠져들지 않을 수 없었다.

"주인 있습니까? 어서 문 열어요!"

벌써 40여년 전의 일이지만 아직도 기억에 또렷이 남은 그날의 전쟁은 이렇게 시작되었다. 마침 그날은 일요일이라서 아침식사 후 목욕탕에 다녀온 범수는 내일 학교에서의 연구수업을 위해 교재 준비

를 하고 있었다. 그런데 누가 대문을 발길로 차듯이 요란스레 두드리
며 소리쳤다.

"네! 누구세요?"

이에 범수가 의아하여 뛰어나가 대문을 열었더니, 40대쯤 돼보이
는 깡패처럼 험상궂은 사내가 한 발 다가서며 물어왔다.

"당신이 한범수 선생이오?"

"예에! 그렇습니다만...!"

"그러니까 한윤수 씨의 둘째동생이란 말이죠? 내가 제대로 찾아왔
군!"

그러자 사내는 사납게 눈알을 굴리며 대문 안으로 들어섰다.

"누구신데 이렇게 저의 집에...?"

매사에 모범생으로 살아온 범수에게 사내의 이런 행동은 단박
에 겁나고도 질리게 했기에 그는 뛰는 가슴을 억누르며 가까스로
물었다.

"왜? 궁금해요? 바로 당신의 큰형인 한윤수 씨가 보내서 왔소! 그
러니까 들어가서 얘기합시다."

이제 사내는 거꾸로 집주인처럼 행세하며 앞장서 범수의 집안으로
들어와서 마루에 걸터앉았다.

"아니! 누구신데 이렇게 함부로 주인의 허락도 없이...?"

이때 방안에 있던 아내가 나오면서 물었는데 뜻밖에도 그녀는 전
혀 두려워하는 눈치가 아니라 한판 붙어보자는 자세여서 범수는 더
욱 가슴을 졸이며 말했다.

"글쎄, 나도 모르겠네. 아마 우리 큰형님과 아시는 사이인 것 같아

요.”

“맞아요! 한윤수 씨와 아는 정도가 어니라 한선생처럼 큰형님으로 모셨지! 그래서 나를 중동에 보내주신다기에 그토록 큰 돈을 바쳤는데 이를 떼먹고 사기를 쳐?”

“네에? 우리 큰형님이 댁한테…?”

그러지 않아도 항상 큰형수님이 퍼붓는 한탄과 저주에 의하면 큰형님은 평생을 브로커로 살면서 남의 돈을 떼먹는 사기꾼으로 숨겨 놓은 여자가 한 둘이 아니라고 했다.

“그래서 내가 당신 큰형을 잡아서 칼을 들고 사생결단을 하려니까 말합디다! 자기한테 고등학교 때부터 대학까지 공부시켜 줘서 고등학교 선생으로 잘 사는 동생이 있으니까, 가서 신세 좀 갚으라고 하면 내 돈을 갚아 줄 거라고…!”

그리고는 사내는 범수의 집 마루에 벌러덩 누워버리는게 아닌가? 순간 범수와 아내는 너무나 기가 막히고 두려워서 아무 말도 못하고 서로 마주 바라볼 따름이었다. 그런데 그 사내는 아예 집안에 눌러붙어서 식사 때에도 요지부동이니 범수는 그를 밥상에 불러 함께 식사를 하지 않을 수가 없었다.

“이봐요! 한선생! 당신도 나의 동생뻘인데 내가 나쁜 놈이 아니오! 당신이 큰형을 잘못 둔 탓이니 날 원망하지 말아요! 암튼 난 당신 큰형 말대로 내 돈을 갚아 줄 때까지는 여길 뜰 수가 없소!”

그러면서 밤이 깊어지자 사내는 마루에 누워 버리니, 범수로서는 이불까지 갖다가 대령하지 않을 수가 없었다. 그리고 다음날 아침이 되자 밥상에 먼저 다가앉았고 식사를 마치자 이번엔 범수를 따라나서는 게 아닌가?

"아니! 지금 뭐 하시는 겁니까? 나의 학교까지 따라오겠단 거냐구
요?"

하도 기가 막히고 어이가 없어 범수가 소리치듯이 말하자 사내는
더욱 의기양양하여 뻔뻔스럽게 대꾸해왔다.

"이봐요! 한선생! 그럼 내가 제수씨 혼자 있는 이 집에서 있으란 말
이오? 그보다야 내가 학교로 한선생을 따라가는 게 낫지 않겠오?"

'아이구야! 이 무슨 날벼락이란 말인가?'

그때 범수는 입속으로 이런 비명과 한탄이 쏟아져 나왔지만 사내
의 집요한 행패에는 어쩔 도리가 없었다. 그래서 그 사내를 학교까지
데리고 오자 마치 학부모처럼 범수의 책상 앞에 의자까지 갖다달라
고 해서 죽치고 앉아 있는 것이었다. 그러니까 여러 선생님들이 의아
하여 힐끔거리고 쳐다보거나 더러는 다가와서 조용히 사유를 묻기도
했다.

"아닙니다. 저의 친척인데 제가 퇴근 후에 모시기로 해서 기다리
는 겁니다."

범수는 엉겁결에 그런 거짓말을 늘어놓게 되었는데 더욱 환장할
일은 그 사내가 하루 이틀이 아니고 큰형님이 가져간 돈을 갚아주지
않으면 평생이라도 따라붙을 태세였던 것이다.

"여보! 당신에겐 정말 미안한 일이지만 이를 어찌 하면 좋소?"

결국 범수는 아내를 향해 죄인처럼 풀이 죽어 의논을 청하지 않을
수 없었다. 그러자 아내가 한참이나 고개를 숙이고 말이 없더니 이윽
고 결심한 듯 대꾸해왔다.

"네에! 당신도 빚쟁이인 게 맞아요."

"뭐라구? 내가 왜 저 사람의 빚쟁이야?"

"당신이 큰형님 덕분에 공부를 했고 그래서 선생도 하는 거잖아요? 그러니까 갚아야죠. 세상에 공짜는 없다구요."

너무나 뜻밖의 아내 말에 범수는 고마움과 이해는 되었지만 바로 작년에 처음 집장만을 하면서 곗돈과 빚까지 잔뜩 진 처지라서 갚아줄 방안이 없었다.

"그나저나 당신 큰형님이 저 사람한테 사기치셨다는 돈이 얼마인가 알아보자구요."

이리하여 범수는 사내와 협상을 벌이게 되었는데 다시 한번 까무라칠뻔했다.

"하하! 이제야 큰형님의 은공을 갚으시려구...? 300(만원)인데 나도 어리석게 사기를 당했으니까 절반만 갚아줘요!"

"엑? 그럼 150이나요?"

이때 범수가 뒤로 나자빠져버릴 뻔한 이유는 당시 그의 집값이 600만원이었던 것이다.

"알았어요! 사흘만 기다리세요!"

그러자 더욱 뜻밖에도 아내가 이렇게 대답을 했다.

"아! 그러세요? 제가 사모님을 믿죠! 그럼 사흘 후에 다시 오리다!"

그러자 이번엔 사내가 선선하게 자리를 털고 나가며 말했다.

"여보! 당신, 어쩔려구...?"

이때 범수는 사색이 되어 아내에게 물었고 이에 그녀는 회심의 미소를 지으며 대꾸했다.

"아유! 남자들은 다 겁쟁이라구요. 내가 해결할 테니까 구경이나 하시라구요."

그리하여 순식간에 사흘이 지나자 그 사내가 약속을 지켜 득달같이 범수의 집에 나타났다.

"사모님! 이 댁 큰형님의 동생이 왔습니다. 절 그리 불러주셨으니까요. 자! 그러니까 동생의 신세 좀 지겠습니다. 어떻게 큰 돈을 쉽게 마련하셨죠? 역시 선생님댁은 다르군요!"

"예에! 선생이란 직업 때문에 이 돈을 갚아드리는 거예요! 하지만 제 힘으론 300은 죽어도 못 갚구요! 그래서 친정에서 30만원을 마련했어요!"

"뭐요? 사모님! 누구랑 장난하자는 거예요? 필요 없으니 잘 먹구 잘 사슈! 대신 내가 이 집에서 300만원 만큼 살다가 가지요!"

사내는 이렇게 소리치기와 동시에 아예 이번엔 범수의 서재로 들어가 벌러덩 누워버렸다. 그와 동시에 아내가 바람같이 부엌으로 달려가더니 시퍼런 부엌칼을 가지고 나와서 마루에 쾅 찍으며 발악하듯이 소리쳤다.

"이봐요! 당신 사람 잘못 봤어! 어디 와서 함부로 행패부리는 깡패야? 선생네라니까 깔보는 모양인데...! 좋아요! 우리 함께 죽읍시다! 여보! 뭐해요! 저 사람을 끌어내와요! 이 돈 30만원도 아까우니까 그냥 죽어서 해결하자구요!"

이때 범수는 저 여자가 그 동안 함께 산 아내인가 의심이 들 정도였고, 깡패같던 사내도 얼마나 놀랐는지 벌떡 일어나 아내가 내놓은 돈봉투를 날쎄게 채어가며 말했다.

"아이구! 착한 동생네가 무슨 죄가 있겠소만, 나도 망했으니까 이 거라도 받아가겠오! 미안하오!

하면서 사내는 꼬리가 **빠지게** 범수의 집에서 사라졌던 것이다. 다음 순간 범수는 방금 전의 일이 하도 현실같지 않아 한 동안 멍하니 있다가 이윽고 정신을 차리고 아내를 바라보며 물었다.

"허참! 당신 대단하네! 어찌 그런 용기가 난 거요?"

"흥! 그래요? 난 단지 이순신 장군의 전법을 썼을 뿐이라구요. 사즉생(死卽生) 생즉사(生卽死)도 몰라요? 호호!"

"여보! 이 전화 좀 받아보세요! 시골집이라는데 이게 무슨 소린지 원...!"

벌써 30여년 전의 일인데 당시만 해도 시골인 고향에는 집전화가 없던 시절이었다. 그래서 부모님을 모시고 사는 둘째형님네의 소식은 편지로만 나누었다. 그런데 시골집에서 전화라니까 뭔가 불길한 예감이 들었다.

"예! 전화 바꿨습니다. 누구십니까?"

"한선생인가? 나 동네 이장이여! 근디 자네 집에 큰일이 난겨!"

"예? 큰일이라뇨?"

"글쎄, 자네 부친이 목을 매어서 사단이 난 일인디...?"

"예에? 저희 아버지께서 어쨌다구요?"

"으응! 걱정 말어! 목을 맨 건 엄포를 놓으려구 허신 거구, 실은 자네 둘째형이 팔목을 도끼로 찍어서....!"

"뭐... 뭐라구요? 이장님!"

"에, 자세한 얘기는 어렵구! 그렇께 자네 이번 토요일에 고향집에 댕겨가게나! 자네 부친의 부탁일세!"

세상에! 뭐가 어쨌다는 소리인지 잘은 알 수 없었지만 아버지도 둘째형님도 초상이 난 건 아닌 모양이었다. 좌우간 그래서 토요일에 수업을 마치자마자 기차를 타고 고향집엘 달려가 보니, 아버지는 소의 꼴을 베러 나가셨고 둘째형님만 팔목에 붕대를 칭칭 감고 방에 누워 있는 것이었다.

"아니! 이게 어찌된 일이세요? 아버지가 목을 매셨다니...! 둘째형님은 또 이게 뭐구요?"

아직도 뭐가 뭔지 감이 안 잡혀 누워 있는 둘째형님에게 묻자 곁에서 눈물을 훔치던 어머니가 와르르 울음을 터뜨리며 말씀을 쏟아냈다.

"아이고! 범수야! 우리집에 쌍초상 날뻔 했단다. 글쎄 너의 둘째형이 또 고놈의 병이 도져서 마지막 남은 논마지기랑 밭뙈기까지 홀라당 날린기여! 그렇께 느의 아버지가 차라리 죽는다구 마당가 감나무에 목을 맨 거지! 아이고 내 팔자야! 자식이라고 아들만 5형젠디 너 하나만 빼구 다 부모 속을 썩이는구나! 흑흑! 아이고 ! 내 팔자야!"

어머니는 범수를 보자 기회를 만났다는 듯 이런 하소연을 터뜨리면서 예의 팔자타령을 늘어놓았다.

"엄니! 동생한티 넘우새스럽게 왜 그러슈? 범수야! 미안허다! 내가 또 제 버릇을 개 못 준 거지! 할말이 없구나!"

이때 둘째형님은 붕대를 감은 팔목이 아픈지 얼굴을 잔뜩 찌푸리며 가까스로 돌아누웠다. 그리고 저녁 때에 꼴을 베어가지고 들어오신 아버지의 전언으로 대강 사건의 개요를 들어본즉! "그 동안 너의 둘째형이 해마다 겨울이면 노름을 해서 애비가 평생 피땀 흘려 산 전답을 다 올려세우지 않았냐? 근디 이번에 또 동티가 난 거지! 글쎄, 면 동네에 나타난 전문 투전꾼한테 속아서 니가 사준 논밭떼기마저 몽땅 날려버렸으니 이 노릇을 어쩐단 말이냐?"

아버지의 긴 설명에 어머니가 장단을 맞추셨다.

"그렁께 느이 아버지 심정이 워떠셨겠냐? 그래서 마당의 감나무에 목을 매신겨! 근디 이번엔 조금만 늦게 선왕아버지가 발견하지 못했으면 증말루 돌아가실 뻔헌겨!"

"에이! 난 그게 원망스럽다구! 그냥 목을 매구 죽었으면 다신 이런 꼴 안 보게 될텐디...!"

"얼래? 이젠 범수가 사 준 논밭까지 다 날렸는디 워떻기 해서라두 다시 일어서서 쟤네 것은 되찾아야주!"

"허참! 한심헌 소릴랑 말어! 다 늙어가는 내가 무슨 수루 되찾어? 다 젊었을 적 얘기지! 후우!"

아버지는 땅이 꺼지게 한숨은 내뿜으며 멍하니 천정만 바라보셨다.

"둘째형님! 어서 나아서 일어나기나 하세요. 논밭이야 다른 사람네 것을 붙여먹어도 되고 또 앞으로 제가 사드리면 되죠! 저도 고향 쌀밥을 먹고 싶다고요."

이때 범수는 부모님을 모시고 사는 둘째형님에게 고마움의 표시와 함께 위로하려고 해 본 소리였는데, 세 분이 함께 와락 반기는 대꾸를 해오는 것이었다.

"아이구! 셋째야! 고맙다! 남의 땅 붙여봐야 소용있간디! 내 땅이라야 남는 게 있지!"

"아암! 하긴 재산은 땅에 묻는 게 젤이지! 넌 서울에서 사닝께 부지런히 돈 모아 고향땅에 묻어라!"

"범수야! 내가 아마 환장했었나보다! 전문 투전꾼한테 어찌 당하겠다구 덤벼들었으니 말이다. 그래서 다시는 화투짝을 잡지 않으려구 양 손목을 도끼루 짤러 버릴려구 했던디, 이렇게 한 쪽만 다치구말어서 한이 된다야!"

이때 어느새 바깥에서 들어오셨는지 둘째형수님이 말꼬리를 비집고 끼어들었다.

"으매나! 그걸 말이라구 허남유? 옛날에 한 노름꾼은 원님이 벌루 양쪽 팔모가지를 짤러버렸더니, 이번엔 발고락을 가지구 노름을 허더래유! 그래서 노름은 죽어야 고쳐지는 병이랑께유! 셋째서방님!"

하지만 여러 형제 중에 초등학교밖에 못 나와 고향에서 농사를 지으며 부모님을 모시는 둘째형님에게 범수는 항상 고마움을 간직하고 있었다. 말이 쉬워서 부모 공양이지 어쩌다가 한번 부모님이 범수네집에 나들이를 오셔도 며칠만 지나면 집안이 불편하고, 특히 아이들이 공부가 안 된다고 짜증을 낼 때에는 만약에 둘째형님이 없어 그가부모님을 모셔야 했다면 어땠을까 싶기도 했던 것이다. 하지만 큰형님이 사기쳤다는 큰 돈을 그 깡패같은 사내에게 갚아 준 후에 정말로힘들게 모은 돈으로 부모님께 효도하려고 사드린 논밭을 이번엔 둘째형님이 노름으로 날려버렸다고 생각하니 가슴이 저리도록 아팠던것이다.

"그것 봐요! 내가 뭐랬수? 진작에 난 이럴 줄 알았다니까요!"

고향에서 돌아온 범수가 아내에게 자초지종을 얘기하자, 그녀는 이렇게 대꾸하며 점쟁이 같이 손가락을 꼽아보더니 말을 이었다.

"흥! 큰형님 사기친 돈 갚아주고 꼭 10년만이구먼! 그렁께 다음 차례는 넷째겠네!"

"에잉? 뭐요? 말이 씨가 된대요! 빈말이라도 그런 말 하지 말라구!"

이때 범수는 진짜로 화가 나서 아내에게 쏘아부쳤는데 다시 10년 후에 정말로 더욱 큰 사건이 벌어질 줄이야 상상도 못한 일이었다.

"아! 셋째형! 아파트를 사서 이사하셨다구요! 축하드립니다! 할렐루야!"

20여 년 전 한창 아파트값이 천정부지로 치솟던 무렵이었다. 범수도 모르게 아내가 짠돌이로 저축해 모은 돈과 친구에게 빌린 돈으로 재개발에 가까운 허름한 아파트를 사서 그간의 단독주택살이를 청산하고 이사한 다음이었다. 서울 근교의 도시에서 개척교회를 한다고 떠돌며 명절과 제사에도 거의 참석을 안 하던 목사인 넷째인 동생이 갑자기 전화를 걸어와 축하인사를 전해왔던 것이다. 순간 범수는 반갑기에 앞서 왠지 가슴이 덜컥 내려앉았다.

"그래! 오랜만이다. 그간 잘 지냈지?"

"예에! 우리야 하나님이 다 보호해 주시니까요! 다음주 목요일 저녁에 셋째형님댁을 방문해서 축하예배를 해드릴테니까 그리 아세요!"

그리고 넷째인 동생은 범수이 대답을 들을 것도 없이 전화를 끊어버렸다. 순간 범수는 왠지 뒷맛이 씁쓸하여 한 동안 멍하니 있다가 설마 목사인 동생인데 무슨 탈이야 있으랴 싶어 아내에게 말했다.

"여보! 넷째 목사동생이 다음주 목요일에 우리집 이사 축하예배를 해주러 오겠다네."

"뭐예요? 우린 교회도 안 나가는데 새삼맞게...?"

"그래도 우리집은 기독교 가정이잖아요? 그러니까 온다는 거겠지."

"아유! 난 또 왠지 겁부터 나네요! 첫째 둘째집에서 하도 놀래서인가 몰라두요!"

"에이! 설마! 넷째는 교회를 개척해서 목사로 전도사업을 한다는데...!"

"글쎄요! 자라 보고 놀란 가슴이 솟뚜껑 보고도 놀란다고, 내가 너무 신경과민인가...? 호호호!"

이날 아내는 이렇게 웃으며 마무리를 지었는데 이번엔 더욱 엄청난 사건이 벌어질 줄이야...!

"할렐루야! 넷째형님! 형수님! 축하드립니다! 아파트가 아주 넓습니다."

"아유! 넷째서방님! 말만 36평형이지 구식이라 좁구 재개발을 앞둔 낡은 집이예요!"

"셋째형님! 그래두 서울시내 한 복판에 이런 아파트면 값도 만만치 않겠죠? 암튼 셋째형님은 항상 착하게 사셔서 이런 축복을 받으신 거예요! 할렐루야!"

"할렐루야! 그럼 축하예배 드려야죠! 여보!"

"성경이랑 찬송가책 가져왔지?"

"네! 여기요!"

부부는 일심동체라더니 넷째 목사부부의 말은 아귀가 척척 들어맞았고 행동도 일사불란하여, 넷째 제수씨가 커다란 핸드백에서 성경과 찬송가책을 꺼내자 명절 차례와 제사 대신의 추도식에서처럼 묵도와 찬송가를 시작으로 이사 축하예배가 진행되었다. 그리고 여기까지는 웃음꽃이 피는 가운데 시간을 함께 보냈는데, 다음 순간 어쩐지 이상한 분위기가 감지되었다.

"세째형님! 저도 이번에 하나님의 축복으로 교회 성전을 건축했습니다."

"네! 개척교회 20여년만에 처음으로 저의 교회를 갖게 된 거예요."

"그래? 참으로 고생이 많았구나! 요즘은 신도들도 대형교회로만 몰리고 개척교회는 외면한다던데...!"

이때 범수는 넷째 목사동생이 정말 대견하여 진심으로 축하했다. 그러자 아내도 고개를 끄덕이며 한 마디 부축였다.

"아유! 고생이야 넷째 동서가 더 했겠죠. 안 그래요? 넷째 서방님!"

"하하! 그야 당근이죠! 목사 마누라! 이거 아무나 못합니다! 밤낮없이 모여드는 신도들 뒷치닥꺼리에, 나는 굶어도 불쌍한 신도들은 항상 배불리 먹여야 하니까요! 할렐루야!"

그런데 넷째 목사동생은 이런 듣기 거북한 말본새로 떠들면서도 얼굴 표정 하나 바꾸지 않았다. 그 바람에 범수 부부는 여간 면구스러워서 고개를 돌려 외면해야 했다.

"근데요, 셋째형님! 제가 드릴 말씀이 있네요!"

이윽고 넷째 목사동생이 범수에게 바짝 다가앉으며 낮은 목소리로 건네왔다.

"으응? 무슨 말인데...?"

순간 가슴이 덜컥 내려앉아서 범수는 약간 뒤로 물러앉으며 대답했다.

"제가 모처럼 찾아왔는데, 두 번 다시 오기도 그렇구요, 형님이 저의 담보 좀 서 주시면 안 돼요? 이번 지은 교회에 담보가 필요해요! 3천이면 되는데...!"

"네! 하나님의 종인 저희가 거짓말을 하겠어요? 일년이면 담보를 그때 범수 부부는 하도 기가 막힌 부탁이어서 입이 얼어붙은 듯 달싹도 못하고 몸마저 부들부들 떨려왔다.

"형님은 고등학교 선생 20여년에 우리 형제 중에서 가장 잘 살지 않습니까? 거저 보태달라는 것도 아니고 담보를 하는 것인데...!"

"그럼요! 셋째 서방님! 형님! 이렇게 동생 부부가 기도로 애원합니다. 제발 담보 한 번 서주세요! 할렐루야!"

그러면서 넷째 목사부부는 무릎을 탁 꿇고 앉아 애원의 기도를 시작했던 것이다. 하지만 이미 큰형님과 둘째형님으로부터 호되게 당한 바 있는 범수 부부의 뚝심도 만만치 않았다.

"이봐! 목사동생! 자네도 잘 알잖아? 내가 위의 두 형님으로부터 당한 일을...! 근데 또 동생이 이러면 날더러 어쩌란 말인가? 엉?"

"그래요! 넷째 서방님과 동서의 사정은 딱하지만 우리도 이 아파트 이사를 오느라 빚지고 담보 잡혀 있다구요! 근데 여기에 또 담보라뇨? 이젠 죽어도 다시는 그리 못해요!"

　그러자 아내의 태도는 더욱 단호해서 단칼에 무 자르듯이 거절을 해버렸다. 다음 순간 넷째 목사부부는 다 예상했다는 듯 한숨을 푸욱 쉬고 나서 다시 말을 꺼냈다.

　"그러십니까? 셋째형님! 형님수! 그럼 저도 어쩔 수 없네요! 두 분! 잘 먹고 행복하게 잘 사세요!"

　"네! 여보! 우리는 하나님 나라에 가서 행복하게 살자구요! 안녕히 계세요!"

　뭐야? 지금 두 사람이 어쩐다는 거야? 이때 범수는 머릿속이 팽그르르 돌며 현기증에 하마터면 쓰러질 뻔했다. 아내도 마찬가지인 듯 이마에 손가락을 갖다 대며 가까스로 몸을 추슬렀다.

　"좋아! 여보! 멀리 갈 것 없이 여기서 죽읍시다! 15층 아파트니까 설마 병신으르 살아남지는 않겠지?"

　"그럼요! 안 죽으면 이 집에서 목이라도 매야죠!"

　어어? 이것들이 미치지 않은 거야? 미치지 않고서야 어떻게 목사부부라는 사람들이 형님네 집에 와서 이런 협박을 거침없이 해댈 수 있단 말인가? 하지만 다시 동생 목사부부를 바라 본 순간 범수부부는 몸서리가 쳐졌다. 그들의 눈빛은 평소에 보아 온 모습이 아닌 전혀 낯선 것이었다. 진짜로 죽음을 택하는 순간의 인간만이 만들어 낼 수 있는 처절하고도 악에 바친 눈빛이었다.

　"자! 그럼 우리는 갑니다! 다시 한 번 기도해 드리죠! 잘 먹고 행복하게 잘 사세요! 할렐루야!"

　이어서 넷째 동생 목사부부는 함께 벌떡 일어서서 아파트 현관문을 박차고 나가더니 바로 아파트 복도의 난간으로 기어올라갔다.

"앗! 억수야! 너 왜 그러니? 흥분을 가라앉히고 얘기좀 해!"

"됐어요! 형님을 괴롭힌 나쁜 동생은 죽어야 속죄하죠!"

그 순간 범수의 눈앞에 형님네 집에 왔던 동생 목사부부가 함께 투신자살했다는 뉴스가 TV와 신문에 어지럽게 나타났다.

"제발! 담보는 걱정 말고 얘기 좀 하자니까!"

"그래요! 동서까지 그러면 난 어쩌라구…?"

이젠 아내도 울상이 되어 함께 아파트 복도의 난간에 올라간 넷째 동생 목사부부의 다리를 잡아끌었다.

결국 해결책은 담보를 서 주는 대신에 범수가 연금에서 대출을 받아 3천만원을 넷째 동생에게 주었는데, 일년도 안돼 교회에 목사파와 장로파의 싸움이 벌어졌다 그리고 넷째 동생목사가 쫓겨나게 되어 범수는 꼼짝없이 8년에 걸쳐 연금대출의 이자와 원금을 갚아나가야 했던 것이다.

"여보! 하나님이 정말 있긴 있는가 봐요."

넷째 동생에게 준 대출금을 다 갚을 즈음에 아내가 범수에게 하는 말이었다.

"왜? 그걸 이제 알았어? 그러니까 세상에 깔린 게 다 교회잖아?"

이때 범수가 문득 넷째 목사동생이 생각나서 이렇게 꼬여진 말을 내뱉자 아내가 웃으며 대꾸했다.

"어끄제 큰집으로 제사 지내러 갔을 때 봤잖우? 넷째 동생목사가 다시 교회를 세워서 이젠 자가용까지 타고 왔잖아요?"

"흥! 다행한 일이지! 또다시 우리더러 담보를 서 달라구 하지는 않잖아! 하하!"

"하긴! 이젠 형제들이 다 먹고 살만은 하니까...! 호호!"

아내의 이런 대꾸를 들으면서도 범수는 배알이 뒤틀리는 느낌을 참을 수 없었다. 바로 넷째 목사동생이 자가용을 타고 가면서 이렇게 물어왔던 것이다.

"참! 셋째형님은 자가용 안 사슈?"

"형님 겁많은 것 아시잖아요? 운전을 어떻게 해요?"

이때 아내가 어이없어 하면서도 얼른 범수 대신에 대답을 해주었다.

'아유! 너한테 담보 대신 대출해 준 돈 갚느라 차 살 기회를 놓쳤다! 이 자식아!'

넷째 목사동생에게 이렇게 소리쳐 욕해주고도 싶었으나 범수는 이미 자신조차 가물가물 잊혀져 간 일이기에 꾹 참고 말았던 것이다.

"여보! 세상에서 가장 상팔자인 사람은 어떤 사람일까?"

범수가 교직에서 퇴임을 한 후에 거의 매일 두 시간씩 동네 근린공원으로 아침마다 운동을 하고 돌아와서 아내에게 묻자 이런 대꾸가 날아왔다.

"팔자타령도 젊어서죠! 60이 넘으면 다 똑같다구요."

"그건 또 무슨 소리야? 나이가 들수록 팔자 좋은 사람과 그렇지 못한 사람의 차이가 나는 거지!"

"아이구! 산에를 갔는데 누가 그럽디다! 여자들은 60이 넘으면 이쁜 년이나 미운 년이나 그게 그거구, 70이 넘으면 배운 년이나 못 배운 년이나 다 똑같구, 80이 넘으면 돈 있는 년이나 없는 년이나 다 같구, 90이 넘으면 산 년이나 무덤에 간 년이나 마찬가지래요! 그러니까 상팔자구 뭐구 다 소용없죠!"

범수는 아내의 이런 댓거리를 들으며 이에 질세라 맞받아쳤다.

"무슨 소리? 내가 생각하기엔 〈무형제 상팔자〉인 것 같다구!"

"오오! 듣고 보니 참 맞는 말 같네요. 지난날 당신과 내가 당신의 여러 형제들한테 당한 일을 생각하면요!"

그 순간 범수는 다섯째 막내동생 인수와의 괴로왔던 추억이 떠올랐다.

"셋째형님! 큰일났어요. 어머니가 쓰러지셨어요!"

벌써 여러 해 전에 아버지가 돌아가신 후에 고향의 둘째형님네서 사시던 어머니께서는 아직 미혼인 막내아들 인수의 자취집에 밥을 해주러 상경하게 되었던 것이다. 범수는 5형제의 집안이었지만 큰 형님은 딴 여자를 보아 별거했고, 둘째형님은 노름으로 파산했으며, 목사인 넷째 억수는 교회의 목사여서 어머니를 모시기가 어려웠다. 그중에 가장 잘 사는 범수는 교직에 취직한 이후로 부모님에게 용돈을 대어드렸기 때문에 어머니 스스로가 부양의 신세까지는 지지 않으려고 하셨던 것이다. 결국 막내아들을 거두면서 함께 사는 게 마음 편하다고 해서 인수가 모시게 됐는데 이런 불상사를 맞은 것이었다.

"뭐라구? 어머니가 쓰러지시다니...?"

"어머니가 평소 고혈압이시잖아요? 한쪽 몸을 못 쓰시는데 병원으로 모셔야겠어요!"

범수는 당장 택시를 타고 막내동생 인수네로 달려가 보니 어머니는 이미 반신불수로 심각한 상태가 되어 있었다. 그리하여 즉시 큰 병원에 입원을 시키고 나니 당장 간호해야 할 문제가 생겼다.

"여보! 어쩌지? 막내는 직장에 나가야 하고 다들 형편이 여의치 않으니 말이오! 아무래도 당신이 고생해야 할 것 같소!"

결국 범수는 아내에게 간곡하게 호소하지 않을 수 없었다. 그러자 아내는 옛날에 큰형님의 빚쟁이였던 깡패에게 부엌칼을 들이댈 때처럼 펄쩍 뛰면서 항의했다.

"뭐라구요! 날더러 또 어머님 병간호까지 하라구요! 그렇게는 못해요!"

"글쎄! ...하지만 아다시피 막내는 직장에 나가야 하구, 큰집은 별거상태이고, 둘째형님은 시골이고, 넷째는 먼데서 교회를 하니, 그래도 가까운 데에서 간호할 사람은 우리밖에 더 있느냐구...?"

"하이고! 그럼 이게 몇 번째야? 5형제 중에 왜 우리만 번번히 당해야 하느냐구...?"

그러나 형편이 이 지경이고 보니 결국은 아내와 범수가 밤낮으로 교대를 하면서 어머니의 간호를 하지 않을 수가 없었다. 그리하여 십여일이 지나서야 5형제가 범수의 집에 모여 가족회의를 하게 되었다. 이때 다른 형제들은 꿀먹은 벙어리로 입을 닫았는데 막내동생 인수가 당돌한 말을 꺼냈던 것이다.

"형님들! 핑계없는 무덤 없다구 모두들 어려운 사정인데요, 제가 보기엔 그래도 셋째형님네가 제일 형편이 낫네요. 그러니까 다른 형제들은 치료비를 분담하시고, 셋째 형수님이 수고로우시겠지만 간호를 맡아주셨으면 해요."

"뭐라구요? 막내 도련님! 어머님이 도련님 밥을 해주시다가 이리 되셨는데 나보고만 책임을 지라구요?"

참다못한 아내가 이의를 제기하자 갑자기 인수가 울음을 터뜨리며 형들에게 퍼부어댔다. 그건 참으로 뜻밖이었고 들어보니 틀린 말도 아니었다.

"흑흑! 형님들! 저는 아버지가 돌아가신 후 홀로 상경하여 고학으로 야간고교와 대학을 다녔고, 가까스로 취직해서 오늘날까지 몇 년 동안 홀로 된 어머니를 모신 거라구요! 근데 형들은 어쨌죠? 흑흑! 큰형님은 가정불화로 부모님을 모시지 못했고요, 둘째형님은 노름으로 부모님 속을 썩여 결국 아버지가 일찍 돌아가셨다구요! 넷째형은 타관객지로 떠돌며 목회생활을 한다고 어머니를 모시지 않았구요! 그래도 셋째형님은 큰형님 덕택에 일류대학 나와서 교사로서 제일 잘 사시잖아요? 그렇담 그만한 댓가는 치러야 하는 것 아닌가요? 흑흑!"

물론 막내동생의 이런 질타 때문이라기보다는 5형제의 형편이 다이 지경이고 보니 결국 반신불수가 되신 어머니의 3년 가까운 병수발은 범수 부부가 책임지지 않을 수 없었던 것이다. 그리고 어머니가 세상을 떠나서 고향의 뒷산에 모시고 났을 때 아내가 가장 섧게 울면서 하소연을 했던 것이다.

"어머님! 저 세상에 가셔선 부디 저 같은 며느리를 만나지 마세요. 살아계실 때 잘 해드리지 못한 절 용서하세요!"

그런 우여곡절 끝에 범수네 5형제는 이제 다들 그때의 부모님만큼이나 늙었는데, 부모님 추도식과 명절 차례도 돌고 돌아 이제는 셋째인 범수의 집에서 모시게 된 것이었다. 그리하여 올해에도 범수는 형제들에게 크로샷으로 이런 문자메시지를 날렸다.

제목 : 부모님 추도식 안내

내용 : 올해도 춘삼월 3월이 돌아왔습니다. 마침 금년 음력 2월과 3월은 같은 날짜가 되어 부모님 제삿날인 음력 2월 15일은 양력 3월 15일인 바, 오후 6시에 저희 집에 오셔서 추도식을 마치고 저녁식사 후에 일찍 귀가하실 수 있게 했으면 합니다. 셋째 올림.

그리고 이미 고인이 되신 큰형님 윤수를 제외한 큰형수와 남은 4형제네 부부와 조카들이 모여 부모님 합동 추도식의 예배를 드렸다. 그런데 희한한 일은 모두들 지난날 범수와 형제간의 사연은 치매노인들처럼 까맣게 잊은 듯한 것이었다. 그래선지 아내도 이제는 부모님의 추도식이나 명절의 차례가 끝나고 형제들이 돌아가고 나면 이렇게 되뇌이곤 해서 범수를 더욱 어처구니없게 했다.

"여보! 난 〈무자식 상팔자〉란 말처럼 〈무형제 상팔자〉인 줄 알았는데 역시 그게 아닌가 봐요."

"왜? 결혼 후에 6년만에 아이를 낳게 되었을 때 부모님이나 우리가 그토록 기뻐했듯이, 이렇게 여러 형제가 모여 함께 명절과 추도식을 하니까 좋은 거야?"

"네! 당신은 아니유? 만약에 우리가 독신으로 혼자 명절이나 부모님 추도식을 하게 됐다면 얼마나 쓸쓸하겠우? 안 그래요? 호호!"

그러면서 아내는 앞치마 주머니에서 형제들이 주고 간 돈봉투를 꺼내어 범수가 못 보도록 침실로 피해갔다.

'그러니까 우리집이 지난 날엔 분단가족처럼 살았는데, 이젠 〈통

일가족〉이 됐다 이거지? 하하!'

그 순간 범수의 머릿속에 갑자기 북한이 떠오른 건 왜일까? 한 민족 한 핏줄이면서 지구상 단 하나의 분단국이 되어 이산가족의 아픔을 안고 사는 나라! 툭하면 금방 전쟁이라도 터질 듯이 대결국면으로 치닫다가도, 더러는 이산가족 상봉으로 남북화해가 실현될 듯한 남북한의 사정이야말로 범수네 5형제의 지난 세월의 갈등과 불화와도 비슷하기 때문인지 몰랐다.

'하지만 우리집이 〈통일가족〉이 됐듯이 우리나라도 광복70주년이 된만큼 이젠 〈통일남북〉이 되어야 할 때가 아닌가!'

이윽고 범수는 이렇게 중얼거리며 머릿속에 하나된 조국을 그려보는 것이었다.* (원제-「유형제 상팔자」 2014 문예운동 여름호)

무궁화 머스매와 사쿠라 가시내

광복70주년인 2015년 한여름에 한수는 친구와 보신탕
집을 찾는데 천만 뜻밖에도 고향의 신문사 기자로부터
해방되던 해에 헤어진 소꿉동무 하나꼬가 그를 찾는다
는 전갈을 받는다. 그리하여 타임머신을 탄 듯 한수는
그 시절의 추억으로 돌아가 홍수로 동네의 저수지뚝이
무너져 제방을 쌓는 감독으로 온 일본인 딸인 하나꼬
를 만나 〈부부놀이 소꿉장난〉까지 하게 되는데...?

창작 메모 - 일제 시대를 배경으로 독립군 손자와
일본인 꼬마 가시내 사이의 우정을 통하여 오늘의
한일관계를 조명해 보았다.

무궁화 머스매와 사쿠라 가시내

8월은 태양 같은 동그라미가 두 개 포개어진 달이기 때문일까? 오후에 접어들자 온 세상이 쩔쩔 끓는 것 같았다. 모처럼 중학교 동창친구가 보신탕을 한 턱 쏘겠다고 해서 시내에 나갔더니, 등줄기에 땀방울이 지렁이처럼 기어다녔다.

'와! 이거 까딱하다가는 일사병으로 쓰러지겠는걸!'

한수(韓洙)는 혼잣말로 중얼며 약속장소가 있는 시장통 골목 안으로 피신하듯 들어섰지만, 줄 지은 음식점에서 뿜어내는 열기로 오히려 더욱 심한 현기증을 느꼈다.

"이봐! 지공(지하철 공짜)선생! 역시 친구는 칼 같다니까!"

이때 바로 등뒤에서 동창친구가 큰소리로 외치며 다가와서 한수는 뒤돌아보며 반갑게 대꾸했다.

"하하! 코리안 타임은 옛날 얘기지! 요즘 한국사람들은 '빨리빨리

문화'가 대세 아닌가? 하하!"

"암튼 난 자네의 그 열정적인 삶이 부럽다니까! 낼모레가 8학년인데도 허리도 안 꼬부라지고 황새걸음이라니...!"

이윽고 두 사람은 좁은 골목길이지만 나란히 걸으며 악수한 손길을 놓지 않고, 일년에 몇 번 찾는 보신탕집에 들어섰던 것이다.

"호호! 어서 오세유! 두 분이 그러니껜 마치 정 좋은 부부 같구먼유!"

그러자 여주인인 예산댁이 퉁퉁한 몸집을 추스르며 반가운 목소리로 손님을 맞았다.

"하하! 그간도 안녕하셨오? 나이를 먹으니까 암컷 수컷을 떠나 들치가 됐나봐요. 아닌게 아니라 요즘은 마누라보단 친구가 더 좋답니다."

이에 동창친구가 한수의 손을 더욱 힘주어 잡으며 농을 던지자, 예산댁이 한술 더 떠 대꾸를 해왔다.

"맞구먼유! 하룻밤에두 몇 번씩 귀찮게 굴던 우리집 바깥양반두 환갑 지나자 각방이 되더랑께유! 호호!"

이윽고 개고기 수육과 소주가 나오자 두 사람은 서로 경쟁이라도 하듯이 개고기를 먹으며 소주를 마시기 시작했다.

"역시 삼복염천엔 개고기만한 먹거리가 없다니깐! 그런데 서양놈들은 한국인들이 개고기를 먹는다고 미개인이라 한다며...?"

"암만! 그놈들이 이 맛을 몰라서 헛소릴 하는 것이지! 아마 한번 맛들리면 애완견도 잡아먹을 걸! 하하!"

이처럼 한수가 중학교 동창친구와 함께 한여름에 개고기와 소주로

50여년의 우정을 한창 꽃피울 때였다. 한수의 스마트폰에서 전화가 걸려 온 음악소리가 구성진 가락으로 울려퍼졌다.

"이봐! 친구! 전화왔네. 어서 받아봐요!"

그 바람에 한수는 들었던 술잔을 내려놓고 스마트폰을 열어 귓가에 대었다. 그러자 뜻밖에도 한수의 고향인 충남 청양의 청양신문사 이순영 기자가 전화를 걸어왔다.

"여보세요! 박한수 작가님이시죠? 청양신문의 이순영 기잡니다."

"아! 반가와요. 이 기자!"

"저 다름이 아니구요, 선생님을 찾는 일본 여자분이 연락을 해와서요!"

"뭐라구요? 일본여자라니...?"

아닌 밤중에 홍두깨라더니, 갑자기 일본여자란 무슨 소리인가? 순간 한수는 의아하고도 어이가 없어서 말문이 막혔다. 그러자 이순영 기자가 설명을 해왔다.

"박 작가님! 그 일본 여자분은 하나꼬(花子) 여사라고 하는데요, 옛날 일제시대에 한 작가님이 사신 동네의 옆집에서 살았대요."

"뭐... 뭐라구요? 그럼 우리말로 화자란 가시내! 아니 일본 여자애 소꿉동무네요!"

순간 한수가 자신도 모르게 큰 소리로 외치자 동창친구 역시 사연은 잘 모르나 놀란 듯 눈을 크게 뜨고 한수를 바라보았다. 그러자 한수는 동창친구에게 미안하다는 눈짓을 보내며 계속 전화에 대고 말을 이어갔다.

"그런데 그 가시내가...! 아니, 하나꼬란 여자가 나를 어떻게 알고 찾은건가요?"

"호호! 글쎄 박 작가님이 저의 청양신문에 연재하는 〈내 고향 청양
추억〉을 읽게 되었나봐요."

"예에? 일본에서 어떻게 그걸...?"

"아유! 요즘엔 마음만 먹으면 인터넷으로 다 검색해볼 수가 있거
든요. 그래서 그 분이 박 작가님의 작품을 읽고 찾게 되었다고 하네
요."

"아! 그래요? 그럴 수도 있겠군요?"

"네! 해서 그 분께 박 작가님의 이메일을 알려드렸으니까 아마 곧
연락이 가실 거예요."

"아! 알았습니다. 이 기자님! 고마와요!"

이윽고 스마트폰을 끄는 한수에게 동창친구가 궁금한 눈길을 보내
왔다. 그래서 한수는 가슴마저 두근거리는 흥분을 억누르고 소주를
자작으로 술잔에 가득 부어 한입에 들이키고 나서 말머리를 꺼냈다.

"이것봐! 동창친구! 글쎄 내가 코흘리개 소학교 시절에 첫사랑인
가시내가 70년만에 연락을 해왔지 뭔가?"

"에잉? 그게 무슨 뚱딴지 같은 소린가?"

"어허! 들어보라구! 내 고향 청양에서 소학교에 들어가기 전부터
우리 옆집에 하나꼬란 일본 가시내가 살았는데 나랑 신랑 각시를 했
거든!"

"뭐야? 충남 청양 같은 오지 산골에 일본 가시내는 웬말이구, 자네
랑 신랑 각시를 했다는 건 또 무슨 소린가?"

하지만 동창친구는 여전히 한수의 말귀를 못 알아듣고 어리둥절할

뿐이었다. 그래서 한수는 이제는 70년 세월 저 너머의 추억 속으로 그를 안내하지 않을 수 없었다.

"친구야! 자네, 수구초심(首丘初心)이란 말 알지?"

"으응! 여우도 죽을 때가 되면 고향을 향해 머리를 둔다는 고사성 어 말인가?"

"그래! 내가 40여년이나 작가생활을 했지만 고향을 다룬 작품은 쓰지를 못했네. 그러다가 한 3년 전부터 나의 고향 청양에서 발행되 는 〈청양신문〉에 〈내 고향 청양 추억〉이란 연작 콩트를 연재하게 되 었단 말일세. 그래서 그 중에 〈일본색시의 꼬마신랑〉이란 콩트를 실 었는데, 바로 그 작품을 지금 일본에 살고 있는 나의 소꿉동무였던 가시내! 그러니까 하나꼬가 읽게 된 모양일세!"

"그런가? 참 희한한 인연이구만!"

그 순간 동창친구는 부러운 듯한 표정을 지으며 한수가 이끄는 추 억의 이야기 속으로 빠져들어갔다.

"오! 마침 나의 스마트폰에 청양신문의 그 콩트가 저장되어 있으 니까 함께 보세나."

이윽고 한수는 동창친구의 옆으로 자리를 옮겨 그의 연재 콩트를 보여주었다.

〈연작 콩트〉　　**내 고향 청양 추억**
　　　　　　　　　　　출향작가　이은집
제23화 일본색시의 꼬마신랑

"나 당신하테 궁금한게 있는데...?"

녀석들은 부부간에 무슨 할말들이 그리 많은지 어쩌구저쩌구 대화를 나누는 걸 보면, 좀 쑥스러운 고백이나 우리집은 일년 열두 달 가야 부부간에 특별히 나눌 얘기가 없는 것이다. 따지고보면 뻔한 집안 사정에 모를 일도 궁금한 것도 별로 없기 때문이랄까? 그런데 요즘 들어 예펜네가 부쩍 말을 걸어오는 빈도가 잦아졌으니 이게 웬일...?

"허허! 이제 나에겐 꿍쳐 둔 돈도 특별히 하는 일도 없는데 뭐가 궁금한 거유?"

"앗다! 내가 언제 당신한테 그런 걸 물은 적 있우? 내 말은 당신이 여자랑 맨처음 사귄게 언젠가 하는 거유! 다른 속은 더러 썩였지만 여지껏 여자 문제는 없었기에 말이우! 으하하!"

"아이고! 별걸 다 묻는게 꼭 의처증 남편 같구먼! 우째 예펜네 목소리가 날로 사내랑 같아진디야"

"흥! 부부의 잠자리가 멀어지면 무슨 결핍증으로 여자가 남자처럼 된답디다! 어서 묻는 말에나 대답해 보시구랴!"

"에, 맨처음 사귄 여자라? ...그러니까 일곱살 땐가? 해방 전 무렵이니까 말일세. 우리 이웃집에 저수지 막는 공사 책임자로 일본 사람이 와서 살았는데, 그 집 딸이 하나꼬라고 나랑 동갑이었거든."

"흥! 그래서요?"

"어른들이 일을 나가 집이 빌 때면 난 고 가시내네 가서 놀았는데, 지금 생각하니께 그냥 놀기만 한게 아니구먼! 히히히!"

"얼래? 어린 것들이 뭔일이 있었기에...?"

그 순간 예펜네가 귀가 솔깃한 듯 주방에서 멸치를 다듬다 말고 손을 놓은 채 나를 바라보았다. 그러자 나는 괜히 짓궂은 생각이 들어 더욱 과장스런 제스쳐와 함께 이렇게 떠벌였던 것이다.

"그때 당시 우리 집은 8남매(후에 10남매)나 돼서 항상 배가 고팠는데,

하나꼬네를 가면 요 가시내가 입에 먹던 사탕도 꺼내 주더라구..!"

"아이구! 더러워라!"

"더러워? 그 시절에 당신은 사탕은 커녕 엿도 못 먹어 봤을걸? 그리구 걔랑 소꿉놀이를 했는데...! 흐흐흐!"

"아니! 무슨 웃음이 그리 징그럽디야?"

"요즘말로 자기야! 오빠야! 신랑색시가 되어 포대기 이불 덮구서 별짓 다 했당께! 하하하!"

내가 여기까지 고백했을 때 예펜네가 잔뜩 토라지며 건네왔다.

"아유! 그저 사내들이란 어린애나 어른이나 다 도둑놈이랑께!"

"암튼 그래서 고 가시내랑 나 사이엔 애기두 낳았다구!"

"뭣이 워쩌유?"

"하하! 그 가시내넨 일본 인형도 있었는데 어느 날 우리 애기라며 하나 꼬가 젖을 먹이는 시늉까지 하더라니께! 이제 생각하니 문득 그때가 그립 구먼! 흐흐흐!"

"아이고! 더는 못 듣겠네!"

"그렇께 난 이미 70여년전에 일본색시랑 결혼해서 다문화가정을 이룬 셈이지! 하하!"

내가 약올리듯 이기죽대자 예펜네가 더욱 기막힌 반격을 해왔는데...!

"흥! 당신은 그년 하나뿐이지? 난 동네 대여섯살 총각은 다 나랑 한 이 불 덮구 잤구먼! 호호호!"

이윽고 스마트폰에서 하나꼬와의 어린 시절 추억을 소재로 쓴 한 수의 콩트를 읽고 난 동창친구가 웃음을 터뜨리며 말했다.

"하하하! 암튼 친구는 작가보다도 코미디안을 했으면 더 성공했을 거야! 정말 웃겨두 너무 웃기는 소설일세그려!"

"이그! 이건 소설이 아니라 그냥 내가 겪은 추억담이야! 그런데 바로 그 하나꼬란 가시내한테 연락이 오다니...!"

순간 한수는 다시금 소줏잔을 입안에 쏟아붓고 나서 옆에 동창친구가 있는 것도 잊은 듯 70년 전의 어린 시절로 추억의 나래를 펼쳐갔다.

"한수아버지! 하늘이 밑빠졌나 웬 장마가 이렇대유?"

벌써 며칠째 쏟아붓듯이 폭우가 계속됐는데 아직도 하늘은 밤처럼 캄캄하고 빗줄기는 더욱 기승을 부려댔던 것이다.

"글쎄 말여! 벌써 시냇가 옆의 논배미는 황톳물에 뚝이 무너지고 들판의 수렁논들도 모가 물에 잠겼으니 큰일이랑께!"

그런데 이번 장마의 조짐은 여느 때와 달리 심상찮은 데가 있었다. 장마가 시작되기 전부터 마른 번개와 천둥소리가 간이 떨어질 정도로 엄청나게 컸던 것이다. 그리고 충남에서 두 번째로 높다는 오서산 상봉에서부터 비구름이 몰려들었는데, 땅이 우는듯한 괴이한 소리를 지르며 빗줄기가 온천지를 휘감고 달려들었다. 바로 그때였다.

"엇? 저게 뭐랴? 두꺼비가 아녀?"

마당을 가리키며 외치는 어머니의 목소리에 한수가 쳐다보니, 어른 주먹만한 두꺼비 몇 마리가 무딘 걸음으로 기어가고 있었다.

"어허! 저리 두꼐비가 이사를 하면 큰 홍수가 난다는디...! 정말루 걱정이구먼! 휴우!"

아버지의 한숨 섞인 걱정이 뒤따르자 이때 할머니까지 이렇게 거들고 나섰다.

"애비야! 암만해두 이번 장마는 심상찮다! 그렇께 저 건너 저수지 아랫밭의 고추는 거두어 들여야겠다!"

"어머님! 아직 풋고춘디유?"

그러자 어머니가 끼어들었다.

"어멈아! 장마에 저수지가 터져 홍수에 떠내려보내는 것보담 풋고 추래두 건지는게 낫지!"

그런데 할머니의 불길한 예언은 정확히 맞아떨어져서 그로부터 사흘 후에 한수네 건너마을에 위치한 저수지의 뚝이 무너지고 만 것이었다.

"저수지가 터져유! 뚝방 아래 사람들은 모두 피난허세유!"

이때 동네 젊은 사람들이 징을 울리며 외쳐댔는데, 한수는 사랑채 마루에 서서 건너편의 저수지가 벌건 흙탕물을 솟구쳐 올리며 뚝방이 쫘악 갈라지는 모습을 똑똑히 보았던 것이다.

"저수지가 터졌네유! 저 큰물이 영전뜰에 사는 사람들의 집을 덮칠텐디 워쩐대유?"

동네 사람들은 도롱이를 어깨에 걸치고 나와 걱정들을 했는데, 그로부터 대엿새나 지나서야 장마는 그쳤던 것이다. 그 바람에 저수지 아래의 곡창지대였던 영전뜰은 그야말로 쑥대밭이 되었는데, 그래도 동네 사람들은 물이 거의 빠져버린 저수지 웅덩이에 물 반 고기 반으로 바글대는 횡재에 신바람이 나서 야단들이었다. 그런데 또다시 소낙비가 쏟아져서 내일로 고기잡이를 미루고 집에 돌아가버린 다음날 아침에 다시 가보니, 그 많던 물고기떼는 한 마리도 없이 사라져 버렸다.

"허허! 그 많던 물고기를 도깨비가 몽땅 후려간 게 분명하네! 내 이 럴 줄 알았당께!"

동네에서 가장 큰어른인 신새완의 말씀이었는데, 그로부터 사흘 후에 저수지 상류의 산골짜기에서 푹푹 썩어가는 물고기떼를 발견했 던 것이다. 지금 생각해보면 밤사이의 소낙비에 물고기가 시냇물이 아닌 산골짜기의 샛물을 따라 올라갔다가 떼죽음을 당한 것인데, 당 시에는 도깨비의 짓이라고 철석같이 믿었던 것이다. 암튼 이런 장마 와 홍수로 동네의 저수지 뚝방이 터진 후에 한수에 동네에는 아주 깜 짝 놀랄 일이 벌어졌다.

"저수지 제방을 다시 쌓으러 일본인 감독이 온다네! 무슨 나카무 라 상이라는디 아주 성품이 고약하다는구면!"

이런 소문이 동네에 좌악 퍼지고 나서 황소가 끄는 달구지에 삐까 번쩍하는 일본식 농짝을 비롯한 살림살이를 잔뜩 싣고서 일본인 부 부와 쬐끄만 가시내가 나타났다. 그런데 그들은 바로 한수네 옆의 빈 집으로 들어왔던 것이다. 그 집은 온 가족이 염병으로 죽어나가서 흉 가가 되어 벌써 몇 년째 비어 있었는데, 이를 아는지 모르는지 새로 저수지 공사를 하러 온 일본인 감독의 가족이 이사를 온 것이었다.

"한수야! 너 옆집 일본놈 쪽발이네 가서는 안된다!"

그러자 아버지가 한수에게 두 눈을 부릅뜨며 당조짐하는 말이었다.

"얼라! 이웃사촌인디 워째 그럴 수 있대유? 한수야! 쬐끄만 가시내 는 네 동무가 되겠더라. 그렇께 같이 잘 놀어줘잉?"

"어허! 저놈우 예펜네좀 봐! 어른이 이르면 그대루 따르게 헐 것이 지, 뭔 소리여?"

43

"아유! 요즘 세상에 일본 사람한티 하시했다간 무슨 변을 당헐라구 그류?"

"글쎄! 안 된다면 안 되는 줄 알어! 이 예펜네야!"

그때 한수는 평소 마음이 유하시기로 소문난 아버지가 이처럼 화를 내는 것을 처음 보았다. 하지만 까만 단발머리에 베적삼이나 치마가 아닌 비싼 일본의 신식옷을 입은 가시내의 또랑또랑한 눈동자가 떠올라서 남몰래 가슴이 뛰었다.

"알겠슈! 일본 가시내랑은 안 놀께유!"

하지만 한수는 아버지에게 그런 대답을 했는데도 그날밤에 그 가시내가 떠올라서 잠을 설치고 말았던 것이다.

"집에 누가 있으무니까?"

다음날 아침에 한수가 늦잠에서 깨어났을 때 이웃집으로 이사 온 일본인 아줌마가 딸인 가시내와 함께 나타나 소리치는 말이었다.

"야아? 어른들은 다 들일을 나가셨구먼유!"

이때 한수가 방에서 뛰어나와 대답하자 일본인 아줌마는 환한 꽃처럼 미소를 지으면서 말했다.

"호호! 그럼 이 떡을 받아 어른들에게 드렸으믄 해! 이사를 온 인사무니다."

"야아! 그려유? 잘 알었구먼유!"

"난 하나꼬야! 너의 이름은 뭔데...?"

이때 가시내가 보조개에 미소를 담뿍 담아 보이며 한수에게 물어왔다. 순간 한수는 가슴이 찌르르하는 충격을 느끼며 약간 떨리는 목소리로 대꾸했다.

"난 한수야! 일곱 살이구...!"

"오! 하나꼬! 너랑 동갑이구나! 앞으로 동무하면 좋겠네! 호호!"

"으응! 오까상! 그렇게! 한수야! 우리집에 놀러와!"

그러면서 새로 이사온 이웃집의 일본인 엄마와 딸은 한수네에서 물러갔다. 하지만 한수는 여전히 가슴이 두근거릴만큼 특히 하나꼬란 가시내한테 담박에 마음을 빼앗겨 버렸다고나 할까?

"엄니! 아침에 옆집에서 이걸 주고 갔어유."

점심 때쯤 아버지와 어머니가 들일에서 돌아오자 한수가 받은 일본떡을 내놓자 먼저 어머니가 말씀하셨다.

"워매나! 이건 모찌떡 아녀? 맛있게 생겼네!"

"어휴! 그 떡 먹기만 해봐! 입을 납작꿍 맨들껴!"

"얼래? 이사를 오면 이웃집에 떡 돌리는 풍습은 다 같구먼 그류! 그렇게 먹으면 좀 워띻다구 그런디야? 애! 한수야! 하나 먹어봐라! 입안에서 살살 녹는 모찌떡이란다!"

하지만 어머니는 날래게 먼저 모찌떡을 입안에 베어물고 한수에게도 한 개를 건네주었다.

"어이구! 예펜네가 그저 먹는거라면 사족을 못쓰지! 춧춧!"

그러자 아버지는 혀까지 차면서 방문을 쌩하니 열고 밖으로 나가버리셨다. 그래서 한수는 어머니가 내민 모찌떡을 먹어보니 정말로 시루떡이나 인절미보다 입안에서 살살 씹혀 녹아들었다. 특히 팥가루를 개어넣은 모찌떡의 속은 달고도 맛이 있었다.

"저수지 제방공사를 할 사람들은 반은 비럭질이구유, 품값은 반밖에 안나온다네유! 그래두 한여름 농한기에 헐일이 없는디 잘 됐지유!

모두덜 함께 나가장께유!"

화암리 구장이 동네사람들을 모아놓고 설득을 해서 너도나도 다들 저수지 공사판에 나섰는데, 웬일로 한수아버지는 이에 나서지 않는 것이었다.

"얼래! 한수아버지! 올 같은 장마 흉년에 워디서 돈을 맨져본다구 저수지 제방 쌓는 일에 안 나간대유?"

이에 어머니가 바가지를 긁자 한수아버지는 금방 작대기로 마누라를 내려칠듯이 을러대며 소리쳤다.

"이것봐! 내가 그까짓 돈 몇푼 벌자구 일본눔 밑에 들어가 굽실거리란 말인감? 집을 나가신 아버지가 아시면 피를 토허실 일인겨!"

"아이고! 아버님 소린 그만 빼슈 그랴! 촌구석에서 한학자(漢學者)입네 허구 매미처럼 글만 읽으시다가 새수빠지게 무슨 독립운동헌다구 집나가 만주루 상해루 떠돌다가 겨우 함경도 함흥땅에 한약방을 차리구서 작은마누라 얻어 배다른 자식 잔뜩 낳은 양반이 무슨 자랑이라구 그런대유? 내참!"

"뭣이여? 임자! 미쳤남? 누구 들으면 워쩔려구 큰소리랴!"

그러자 아버지는 어머니의 입을 틀어막으며 속삭이듯 그러나 단호하게 말렸는데, 그때 한수는 무슨 애긴지 자세히 알 수는 없으나 무언가 세상에 알려지면 큰일나는 집안의 곡절이 있음을 짐작하게 되었다. 어쨌든 그래선지 한수네만 저수지 제방 쌓는 일에 나가지 않았고 공사는 다음해 봄이 되어서도 끝이 나지 않았다.

"허허! 빨리 저수지를 막아야 올 농사를 제대루 지을 텐디 공사가 하세월이니 큰일이구먼!"

해서 동네 어른들은 땅이 꺼지게 걱정들을 해쌓는데, 한수는 이때쯤 하나꼬와 친해져서 즐겁기만 했다.

"한수야! 얼른 우리집에 와! 사탕 줄께!"

어느 날 하나꼬의 아버지 나카무라 상이 웬 나무묘목을 잔뜩 사서 싣고 온 날, 한수를 불러내는 하나꼬였다.

"으응? 사탕이 뭐게...?"

생전 사탕을 먹어본 적이 없는 한수는 단걸음에 하나꼬네로 갔다. 그러자 하나꼬가 입안에 먹던 사탕을 꺼내주며 말했다.

"자! 먹어봐! 아주 달고 맛있어!"

"에잉? 더럽게 먹던 걸 줘?"

"호호! 잘 안 녹아서 녹여주는 건데...!"

하지만 어머니도 엿 같은 걸 먹다가 입에서 꺼내 준 적이 있으므로 한수가 하나꼬의 입안에 있던 사탕을 받아먹으니까 혀까지 녹을 듯이 달디달았다.

"와아! 사탕은 엿보다 훨씬 달구나?"

"그럼! 이젠 네가 내 입에 그 사탕을 넣어줘!"

"뭐어? 더럽게 내가 먹던 걸 또 먹으려구...?"

"호호! 나랑 친한 동무들은 다 그런 장난을 하는 걸! 그렇께 어서 내 입안에 넣어줘!"

하면서 다음 순간 하나꼬는 한수의 입 앞으로 입술을 벌리며 다가들었던 것이다.

"으음! 그럼 받아 먹어봐!"

그래서 둘이는 서로 입을 맞추게 되었는데 이때 하나꼬가 눈을 사르르 감고 할딱이는게 아닌가! 그리고 그후에는 콩트 연재에서 소개한 신랑 각시가 되는 소꿉놀이도 했는데, 한번은 이런 창피스런 일도 벌어졌던 것이다. 한수는 일곱 살때까지도 밑터진 잠뱅이옷을 입었는데, 이는 조루자지라서 툭하면 오줌을 옷에 지리기 때문이었다. 바로 이런 사연으로 한 번은 한수가 하나꼬 앞에서 다리를 벌리고 앉았는데, 밑터진 잠뱅이가 환히 열려서 그만 새끼손가락만한 잠지를 하나꼬에게 들키고 말았던 것이다.

"오! 아이시떼이루(얼레리꼴레리)! 아이시떼이루! 호호!"

그러자 하나꼬는 웃음보를 터뜨리며 놀려댔고, 한수는 그만 창피해서 얼굴이 **빨개져** 하마터면 울음을 터뜨릴 **뻔했던** 것이다. 한수는 그런 일이 있은 뒤 한동안 집에서 밖에를 나가지 않았다.

"한수야! 노올자! 어서 나와봐!"

며칠 후에 하나꼬가 찾아와서야 한수는 다시 마실을 갔는데, 이때 하나꼬네 집의 마당가에는 꽤 큰 나무 묘목이 심어져 있었다.

"무슨 나무를 심은 거야?"

해서 한수가 묻자 하나꼬가 자랑스럽다는 듯이 대답했다.

"으응! 사쿠라인데 우리 일본에서는 아주 많이 있는 나무야!"

"사쿠라?"

"그래! 사쿠라는 우리 일본의 꽃이야! 봄이면 아주 꽃이 멋지게 피는데, 며칠 안 돼서 한꺼번에 떨어져 속상해!"

"알았다. 바로 벚꽃을 말하는구나! 그렇담 우리나라에서 젤루 예쁜 꽃이 뭔지 가르쳐줄까? 그건 무궁화꽃이야!"

"아! 바로 느네집 울타리로 심은 꽃나무 말이지! 작년 여름에 내가 여기로 이사왔을 때 한창 핀 걸 보았어."

"그래! 무궁화는 한번 피기 시작하면 가을까지 피는 아름다운 꽃이야!"

이처럼 한수와 하나꼬는 자기 나라의 꽃자랑을 하게 되었는데, 이때만큼은 한 치의 양보도 없이 서로 자신의 주장을 내세웠던 것이다.

"좋아! 그럼 너의 무궁화! 나의 사쿠라! 꽃자랑은 비긴 걸로 해! 그럼 됐지?"

드디어 하나꼬가 이렇게 반쯤 양보를 해서 한수와 하나꼬의 꽃자랑은 잘 매듭이 풀렸는데, 이번에야말로 또다시 무궁화와 사쿠라의 논쟁이 벌어졌던 것이다. 그것은 바로 제방공사를 마친 저수지의 뚝방길에 새로이 사쿠라 나무를 심기로 한 것이었다.

"그건 안됩니다유. 원래 그곳엔 무궁화 나무가 심어져 있었어유! 뚝방길에 사쿠라 같은 큰나무를 심으면 바람막이가 되어 뚝방을 훼손할 염려가 있습니다유."

특히 이에 앞장서 반대를 하고 나선 사람은 한수의 아버지였던 것이다. 결국 서로 양측이 주장을 굽히지 않고 보니 언쟁을 넘어 욕설까지 하는 싸움판이 벌어지고 말았다.

"바가야로! 대일본제국의 나라꽃인 사쿠라를 심겠다는데 무슨 딴소리야? 당신을 주재소에 쳐넣어야 손을 들겠오?"

"천만에! 나는 이곳의 지리를 잘 알구 있단 말이유! 저수지가 들어선 여기는 저기 오서산 바람이 불어닥쳐서 사쿠라 나무는 잘 자라질 못해유! 대신에 저수지 둘레에 사쿠라 나무를 심으면 좋을 것이구만유. 허지만 무궁화는 나무의 키가 작아서 바람맞이에도 잘 견디구 또

꽃도 여름부터 가을까지 피닝께 구경거리루두 좋을 것이란 말이유!"

결국 한수 아버지의 끈질기고도 사리에 맞는 주장에 하나꼬의 아버지가 양보를 하여 저수지의 둘렛길에는 사쿠라 나무를 심었고, 저수지의 뚝방길엔 무궁화 나무를 심었던 것이다.

"한수아버지! 지금같은 일정시대에 하나꼬 아버지한테 그리 대들면 워쩐대유? 난 당신이 주재소에 잽혀갈까봐 간떨어질 뻔했당께유!"

왈가왈부 말이 많았던 저수지에 무궁화 나무와 사쿠라 나무를 심는 문제에 원만한 해결이 났을 때 한수어머니가 가슴을 쓸어내리며 하는 말이었다.

"허어! 이 예펜네야! 독립운동가의 집안인디 그깐 주장도 못해서야 그 자식이랄 수 있겠오?"

그때 한수는 너무 어려서 부모님이 주고받는 이런 속삭임을 다 깨닫지는 못했지만, 지금에 와서는 아버지가 얼마나 엄청난 고집을 피웠고, 하나꼬의 아버지는 상당한 엘리트였음을 깨닫게 되는 것이었다. 암튼 이런 사연을 끝으로 그해 여름이 한창 막바지에 이르렀을 때 세상천지가 발칵 뒤집힐 엄청난 사건이 터졌던 것이다. 바로 세계 제2차대전에서 미국이 일본의 히로시마와 나가사키에 원자폭탄을 투하하자 일본 천황이 드디어 항복을 하게 된 것이었다.

朕深ク世界ノ大勢ト帝國ノ現狀トニ鑑ミ非常ノ措置ヲ以テ時局ヲ收拾セムト欲シ玆ニ忠良ナル爾臣民ニ告ク

朕ハ帝國政府ヲシテ米英支蘇四國ニ對シ其ノ共同宣言ヲ受諾スル旨通告

セシメタリ 抑々帝國臣民ノ康寧ヲ圖リ萬邦共榮ノ樂ヲ偕ニスルハ皇祖皇宗
ノ遺範ニシテ朕ノ拳々措カサル所曩ニ米英二國ニ宣戰セル所以モ亦實ニ帝
國ノ自存ト東亞ノ安定トヲ庶幾スルニ出テ他國ノ主權ヲ排シ領土ヲ侵スカ
如キハ固ヨリ朕力志ニアラス.....

짐은 세계의 대세와 제국의 현 상황을 감안하여 비상조치로서 시
국을 수습코자 충량한 너희 신민에게 고한다. 짐은 제국정부로 하여
금 미 · 영 · 중 · 소 4개국에 그 공동선언을 수락한다는 뜻을 통고하
도록 하였다.

대저, 제국 신민의 강녕을 도모하고 만방공영의 즐거움을 함께 나
누고자 함은 황조황종(皇祖皇宗, 열성조)의 유범으로서 짐은 이를 삼
가 제쳐두지 않았다. 일찍이 미영 2개국에 선전포고를 한 까닭도 실
로 제국의 자존과 동아의 안정을 간절히 바라는 데서 나온 것이며,
타국의 주권을 배격하고 영토를 침략하는 행위는 본디 짐의 뜻이 아
니다.....

그해 한여름인 8월 15일에 일본이 항복하자 당장 한수의 동네사람
들은 저수지 제방공사를 할 때에는 비럭질도 마다않고, 한푼이라도
품삯을 받고자 하나꼬 아버지한테 굽실댔는데, 당장 잡아다가 죽여
야 한다고 아우성을 쳐댔던 것이다.

"한수아버지! 당신이야말로 앞장서 나카무라 상을 죽이자구 나설
줄 알았는디 왜 가만 있으슈?"

한수어머니의 채근에 아버지는 입맛만 다시다가 조용히 말을 꺼

냈다.

"이 예펜네야! 물에 빠진 사람은 건져놓고 보는 게여! 더구나 저수지 공사 후에 내가 주장한 무궁화 나무를 심게 했는디...!"

그 순간 한수는 아버지와 어머니 앞에서 울먹이며 가까스로 말을 꺼냈다.

"아버지! 어머니! 하나꼬는 나한티 참 잘했단 말예유! 그렇게 그 집 식구를 살려주셔야 해유!"

그리고 바로 그날밤부터 하나꼬네 식구는 한수아버지가 방공호에 숨겨주어서 겨우 목숨을 부지하여 훗날 무사히 일본으로 돌아가게 되었다.

"알구본께 우리 아버지가 독립운동가인 걸 알구서두 나카무라 상이 눈감아줬던 것이여! 그러니 서루 목숨을 구해주는 품앗이를 헌거지! 뭘!"

훗날 한수는 성인이 되어서야 그 시절 집안의 모든 사연을 알게 되었는데, 그리고 다시 70년이란 긴 세월이 흘러서야 까맣게 잊고 살다가 이제 오늘에 와서야 하나꼬의 수소문 연락으로 잃어버린 과거와 무궁화에 얽힌 추억을 되찾게 된 것이었다.

에필로그 : 이런 자초지종으로 하나꼬를 다시 만나게 된 한수는 금년 한여름에 70년만에 한국을 방문한 하나꼬를 안내하여 고향인 충남 청양군 화성면 화암리에 있는 두 사람의 옛집과 이젠 고목이 된 무궁화꽃 뚝방길과 봄이면 벚꽃 들렛길로 관광명소가 된 화암저수지를 찾아 어린 시절 추억의 길을 함께 걷게 되었다.

"하나꼬 여사! 그때가 생각나시오? 내 입에 당신이 먹던 사탕을 넣어주었던 달콤한 추억 말이오! 하하!"

"나는 한수란 꼬맹이 머스매의 밑터진 바지옷에서 훔쳐 본 찐징(잠지)이 아직도 눈에 선하무니다요! 호호!"

아아! 이렇게 무궁화 꽃밭과 사쿠라 나무숲이 우거진 고향의 저수지길을 하나꼬와 함께 손잡고 걸으면서 한수는 지금의 한일 두 나라는 왜 이처럼 앙숙으로 지내는지 안타까운 마음을 금할 수가 없었다.* (미발표)

세엣.
제떡왕 김떡보

시청률 50%에 가까운 국민드라마 〈제빵왕 김탁구〉를
패러디한 소설로, 요즘 방송가의 뒷전으로 밀려난 남성
드라마작가와 뺑소니 운전사건으로 퇴출된 새내기 탤
런트가 우여곡절 끝에 국민드라마가 되는 〈제떡왕 김
떡보〉의 이야기가 감동의 눈물을 선사하는데...! 제작
현장에서 밀려난 구일훈 PD가 나를 찾아온 것은 침체
된 MBS의 드라마를 살리기 위해 구원투수의 작가가 돼
달라는 하소연이었다.

창작 메모 - KBS, MBC, SBS, 공중파 방송 3사가 가장
치열한 경쟁을 벌이는 드라마계의 속사정과 배우들
의 민낯을 보고 싶었다.

제떡왕 김떡보

"정말 놀랐습니다. 우리나라에 방송작가가 이리 많은 줄은..."

구일훈 PD가 호프잔을 들어 단숨에 들이키고 나서 하는 말이었다. 이에 나도 그가 따라준 호프잔을 원샷으로 해치웠는데, 이윽고 구일훈 PD가 지친듯한 표정으로 건네왔다.

"방송작가협회 수첩에 나온 작가만 2천명이 넘더군요. 그러니까 협회 미가입 작가까지 합친다면 아마 2,500명은 되겠죠?"

"요즘 케이블TV와 우후죽순으로 생긴 제작사 쪽에서 뛰는 후리랜서나 젊은 새끼작가들을 합하면 그보다 훨씬 더될 겁니다."

"네! 그러니까 선생님같은 중견작가들이 소외되시죠!"

그가 안타깝다는 듯이 말하자 기어이 나의 울분이 폭발했다고나 할까? 이번엔 자작으로 피처를 들어 호프잔에 넘치게 따라 입안에 들이붓듯 하고 나서 그를 향해 내뱉었던 것이다.

"우리같은 방송작가 1세대들은 벌써 뒷방신세가 됐어요. 요즘 젊은 PD들이야 말 잘 듣는 애송이 작가들만 쓰니까...!"

"그렇죠. 저희 방송국 쪽도 사정은 마찬가지예요. 팀장제로 조직이 바뀐 다음부터는 40대 후반만 들어서도 벌써 제작 현장에서 밀려나거든요."

"암튼 그래서 우리 드라마만 해도 신세대 여성작가들이 휩쓸고 있어요. 우리같은 나이든 남성작가는 퇴출된 지 오래라니까...!"

"네! 바로 그 때문에 제가 선생님을 찾아뵌 것입니다."

하면서 구일훈 PD는 다시 피처를 들어 나의 호프잔에 따르며 말을 계속했던 것이다.

"강민 선생님! 요즘 우리 방송국 사정을 아시나요? 시청료를 받는 공영방송 KBC와 공격적인 경영으로 나가는 SBC의 틈바구니에서 우리 MBS는 요즘 죽을 맛이라구요."

"으음! 정말 요즘 부쩍 광고가 줄은 것 같던데...?"

"말씀 마세요! 양대 방송은 월화 수목 주말 드라마마다 시청률 30%를 넘나드는 국민드라마로 히트치는데, 우리 MBS만 웬일로 샌드위치가 되어 죽을 쑤지 뭡니까?"

"허참! 10여 년 전 내가 MBS에 드라마를 쓸 땐 다른 방송국이 계속 죽을 쑤었는데 어쩌다가...?"

"네! 그래서 우리 드라마 국장이 저에게 은밀히 프로젝트를 주셨는데, 그걸 해내실 작가가 바로 강민 선생님이시라구요!"

"뭐요? 이미 잊혀진 나같은 작가가 어찌...?"

"물론 상황은 아주 악조건이죠! 지금 KBC는 줄줄이 국민드라마로 고공행진중이고, SBC 역시 요즘 최고의 인기가도를 달리는 배우들이 포진한 드라마로 위세를 떨치니까요. 하지만 위기가 곧 기회란 말도 있듯이 선생님과 제가 한번 손잡고 우리 'MBS 구하기' 프로젝트를 성공시켜 보시자는 겁니다!"

"하지만 구PD나 나나 이미 흘러간 물이 아닐까...?"

"하하! 하지만 저의 첫 연출 드라마가 선생님 작품이라선지 은근히 자신감도 생기는걸요!"

"그래요? 근데 요즘 신세대 여성작가와 나같은 구닥다리가 게임이 될른지...?"

"글쎄요. 싸움은 해봐야 결판이 나는 것 아닙니까? 선생님께서 10여년만에 컴백하시는 드라마니까, 월화 미니시리즈로 20회가 기준이지만, 시청률에 따라서는 30회도 좋습니다. 암튼 작품 소재랑 캐스팅까지 몽땅 작가선생님의 재량에 맡기라는 국장님 지시니까요! 현재 방송중인 드라마 후속작으로 다음 달 말부터 나갈 수 있게 해주셔야 합니다."

"뭐요? 구PD! 드라마가 무슨 번갯불에 콩구워 먹는 장난인가요? 겨우 한달여 시간을 주다니...?"

내가 너무도 어이없어 힐난하듯 그에게 쏘아붙이자, 정말로 장난기어린 얼굴의 구PD가 약올리듯 대꾸했던 것이다.

"에이! 강민 선생님! 인기 드라마일수록 쪽대본까지 쓰는게 우리 드라마 제작 풍토가 아닌가요? 하하!"

"좋아요! 그럼 구PD 말마따나 우리 일 한번 저질러 봅시다! 죽기 아니면 까무러치기 아니겠오?"

그때 나는 그의 유혹에 홀린듯 이렇게 큰소리치면서 계속 호프잔을 주거니 받거니 해댔는데...!

그런데 방송작가뿐 아니라 문인들이 하나의 작품을 쓴다는 것은 구둣방의 기능공이 '구두 한 켤레 만드는 시간 X 시간 수 = 구두 켤레 수' 가 되는 것과는 달라 엄청난 창작 스트레스에 시달린다고나 할까?

'무엇을 쓰지? 어떻게 구성할까? 막상 집필은 더욱 막막하잖아?'

암튼 이런저런 고민으로 알자리를 찾는 암탉처럼 안절부절 못하는 게 특히 드라마 작가들인 것이다. 그래서 미니시리즈이던 일일드라마이던 한번 작업을 마치고 나면 중병을 앓은듯 피골이 상접해지기도 했는데, 이런 후유증 때문인지 문인들 중 방송작가협회의 모임에 나가보면 나이에 비해 가장 빨리 늙고 안색이 암환자처럼 좋지 않았으니...!

'요즘 드라마 경향은 사극도 현대물같은 퓨전드라마이고, 더구나 월화 수목 드라마는 스토리도 없이 무슨 헐리우드 영화처럼 출연 배우들의 액션만 보여주니, 나같은 노털작가로선 그들의 감각을 따라잡을 수 없잖아? 그렇다면 무엇으로 승부수를 던지지?'

MBS의 드라마 연출 구일훈 PD와 헤어진 날부터 나는 자나깨나 이런 창작 스트레스에 시달리다가 드디어 작품 소재를 찾아냈으니, 그건 바로 나의 어릴적 감추고 싶은 추억! 아니 아프고 그리운 날들의 이야기라고나 할까?

'바로 그거야! 인스턴트 식품의 유해성에 웰빙을 찾듯이, 요즘 판치는 막장 드라마의 폐해를 씻어낼 무공해 드라마를 써보는 거야! 우리가 겪었지만 잃어버린 소중한 것들! 6070 시절의 가난 속에서도 가졌던 간절한 꿈과 가족간의 뜨거운 사랑을 재미와 감동이 버무려진 미니시리즈 드라마로 치고 나간다면, 과연 시청자들의 반응은 어떨까?

바로 이런 드라마의 주인공이 나였는데, 6.25 때 남편이 전사하여 청상과부가 된 어머니는 유복자인 나를 낳고 평생을 떡장수로서 자식을 키우고 가르쳤으니, 이거야말로 한국적 드라마의 전형이 될지도 모른다. 그래서 나는 우선 드라마의 가제를 '제떡왕 김떡보' 로 짓고, 내용은 정반대 상황으로 바꾸었는데...!

"네에? 강민 작가선생님! 드라마마다 아이돌 꽃미남과 걸그룹 멤버같은 여배우들이 대세인 요즘에 그 제목 한번 엽기적입니다. 하하! 그러나 좋습니다. 모든걸 선생님께 일임했으니까요."

구일훈 PD가 이리 나오는걸 보면 MBS의 드라마가 어지간히 위기 상황에 몰린듯 싶었는데, 드디어 시놉시스가 마무리되자 나는 출연할 연기자들의 캐스팅에 나섰던 것이다.

"주인공 이름이 김떡보라구요? '꽃보다 남자' 에 출연한 저의 이미지완 너무 아니잖아요?"

우선 드라마의 성공 여부는 출연배우가 80% 이상 결정한다고 해도 과언이 아니기에, 요즘 한창 뜨고 있는 아이돌 인기 탤런트의 소속사를 찾아가 만났다가 첫마디에 거절을 당하고 말았다. 내가 드라마 작가로 상종가를 치던 시절엔 탤런트들이 스스로 줄을 놓아 찾아왔고, 배역의 경중을 따지기전에 무조건 캐스팅되기를 목매었는데, 참으로 방송가의 세태가 달라졌다고나 할까?

'그렇다면 어쩐다? ...가만! 차라리 나처럼 한물간 연기자를 찾아봐! 그런 텔런트라면 목말라 우물찾는 격일 테니까...!'

그래서 나는 한국방송연기자협회의 회원명부를 구하여 20대 전후의 연기자를 찾아보았는데, 바로 이때 녀석이 나의 눈에 띄었던 것이다.

'아니! 얘는 혜성처럼 나타났다가 뺑소니 음주 운전으로 퇴출된 윤지유라고 했던가?'

그의 이름이 기억되는 건 '베스트극장'인가 하는 단막극에서 데뷔했는데, 마침 우연히 이를 보았던 나의 눈에 그의 연기가 분명 될성부른 떡잎이었던 것이다.

'김떡보! 바로 찾았어!'

순간 나는 등줄기에 소름이 돋는 충격을 받았다. 어쩌면 이런 우연한 필연이 있는가 싶었던 것이다. 나는 당장 그의 프로필에 나온 핸드폰 번호를 눌렀다. 그러자 신호음이 떨어지는 순간 '당신이 부르면 달려갈꺼야!' 하는 박상철의 노래 〈무조건〉이 쏟아져 나왔는데, 하지만 그는 얼른 연결이 되지 않았다.

'혹시 그 뺑소니 건으로 아직도 어디에 잠적해 버린 걸까?'

그러나 이런 오해는 금방 풀리고 말았다. 내가 핸드폰 폴더를 덮자마자 상대방이 전화를 걸어온 것이었다.

"안녕하세요? 윤지유입니다. 전화 주신 분은 누구신가요?"

"아! 방송작가 강민이라고 해요. 미팅 좀 하고 싶어서...!"

"네에? ...아! 선생님! 저두 뵙구 싶었는데요."

"뭐...? 날 아는가요?"

그때 그가 너무 반가워 하는 바람에 내가 오히려 의아해져서 묻자, 윤지유는 조금 망설이는 투로 대답해왔던 것이다.

"선생님! 제가 초등학교 때 '서울 머슴'이란 드라마를 쓰셨잖아요? 거기서 아역 배우였던, 지금 SBC 드라마 '슬픈 남자'에서 인기 짱인 윤지민 탤런트를 보고 저 역시 연기자 꿈을 가졌걸랑요!"

"아! 그런 인연이 있어요?

"네! 저랑 이름이 한 글자만 틀려서인지도 몰라요. 근데 선생님께서 절 무슨 일로 ...?"

윤지유는 더 이상 말을 잇지 못하고 흐려버렸는데, 아마도 이는 음주운전 뺑소니 사건에 따른 두려움 때문인듯 짐작되었다.

"자세한 건 만나서 해요. 여의도 MBS 앞의...! 아니! 우리 동네가 좋겠군요! 2호선 문래역 3번 출구로 나와 2백미터쯤에 있는 홀랄라 호프집으로 오후 7시쯤 어때요?"

"네! 좋습니다. 선생님! 저의 일이 끝나는 대로 달려갈게요."

그리하여 나는 약속보다 10분쯤 늦게 집 근처 내 단골인 홀랄라 호프집으로 갔는데, 이때 저만큼에 한 청년이 단거리 육상선수처럼 뛰어오는게 아닌가?

"아! 선생님! 죄송합니다. 제가 좀 늦었네요."

윤지유가 달려와 먼저 날 알아보고 이런 인사를 해서 나는 그를 안내하여 내 지정석 같은 홀랄라의 구석진 자리로 갔다.

"찾아오느라고 수고했어요. 난 저녁식사 하고 나왔는데 한잔 어때요? 이 집 불닭이 요기도 되니까 말일세!"

"선생님! 그럼 제가 한잔 따라 올리겠습니다."

그는 요즘 신세대답잖게 예절바른 태도로 나의 호프잔에 맥주를 따랐는데, 입고 온 행색이 전혀 탤런트같지 않게 초라해서 좀 의아하게 느껴졌다.

"아! 저의 옷차림요? 아파트 신축 공사장에서 알바 뛰고 있걸랑요."

이를 눈치챘는지 그가 스스로 해명을 했는데, 전혀 창피해하는 기색이 아니었다. 나는 그 점이 대견스러우면서도 한편 꾸짖고 싶은 생각이 들었다.

'이보게! 한창 연기에 매달려도 시원찮은 때, 그런 실수를 저질러 지금 이 모양이라니...?'

그런 힐난이 입안에서 맴돌았다고나 할까?

"......!"

이제 그도 이런 나의 눈치를 챘는지 말없이 내가 따라 준 호프를 마시고 있었다.

"윤지유 군! 내가 미팅하잔 건 다름이 아니라...!"

"......?"

"지금 내가 쓰는 미니시리즈 드라마의 캐스팅을 위해서라네. 윤군의 데뷔 작품인 베스트 극장에서 본 인상이 이번 나의 작품과 맞아떨어지는 것 같아서...!"

그때 윤지유가 들었던 호프잔을 내려놓고서 나를 바라보며 무거운 어조로 입을 열었다.

"선생님! 전 아직 자숙기간이 필요합니다. 그래서...!"

"아! 자네의 음주사건 말인가?"

"네! 저도 모르겠어요! 왜 그때 그런 일을 저질렀는지...!"

그는 지금 생각하는 것조차 괴로운듯 얼굴을 찌푸리며, 다시 호프 잔을 기울여 입안에 들이붓듯이 마셨다. 돌이켜보면 그토록 어렵게 탤런트가 되어 겨우 몇 작품 출연으로 뜰만한 찰나에 그런 과오로 방 송 퇴출이라는 나락에 떨어졌으니, 그의 절망이 어떠했을까는 짐작 이 가고도 남았다.

"으응! 큰 잘못이긴 하지만 이번 나의 드라마로 그에 대한 대가를 치른다면 어떤가?"

내가 위로하듯이 말하자 그가 두 눈에 물기를 머금으며 혼잣말처 럼 중얼거렸다.

"그래도 될까요? 두려워요! 그때 저의 팬카페를 닫아야 할 정도로 악플이 쏟아졌던걸 생각하면요...!"

"그래? 그렇담 연출 담당 PD와 상의해보지. 오늘은 이만 술이나 마시자구...!"

결국 나는 더 이상 그에게 출연을 권하지 못하고 호프잔만 주고받 다가 거의 자정 무렵에야 헤어졌던 것이다.

윤지유는 초등학교 때 강민 작가의 드라마 '서울 머슴'의 아역배 우 윤지민을 보고 연기자의 꿈을 갖게 됐는데, 오늘 뜻밖에도 그 작 가의 출연 요청을 받다니, 그는 문득 필연의 운명같은 느낌을 받았 다. 하지만 아직은 자신의 과오를 다 씻지 못했다는 자책감에 빠져 그의 발걸음은 자신도 모르게 데뷔전에 만나 절친이 된 유하의 자취 방으로 향했다. 그는 아직도 대학로를 벗어나지 못하고 어느 극단에 서 연기수업을 하고 있었던 것이다.

"웬일이야? 너 요즘 알바를 한다면서..? 암튼 어서 들어와!"

윤지유가 TV 데뷔 전에는 노상 살다시피 드나든 그의 자취방이지 만, 오랜만에 나타나자 유하는 의아해 하면서도 깜짝 반기는 것이었 다.

"야! 술 있지? 어서 가져와."

이미 혀가 꼬부라진 윤지유의 재촉에 그가 냉장고에서 깡맥주를 몇 개 꺼내오며 대꾸했다.

"이건 데뷔 이전의 무명 배우들 일용양식이니까 얼마든지 있지! 근데 어디서 누구랑 마셨길래....?"

"야! 묻지마! 괴롭다!"

이에 대답인듯 윤지유는 깡맥주를 따서 벌컥벌컥 들이켰다.

"짜슥! 드라마에서 뜬다고 방방 뛸 땐 언제구...?"

"시끄러! 그 기분에 연출 PD님이 술을 사주셔 마셨구, 거기까진 좋았는데 음주운전에 접촉사고가 나자 너무나 당황돼서 나도 모르게 뺑소니를 치게 되더라구! 그게 이런 치명적인 결과를 가져올 줄이야 누가 알겠냐구..? ...근데 지금 출연 제의를 받은거야! 으흐흑!"

다음 순간 윤지유는 오열을 터뜨리며 유하의 가슴에 얼굴을 묻 었다.

"그래! 네 맘 알겠다. 하지만 아픈만큼 성숙해진다잖아? 곧 해뜰 날이 올거야! 참고 기다려봐! 나처럼 말야! 응? 흑흑!"

이때 야간공고를 졸업 후 벌써 3년째 극단에서 청소와 단역으로 겨우 무대를 밟고 있는 유하도 자기 설움에 북받쳐 함께 울음을 터뜨렸던 것이다. 그래서 둘이는 눈물 범벅속에 깡맥주만 마셔대고 있었는데, 그 순간 윤지유의 핸드폰 벨이 자지러질듯이 울려댔다.

"누군데 이 밤중에 전화야? 어서 받아봐!"

유하의 채근에 윤지유가 폴더를 열자 전화의 주인공은 뜻밖에도 강민 작가였는데...!

"윤군인가? 좀전에 담당 PD랑 전화로 상의했는데, 역시 곤란하다는 답변이네. 괜히 윤군이 기대할까봐 알려주는 것이니까 너무 섭섭해 하지 말게나."

그러자 윤지유는 정신이 번쩍 나는듯 자세를 바로 한채 이렇게 답변했다.

"아! 선생님! 괜찮습니다. 제가 말씀드렸잖아요? 하지만 선생님껜 감사드려요. 절 이리 위로해 주시니까요! 흐흑"

하지만 끝내 윤지유는 터져나오는 울음을 참아내지 못했던 것이다.

"지유야! 네가 첫 출연 땐 그리 기뻐했는데, 벌써 딱지라니...! 차라리 내가 그런 일을 당했더라면...!"

진정한 친구란 기쁨은 두 배로 슬픔은 반으로 나눈다더니, 그들이 지금 그랬다고나 할까? 둘이는 눈물과 울음을 함께 터뜨렸던 것이다.

"구일훈 PD! 정말로 윤지유는 안 될까?"

다음날 강민 작가는 MBS 방송국으로 찾아가 연출자인 구일훈 PD에게 다시 한번 타진했으나, 드라마 국장까지도 심지어 조연출들도 펄쩍 뛴다는 것이었다. 말하자면 이번 드라마와 관련된 사람들은 모두가 반대인 셈이었다.

처음엔 작가인 나에게 캐스팅 재량권을 준다고 했지만, 결국은 시청률과 방송사의 독단에 따라 없던 일이 돼버린 것이었다. 하지만 강민 작가가 굳이 어젯밤에 미리 윤지유에게 그런 통고를 한 것은 깊은 속셈이 따로 있었으니...! 그건 윤지유로 하여금 좀더 자신의 과오에 대한 고통의 맛을 체험시키기 위해서였다고 할까?

"아! 단 한번의 실수가 날 이리 망칠 줄이야...! 으흐흑!"

그래서 공사장의 알바도 나가지 못하고 유하의 자취방에서 뒹굴며 눈물짓는 윤지유에게 유하는 마침 월요일로 연극 공연이 없었기 때문에 함께 있으면서 친구를 위로하기에 바빴다.

"그래서 공인이 무서운 거야! 난 어쩜 지금처럼 무명이 좋은 것 같기도 해! 특히 널 보니깐 말야. 후우!"

윤지유가 이런 암흑의 나날을 보내고 있을 때 또다시 강민 작가로부터 핸드폰으로 전화가 걸려왔다. 하지만 윤지유는 누구의 전화도 받고 싶지 않아 이를 묵살했는데...! 이를 곁에서 지켜보던 유하가 그의 핸드폰을 빼앗으면서 소리쳤다.

"임마! 저승사자한테 걸려온 전화라도 받아야지! 비겁하게스리 피하기는...?"

하면서 끊어진 핸드폰의 번호를 누르자 강민 작가의 목소리가 흘러나왔던 것이다.

"아! 윤지유 군인가? 난데 지금 저번에 만난 훌랄라로 나올 수 있겠나?"

"네? 전 윤지유 친군데요, 걔가 지금 상심해서...!"

"하하! 그럴거야. 그럼 친구가 데리고 나와 주겠나? 아주 중요한...!"

"넵! 작가선생님! 당장 가볼께요! ...얌마! 윤지유! 어서 일어나!"

다짜고짜로 잡아끄는 유하의 기세에 밀려 윤지유는 그와 함께 홀랄라로 다시 강민 작가를 찾아가게 되었는데...!

"하하! 죽지 않고 친구한테 끌려온 걸 보니까, 윤군이 운이 좋긴 좋구나!"

"네에? 선생님! 무슨 말씀이신지...?"

"윤군! 모두들 안 된다가 된다로 바뀌었네! 그런 걸 바로 드라마라고 하는 거야! 역전 드라마! 하하하!"

"뭐라구요? 지유가 선생님 드라마에 캐스팅 됐단 말씀인가요? 정말?"

이때 윤지유는 어안이 벙벙하여 아무런 대꾸도 못했는데, 오히려 유하가 더 좋아서 어쩔 줄 모르며 소리쳤던 것이다.

"그러니까 내가 다시 불렀지! 근데 친구는 뭘 하나?"

"선생님! 유하라구 제 친구인데 얘두 배우예요. 대학로에서 연극하는데 비보이랑 뮤지컬을 해서 춤 노래 다 된다구요!"

그제야 윤지유가 유하를 대신해 소개하자, 잠시 눈을 껌벅이며 머리를 갸웃하던 강민 작가가 깜짝 반기듯 말했던 것이다.

"오! 그렇담 잘 됐군! 윤군을 괴롭히는 상대 악역인데 내가 생각한 이미지랑 맞구만!"

"와아! 선생님! 근데 이 친군 너무 착한 앤데요?"

강민 작가의 제안에 윤지유가 기뻐하면서도 걱정스레 말했다. 그러자 강민 작가가 윤지유와 유하의 술잔에 호프를 따르며 대꾸했다.

"야야! 그건 작가와 연출자가 만드는 거야! ...아니! 연기자인 너희의 몫이라구! 그러니까 딴 걱정말고 이번 우리 드라마에 목매 죽을 각오들이나 해요! 그런 뜻에서 먼저 오늘밤 호프에 빠져 죽을만큼 한번 마셔 볼까? 하하하!"

그리하여 이제 의기투합한 세 사람은 술잔 대신 각각 피처에 가득한 호프를 입안에 쏟아붓는 의식을 치렀던 것이다. 그런 취중에도 정신 말짱한 윤지유와 유하에게 헤어질 때 박민 작가는 이번 미니시리즈 드라마 '제떡왕 김떡보'의 시놉시스를 건네주었는데...!

강민 방송작가가 10여년만에 컴백하는 MBS의 미니시리즈 드라마인 '제떡왕 김떡보'의 무대는 충남에서 두번째 높은 산으로 정상의 갈대밭이 유명한 오서산 아래 광천인데, 그곳은 또한 새우젓과 어리굴젓으로도 유명한 고장이기도 했다. 바로 이곳에 6.25때 피난을 왔다가 눌러앉은 해룡(유하 분)네는 광천읍내에서 떡방앗간을 하는 부자였고, 이 집에서 일꾼으로 머슴살이를 하는 아버지와 단둘이 사는 덕보(윤지유 분)는 해룡과 같은 초등학교를 다니는 짝꿍이지만 서로는 앙숙이었다. 그 이유의 첫째는 덕보가 줄곧 1등만 도맡아 하는데 비해 해룡은 담임선생님을 가정교사로 들였어도 꼴찌를 벗어나지 못하는 것이었다. 그러자 해룡은 덕보에게 온갖 행패를 부렸고, 특히 학교에 방화한다든지 또는 교무실에서 선생님들의 물건을 훔쳐서 덕보에게 교묘히 누명을 씌웠다. 이런 일로 수없는 골탕과 위기에 처하는 덕보지만 너무나 심성이 고와 아버지가 머슴을 사는 주인집의 아들인 해룡을 감싸주고 노예처럼 행동하는 것이었다.

그리고 그 이유의 둘째는 광천읍내에서 가장 크게 새우젓 가게를 하는 집의 딸인 천사같은 연자가 항상 덕보 편을 들어주자, 이에 더욱 화가 나고 질투를 느낀 해룡은 덕보에게 싸움까지 걸어 두들겨 패기도 했으니...!

"해룡아! 넌 서울서 온 애가 왜 그리 못되먹은 거여? 덕보의 맘은 저 오서산의 진달래꽃처럼 고운디...?"

특히 연자가 해룡에게 이렇게 비난하자 오히려 역효과를 내어 더욱 온갖 트집으로 덕보를 괴롭혔고, 특히 덕보가 떡방앗간의 떡을 훔쳐 먹고 떡방아 기계를 일부러 고장냈다고 고자질하여, 해룡 아버지와 어머니한테까지 혼나게 한다. 그런데 이런 해룡에게는 출생의 비밀이 있으니, 그것은 서울에서 대학생시절에 성생활이 문란했던 해룡아버지가 성병으로 임신이 불가능한데도 해룡어머니는 몸이 건장하고 젊은 덕보 아버지를 유혹하여 낳은 아들이 바로 해룡이었다. 그래서 사실은 덕보와 해룡은 이복형제인데, 이를 까맣게 모르는 둘이는 이처럼 서로 상극이 되었던 것이다. 그러던 중에 이를 알게 된 해룡아버지는 읍내 깡패를 시켜 덕보 아버지에게 술을 인사불성이 되도록 마시게 해서, 한밤중에 광천의 기찻길에 버려 치어죽게 한 후 재산을 정리하여 시울로 떠나버리니, 여기까지가 아역배우들이 등장하는 3회까지의 미니시리즈 드라마의 시놉시스였다.

그리고 세월은 흘러 10년 후! 아버지가 의문의 기차 사고로 죽은 후에 고아가 된 덕보는 연자네 새우젓 가게에 의탁되어 겨우 초등학교를 졸업했으나 광천과 홍성을 주름잡던 깡패 조직원으로 방황의 길을 걷다가 초등학교 때부터 알콩달콩한 강아지 사랑을 하다가 사춘기의 불꽃사랑에 빠진 연자의 간곡한 호소로 과거를 청산하기 위해 군대에 입대하고 제대를 하는 과거를 회상하면서, 문득 떡방앗간을 했던 해룡이 생각나서 서울행 장항선 열차에 몸을 싣는다.

'그땐 개랑 내가 원수같은 앙숙이었지만 이제 다시 만나면 서로 반기게 될지도 몰라! 아니! 나는 해룡에게 항상 잘해 주었으니까, 그래도 잊지 못할 친구가 아닌가?'

그런 상상속에 상경한 덕보는 아무도 아는 사람이 없는 서울에서 막노동판을 떠돌며 온갖 고생을 한다. 그러던 어느날 배가 고파 종로의 낙원동 시장을 헤매었는데 어린 시절 광천 떡방앗간의 추억을 되살리는 떡집을 발견했으니, 그건 뜻밖에도 '광천떡집'이었던 것이다. 그래서 덕보는 혹시나 싶어 떡을 사먹는체 하며 들어가보니, 당시 70년대엔 결혼식 답례품이 복떡일만큼 떡을 잘 먹던 시절이라서 광천에서처럼 단순한 떡방앗간이 아니라 기업형 떡공장이었던 것이다. 하지만 광천에서의 지난 과거를 생각할 때 차마 '광천떡집'에 더 있을 수가 없어 덕보는 얼른 물러나왔는데, 이때 해룡은 부잣집의 대학생이 되어 마침 서울에 유학온 광천 새우젓 가게의 연자와 연애를 하고 있었다.

'아! 이제야 나의 길을 찾았다. 어린 시절 광천의 떡방앗간에 살 때 나의 배고픔을 달래주던 맛있는 떡! 이제 내 인생을 떡에다가 걸어보자! 그래서 70년대엔 쌀이 모자라 분식을 장려하다가 통일벼의 출현으로 차츰 쌀이 자급자족을 넘어 남아돌기 시작했는데, 이젠 떡으로 우리의 반주식을 삼을 수는 없을까?

그런 생각을 하면서 덕보는 서울에 온만큼 과거를 버리려는 뜻으로 변성명하여, 김덕진이란 이름으로 낙원동의 '낙원떡집'에 취직을 하게 된다.

"뭐? 네가 어릴때 떡방앗간집에서 살았다구..? 그렇담 떡을 만드는게 너의 팔자인지도 모르겠구나! 허허!"

역시 어린 시절부터 떡집에서 자라 우리나라 떡을 만드는 일로 평생을 살아온 '낙원떡집'의 창업주 오복덕 할아버지는 김덕진을 수하로 받아들여 한국떡 만드는 온갖 비법을 전수하게 된다.

"덕진아! 떡이란 말이 어디서 생긴 줄 아느냐?"

"예에? 그걸 제가 어찌...?"

"그건 옛날에 덕이 많은 부자집에서 하인들이 일하고 배고플 때 든든하게 먹으라고 준 음식이라 '덕'인데, 이것이 떡으로 바뀐게야! 실은 내가 지어낸 말이지만 말이다. 하하! 덕진아! 이제 네가 떡을 만드는 일의 의미를 알겠느냐?"

이처럼 '낙원떡집'의 창업주 오복덕 스승은 덕진에게 소림사 주지 스님같은 가르침을 주었던 것이다. 한편 '광천떡집'은 해룡이 아버지가 전국의 예식장연합회 회장과 야합하여 결혼식 답례품의 복떡을 수의계약해서 엄청난 치부를 하고 있었는데, 해룡은 우리의 식생활 문화가 떡이 아니라 빵이나 햄버거 같은 외식산업으로 변화될 것에 대비하여 업종을 바꾸려는 꿈을 꿔서 부자간에 차츰 갈등관계로 치닫고 있었다.

"아버지! 요즘 세상에 떡장사가 뭡니까? 그건 6.25때 피난갔던 광천에서 떡방앗간으로 재미를 봤던 시절의 얘기죠! 앞으론 사람들의 입맛이 빵이나 햄버거, 아니 이태리의 피자같은 것으로 바뀔거라구요. 그러니까 하루 빨리 이런 변화에...!"

"뭐야? 한국인들은 쌀밥이 주식인 이상 떡의 맛과 향수는 못버릴게다! 따라서 우리 '광천떡집'의 전통과 명맥은 이어가야 해! 아니, 더욱 키워야지! 해룡아! 이 애비가 눈감기 전에는 절대로 '광천떡집'의 간판을 내려선 안된다. 알겠니?"

이처럼 해룡아버지가 완고하게 고집을 피우는 것은 어쩌면 그의 출생 비밀에 따른 억화심정인지도 모를 일이었다고나 할까?

한편 해룡이와 같은 대학의 캠퍼스 커플로서 해룡과 연애를 하던 연자는 가끔씩 떠오르는 덕보와의 추억을 못잊으면서도 점점 해룡과 깊은 관계가 되어갔는데, 어느날 바로 종로길에서 김덕진(김덕보)과 해후하게 되었으니...! 처음엔 서로 잘 몰라봤으나 곧 상대방을 알아채게 되었고 두 사람은 반가움에 '종로복떡방'에서 마주 앉아 지난 추억을 나누다가 해룡에게 들키나, 해룡은 이를 남몰래 지켜보는 것이었다.

"흥! 연자 네가 날 배신하려구...? 어림없지! 내가 가만 둘 줄 알아?"

드디어 분노에 찬 해룡은 '낙원떡집'에서 일하는 덕진(덕보)을 알아내고는 깡패를 시켜 폭행을 자행할뿐더러 광천에서처럼 질투의 화신이 되어 온갖 끔찍한 일을 저지른다. 그중에도 가장 기막힌 일은 덕진이 떡 만드는 작업실에 잠입하여 쥐약을 몰래 넣어 덕진이 만든 떡을 먹은 고객이 하마터면 사망할뻔한 사고를 유발하기도 했으니...!

"이건 누군가 우리 '낙원떡집'을 망하게 하려는 소행이 분명하구나! 덕진아! 뭐 집히는 데가 없느냐? 후우!"

덕진에게 넌지시 묻는 오복덕 스승에게 해룡의 소행임이 분명했으나 이에 대한 증거가 없으니 가슴앓이만 할 뿐이었는데, 이를 눈치챈 연자가 해룡의 책상 설합에서 쥐약을 발견해 가져다 주었으나, 덕진은 이를 경찰에 신고하지 못하고 만다.

"아무리 죄는 밉지만 이미 불상사는 벌어진 후인데, 차라리 용서하여 덮고 가는게 일을 더 크게 벌이지 않는걸 거야! '

하면서 덕진은 해룡이 예측대로 점점 사양산업으로 치닫는 떡음식의 현대화를 위한 연구에 몰두하는 것이었다.

'어떻게 하면 서양의 베이커리나 이태리의 피자처럼 한국의 떡을 세계화할 수 있을까?'

그래서 이런 연구과제를 해결하기 위해 밤낮을 가리지 않을 때, 두 남자의 사이에서 사랑의 고뇌로 괴로운 연자는 마치 줄타는 곡예사처럼 양다리를 걸친채 갈팡질팡한다. 그처럼 사랑이란 그녀의 의지대로 안되는 판도라의 상자와도 같은 것이라고나 할까?

'아! 추억의 사랑으로 갈까? 현재의 사랑에 빠져 버릴까? 두 사랑을 함께 할 수는 없는 것일까?'

심지어 이런 광기의 고통에 휩싸이기도 했으니, 젊은이에게 사랑은 지독한 열병! 아니 끔찍한 독약이었던 것이다. 그런 와중에도 세월은 자꾸만 흘러가고 덕진이 일하는 '낙원떡집'과 해룡네의 '광천떡집'의 경쟁관계는 점점 더 얽히고 설켜 치열해져 가기만 했는데...!

"덕진아! 네 본명이 덕보! 그러니까 떡보이지 않느냐? 난 이제 너무 늙은 몸이니, 이 집을 너에게 물려주고 싶구나!"

"네에? 스승님! 무슨 그런 당치 않으신 말씀을 하세요? 선생님께선 저의 나이때 왕실의 잔치에 떡을 진상하신 우리나라 떡음식 역사의 산 증인이시지 않습니까?"

"아니야! 하지만 이젠 세상이 달라졌어! 그러니 새로운 시대에 맞는 떡을 만들어야지! 바로 네가 떡에 관한한 보배같은 존재란 뜻의 떡보인즉 이 '낙원떡집'을 맡아 이 나라 떡의 역사를 새롭게 써달란 말이다."

이런 유언을 남기며 오복덕 스승이 눈을 감자 슬픔과 상심에 빠진 덕진은 한동안 절망 속을 헤매다가, 연자의 간절한 위로와 해룡의 끊임없는 반칙적 경쟁에 다시금 기운을 되찾게 되는데...!

'그래! 설때의 흰떡과 추석의 송편이나, 시루떡 찰떡 임절미 복떡같은 조상 대대로 물려 온 떡만으론 우리 떡음식의 발전은 없을거야! 이젠 세계화하는 지구촌 시대인만큼 새로운 한국떡을 개발해야 해!'

그리하여 덕진은 떡과 빵을 접목하여 팥빵떡(팥고물을 넣은 떡) 크림떡(꿀이나 물엿을 넣은 떡) 식빵떡(쌀가루를 술로 발효하여 식빵처럼 만든 떡) 심지어 햄버거떡(야채 토마토 고기 등 해버거속을 넣은 떡) 피자떡(떡을 피자처럼 구운떡) 치킨떡(닭튀김을 넣은 떡) 등등 별의별 새로운 한국떡과 진공포장을 이용한 굳지 않는 '말랑떡' 과 오늘날의 햇반 같은 '즉석떡' 을 개발하여, 서울은 물론 전국 대도시에 '파라다이스 떡집' 이란 체인점을 만들었는데, 매스컴의 화제속에 날로 번창하는 신사업으로 발돋음했던 것이다. 그러나 해룡의 '광천떡집'은 제빵쪽으로의 업종 변경도 못하고 종래의 떡집에 머무르다 보니 점점 사업이 기울어져 갔다.

한편 해룡의 아버지는 광천 떡방앗간집 시절에 그의 아내와 덕진 아버지의 불륜으로 그가 저지른 죄과에 시달리다가 교통사고로 죽게 되는데, 그제야 해룡에게 덕진이 이복형제임을 알려준다.

"해룡아! 나의 업보는 지옥에 가서도 씻지 못할 것이다. 하지만 이제 너희 둘이 피를 나눈 형제인 만큼 더 이상 싸우지 말고 힘을 모아 우리 떡을 세계화해서 새로운 한류로 만들어 주길 간곡히 부탁한다! 끝으로 이 애비를 용서해다오! 아니! 난 용서받을 수 없는 죄를 지었다. 너의 생부는 덕진! 아니 덕보! 아니 떡보와 같단다. 그런데 내가... 내가 너희 생부를...! 으윽!"

그리고 해룡아버지는 지난 20여년 동안 감추어 온 그의 비밀을 끝내 다 밝히지 못한채 숨을 거두고 마는데...!

한동안의 소용돌이가 가라앉은 다음에 덕진과 해룡은 드디어 형제임을 서로 인정하고 화해를 하게 된다. 그후 해룡과 연자는 함께 한국떡과 서양의 빵을 아우르는 새로운 제빵떡 기술을 연구하기 위해 유럽으로 유학을 떠나고, 국내에 남게 된 덕진은 '낙원빵집'과 '광천빵집'을 합병하여 '원광 떡명가'란 상호로 신장개업! 아니 우리나라 떡음식 산업의 새로운 활로를 활짝 열었으니...!

드디어 강민 작가는 이런 미니시리즈의 시놉시스에 따라 TV의 첨단기법을 마음껏 살린 디테일한 드라마 대본을 집필했고, 나머지 캐스팅도 구일훈 PD와 강민 작가가 협의하여 마무리 되자, 곧 MBS의 드라마 연습실에서 첫 리딩독회가 열렸던 것이다. 그런데 주인공인 윤지유나 유하처럼 다른 캐스팅 배우들도 모두가 이런저런 흠결로 방송가에서 잠적했거나 퇴출되었던 터여서, 오랜만에 드라마 대본을 펼쳐든 그들은 하나같이 감격과 회한에 눈물을 참지 못하고 있었다.

"허허! 이 드라마는 비극이 아닌 해피 엔딩인데 왜들 이러십니까? 자! 우리 기쁜 마음으로 시작합시다. 하하!"

먼저 강민 작가가 이렇게 선동하자 뒤따라 구일훈 PD가 뒷북을 쳤다.

"네! 눈물의 떡을 먹고 성공신화를 이룬 '제떡왕 김떡보'는 통곡은 할망정 여러분처럼 결코 눈물을 흘리지는 않죠? 강민 작가선생님! 하하!"

그리하여 이렇게 눈물과 웃음속에 시작한 MBS의 미니시리즈 수목드라마는 가까스로 예정된 첫방을 터뜨렸는데 그 결과는 어찌되었던가?

"강민 작가님! 구일훈 PD님! 우리 드라마 시청률은 두 자리 숫자만 돼도 소원이 없겠어요! 10%요!"

악역중에도 악역을 맡은 중견 퇴물 탤런트인 해룡아버지 배역의 정호승 씨가 여러 출연자를 대신하듯 입을 열었는데, 이에 이의를 걸고 나서는 출연자가 한 사람도 없을 만큼 모두 암묵의 동의를 표했던 것이다. 솔직히 그때 KBC에선 최고의 시청률을 올린 국민드라마 '선덕여왕'의 주연이었던 남자 탤런트가 컴백한 '슬픈 남자'가 폭발적인 인기를 끌었고, 다른 경쟁국인 SBC에선 6.25 60주년을 맞아 특별기획한 대작 전쟁드라마 '아! 6.25'가 초호화 캐스팅과 대규모

물량작전으로 시청자들을 끌어모았던 것이다.

그런 상황에서 아무도 된다는 예언을 하지 않았던 지극히 촌스런 드라마의 제목인 '제떡왕 김떡보'의 뚜껑이 열렸으니…!

"어? 요즘 세상에 무슨 드라마가 저래? 배고파 떡을 훔쳐 먹다가 주인한테 들켜서 매맞고 눈물짜고…! 하하!"

햄버거와 피자가 주식일만큼 서구화된 신세대 아이들이 '제떡왕 김떡보'를 보고 이렇게 비웃자, 거실에서 함께 TV를 보던 아버지가 목이 메어 말했다.

"인석아! 바로 너의 아빠 어렸을 때가 저랬단다."

이런 반응을 시작으로 다음 날인 목요일 2회 방송에선 첫날의 시청률 10.1%의 두배를 훌쩍 뛰어넘은 23.4%를 기록했던 것이다.

"어? 이 무슨 날벼락인고?"

"하아! 이런 시청률 날벼락은 맞을만 하네요! 여러분! 우리 더욱 미쳐 봅시다!"

이에 가장 신바람이 난 구일훈 PD가 다그쳐댔고, 강민 작가와 출연자들은 어처구니없는 기분속에서 모두 신들린듯 쓰고 연기를 했는데, 그러자 마치 창공에 쏘아진 인공위성처럼 계속해서 시청률은 30%대 40%대에도 멈추지 않고 고공행진을 함으로써 드디어 마의 50%대를 추월하는 국민 드라마로 자리매김을 했던 것이다.

"배우 생활 40년에 내게도 이런 쨍하고 해뜰 날이 오는구려! 허허! 내 쓰러져도 좋으니 오늘은 코가 비뚤어지게 한번 마셔봅시다!"

이처럼 드라마가 대박이 나면 당장 엿가래 늘리듯 연장 방송 운운할 터인데 작가도 PD도 출연자들도 누구 하나 군소리없이 다만 드라마 제작의 강행군에 일사분란하게 동참할 뿐이었다.

"아무래도 저의 연기가 부끄러워요! 서울 태생인 제가 소화하기엔 요!"

드라마 초반에 윤지유가 괴로워하자 강민 작가가 얼른 호주머니에서 활명수를 꺼내며 말했다.

"야! 윤지유! 이것 비상약인데 마시면 될게다! 하하!"

"네? 작가선생님! 좀더 **활**기차게 **명**랑하게 **수**준높은 연기를 하란 말씀이죠? 하하!"

그러자 이번엔 유하가 배를 움켜쥐며 엄살을 떨어댔다.

"PD 선생님! 저두요! 전 시골 출신이라선지 서울 부자떡집 아들 노릇하기가...!"

"그래? 유하 넌 바늘침을 맞아볼래?"

하면서 진짜로 조연출 여PD를 불러 바늘을 가져오라고 했던 것이다.

"으악! 어려서 엄마가 툭 하면 바늘 들고 협박하셨다구요! 으이구! 끔찍해라!"

그 순간 유하는 꼬리가 빠지게 도망쳤고, 그래서 촬영장엔 때아닌 폭소탄이 터졌으니...! 이처럼 이제는 웃음이 연발하는 분위기에서 '제떡왕 김떡보'의 촬영이 강행되었는데, 하지만 방송을 보는 시청자들은 웃음보다는 점점 눈물잔치가 펼쳐졌던 것이다. 그것은 바로 30여년전 우리의 아버지 어머니가 직접 겪었던 이야기였고, 신세대들은 너무나 오랫 동안 눈물에 굶주렸기 때문이었을까?

암튼 강민 작가의 자서전이라 할 수 있던 MBS의 수목 미니시리즈 드라마 '제떡왕 김떡보'는 종방에선 69.9%라는 한국 방송사상 최고의 시청률 기록을 갈아치우면서 대단원의 막을 내렸다.

바로 그 사흘 전에 여의도 MBS 사옥의 근처에 있는 '대박 갈비집'에선 '제떡왕 김떡보'의 종방을 앞두고 강민 작가와 구일훈 PD와 모든 출연자와 스텝진과 드라마 국장님과 방송사 사장님까지 참석한 종방연 회식이 베풀어졌는데...! 그동안 이번 드라마에 대해 찬사와 가십을 쏟아냈던 각종 매스컴의 담당기자들까지 합세하여 북새통을 이룬 가운데 밤이 깊도록 끝날 줄을 몰랐다. 그때 이제야 생각난듯 사장님이 벌떡 일어나 좌중을 향해 이렇게 외쳤던 것이다.

"야! 담당 PD! 집필 작가! 출연자 여러분! 뭐 이런 종방연이 다 있어? 사장이 왔는데 인사도 안시키고 뭐야? 엉?"

그는 잔뜩 화가 난듯 소리를 질렀지만 좌중은 크게 한번 폭소를 터뜨렸을뿐 다시 술잔이 넘치는 줄도 모르고 부어라마셔라 왁자지껄 난장판 같았다. 이때 구일훈 PD가 번쩍 정신이 난듯 일어서며 고함치듯 외쳤다.

"자! 모두 집중! 사장님 특별 보너스입니다!"

"뭐? ...좋아! 대박! 땡큐! 전원 일주일 동남아 포상휴갑니다!"

"와아! 짝짝짝!"

터져나오는 좌중의 박수가 가라앉자 이번엔 강민 작가가 일어섰다.

"에, 여러분! 건배! 술잔을 채워서 원샷!"

"술안주는 치킨떡! 이 집엔 치킨떡 없나요?"

"하하! 떡보야! 어딨냐? 나와서 떡방아춤 좀 춰봐라!"

드디어 종방연이 막판에 이른듯 이처럼 뒤죽박죽이 되었을 때 누군가 '제떡왕 김떡보'의 주인공인 떡보! 아니 덕보! 아니! 김덕진을 불러내자, 그는 이때를 기다린듯 벌떡 일어나 지금은 고인이 된 왕년의 인기 코미디안 배삼용씨의 개다리춤으로 종방연 음식점의 무대로 걸어나오며 랩송과 장타령 같은 노래를 불렀던 것이다.

"배고플 땐 쑥개떡! 공부할 땐 찹쌀떡! 식사 대신 햄버거떡! 밤참에는 피자떡! 쿵덕쿵 떡방아춤! 멍멍개다리 떡방아춤!"

"와아! 하하하! 김떡보! 최고다! 다음 해룡인 어딨냐? 뮤지컬 배우니까 네가 부른 주제가를 불러라!"

누군가 다시 이렇게 소리치자 유하 역시 기다린듯 걸어나왔고, 미리 스텝진이 준비한듯 반주가 흘러나오자 무선 마이크를 들고 노래를 부르기 시작했다.

"그 사람 날 웃게 한 사람! 그 사람 날 울게 한 사람!

그 사람 따뜻한 입술로 내게 내 심장을 찾아 준 사람!

그 사랑 지울 수 없는데! 그 사랑 잊을 수 없는데!

그 사람 내 숨 같은 사람! 으음! 그런 사람이 떠나가네요.

그 사람아! 사랑아! 아픈 가슴아! 아무 것도 모르는 사람아!

사랑했고 또 사랑해서 보낼 수밖에 없는 사람아! 내 사랑아!

내 가슴 너덜거린대도 그 추억 날을 세워 찔러도!

그 사람 흘릴 눈물이 나를 더욱 더 아프게 하네요.

그 사람아! 사랑아! 아픈 가슴아! 아무 것도 모르는 사람아!

눈물 대신 슬픔 대신 나를 잊고 행복하게 살아 줘! 내 사랑아!

우리 삶이 다 해서 우리 두 눈 감을 때! 그때 한번 기억해!

그 사람아! 사랑아! 아픈 가슴아! 아무 것도 모르는 사람아!

사랑했고 또 사랑해서 보낼 수밖에 없는 사람아!

내 사람아! 내 사랑아! 으음! 내 사랑아!"

(TV드라마 '제빵왕 김탁구' 주제가 / 이승철 노래 '그 사람')

그런데 유하가 부르는 가슴을 찢는 애절한 '제떡왕 김떡보'의 주제가가 거의 끝나갈 때쯤이었다. 점점 쥐죽은듯 조용해지던 좌중 한편에서 참을 수 없는듯 조용한 흐느낌이 새어나왔는데, 곧이어 마치무슨 전염병이라도 퍼지듯 순식간에 울음소리는 합창을 이루어 '대박 갈비집' 식당 안에 가득 넘쳤던 것이다. 그리고 서로 곁의 사람을 부둥켜 안고 펑펑 울어서 초상집 같은 분위기를 연출했으니...! 그와함께 유하도 끝내 노래를 마치지 못하고 울음대열에 합류하자, 이윽고 합쳐진 통곡소리는 울음소리로 다시 흐느낌으로 낮아지다가 언제그랬냐는듯 술잔에 소주와 맥주를 따라 부딪고 마시는 소리로 소란해졌던 것이다.

"자! 전철 끊어집니다. 전철파는 일어나세요!"

"이제 택시파도 쫑 합시다!"

"대리운전파는 조금만 더 해요!"

그리고 이런 어수선 끝에 종방연 회식장은 썰물처럼 빠져나갔는데, 마지막 남은 주인공은 주연 배우인 윤지유와 유하 그리고 강민작가와 구일훈 PD였다. 그러자 강민 작가가 먼저 윤지유에게 말을 건넸다.

"자! 그만 우리도 일어설까?"

이에 뒤이어 구일훈 PD가 유하에게 건넸다.

"유하는 날 따라오라구...!"

그래서 강민 작가와 윤지유 그리고 구일훈 PD와 유하는 서로 짝이 되어 '대박 갈비집'에서 멀지 않은 여의도 한강 고수부지로 향했다. 이윽고 서울 도심이건만 풀벌레 소리가 요란한 한강변의 잔디밭에 이르자 이번엔 윤지유가 먼저 입을 열었다.

"강민 작가님! 제가 꿈을 꾼건가요?"

"왜? 허무해서 그러나?"

"아뇨! 석달쯤 전에 선생님을 처음 만나 '제떡왕 김떡보'로 살아온 날이 너무도 현실 같아서 확인하고 싶어서요!"

"하하! 그래! 넌 분명 김떡보였어! 아니 내 과거의 분신이었지! 고맙다!"

"선생님! 제가 감사합니다. 한 순간의 실수로 그토록 절망에 빠졌던 저를...!"

"윤지유 군! 진정한 배우란 절망을 넘어 희망을! 아니 희망에서 절망을 거칠 때에야 비로소 참배우! 참연기자가 된다고나 할까? 자넨 바로 그걸 체험한걸세!"

"그러니까 제가 이제야 배우로서 연기자의 길에 들어섰단 말씀인가요? 한데 지금 제 몸은 껍질만 남고 텅빈 느낌은 왜일까요?"

"바로 그거야! 그래야 또다른 김떡보가 윤지유 군 안으로 들어올 수 있을 테니까! 앞으로 윤군이 더욱 외롭고 절망할 때 나를 다시 만나길 기대하네!"

이때 저만큼에서 구일훈 PD와 유하도 무슨 대화를 하는지 웅얼거리는 소리가 들렸다. 그 순간 한 줄기 감싸오는 강바람을 느끼며 윤지유는 문득 밤하늘을 우러러 보았다. 그러자 까마득한 어릴 적에 보았던 은하수 별무리 속에 유난히 반짝이는 샛별 하나가 쏟아질듯 다가와 속삭이는 것 같았다.

"윤지유! 너도 외로웠니? 이젠 나와 함께 친구해줄래?"*

〈이 소설은 TV드라마 '제빵왕 김탁구'를 패러디했음〉

(2010 문학광장 겨울호)

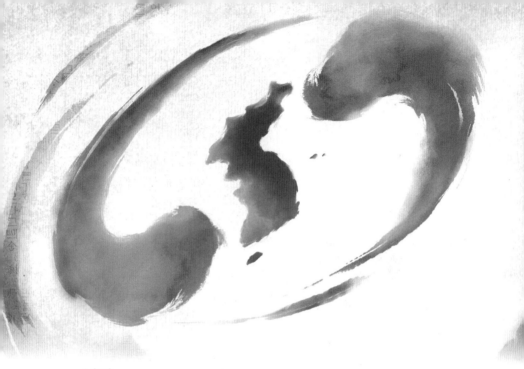

네엣.
짐승의 나라

구청의 복지과 팀장으로 전보된 부하직원이 〈인간쥐
과장〉의 강요로 부정부패에 휘말려야 되는 하소연을
듣는 나는 문득 공무원직에 들어오기 전 문학을 꿈꾸던
시절에 사형수 작가가 감방에서 까치와 쥐로 변신한 허
황된 이야기를 들었던 추억에 빠진다. 그리고 나도 짐
승의 나라에서 살아가는 자책감에 빠지는데...!

창작 메모 - 허근 매스컴을 탄 방산 비리의 주범으
로 해군참모총장까지 구속되는 현실을 보며 이 소설
이 더욱 실감난다고나 할까?

◓ 짐승의 나라

"과장님! 우리 청(구청)에 웬 쥐가 이처럼 극
성이죠?"

지난 6월 지자체 선거로 새로운 구청장이 취임하자 대폭적인 인사
이동으로 주민복지과로 내려간 한공복 팀장이 갑자기 만났으면 해서
내가 데리고 있을 때 잘 다니던 단골 호프집으로 나가자, 미리 와 있
던 그가 나에게 호프잔을 따르며 묻는 말이었다.

"한 팀장! 뜬금없이 그게 뭔 소리야? 쥐가 극성이라니...?"

나는 이 여름 끝자락의 후덥지근한 날씨로 갈증을 느껴 단숨에 호
프를 들이키고서 그를 정면으로 바라보며 물었다.

"네! 제가 시골 태생이라서 말씀인데요, 저의 고향집에서 고구마
를 수확해 겨울에 얼어 썩을까봐 바로 뒷방에다가 가마니에 담아 보
관했거든요."

"으응! 무슨 서론이 그리 긴가? 바로 요점만 말해봐!"

궁금증에 내가 미소를 지으며 그의 다음 말을 다그치자, 한공복 팀장은 미리 호프를 마신듯 약간 붉어진 얼굴로 대답했다.

"그때 쥐떼가 문창호지를 뚫고 들어와 고구마를 어찌나 갉아먹던지요! 근데 저... 문체(문화체육과) 과장님께 이런 말씀 드리는게 망설여지긴 합니다만, 평소 제가 과장님을 존경해서 의논 겸..."

"어허! 한 팀장! 나랑 헤어진 지가 얼마나 됐다구 사람이 달라졌나? 항상 무슨 소리건 참지 못하고 한다구 내가 자네 별명을 속사포라 지어줬잖나? 하하!"

그제야 한 팀장이 내 눈을 정면으로 응시하며 이런 어처구니없는 고민을 털어놓았던 것이다.

"문체과장님! 제가 주민복지과 복지팀장을 맡고 있는데, 글쎄 우리 과장이 절더러 쥐새끼가 되라지 뭡니까?"

"한 팀장! 그건 또 무슨 소리야?"

나는 그의 말에 점점 미궁으로 빠져드는 기분이어서 이젠 두 눈을 크게 뜬채 묻지 않을 수 없었다. 그러자 한 팀장이 호프잔에 자작을 해서 단숨에 입안에 쏟아붓고는 마치 여자 앞에 사랑을 고백하듯이 조심스레 말했던 것이다.

"우리 청 관내에 거주하는 독거노인들에게 지급하는 생보금(생활보조금)을 허위로 조작해서 상납하라고 자꾸 쪼아대지 뭡니까? 후우!"

이제 그는 심각한 표정으로 한숨까지 내쉬었는데, 순간 나는 손까지 내저으며 이렇게 소리쳤던 것이다.

"어허! 한 팀장! 큰일날 소리를 하는구만! 정말 그 친구가 그랬단 말인가?"

"네에! 그러니까 제가 너무 고민돼서 사랑하는 과장님께 말씀드리는 거죠!"

우리 문화체육과 직원들은 나를 중심으로 서로 의기투합해서 업무가 잘 돌아갔는데, 그래서 회식 때 술잔이 돌고돌아 잔뜩 취하게 되면 몇몇 젊은 과원들은 나에게 '과장님을 마누라보다도 더 사랑한다'며 끌어안고 뽀뽀까지 하려 덤비는 게 우리 부서의 회식 뒷풀이기도 했던 것이다.

"허참! 장관도 자기 딸을 특채하려다가 목이 날아가는 세상인데, 우리 같은 공직자가 상상하기 힘든 일이구만! 하지만 이를 터뜨리는 게 능사는 아니니까...!"

나는 얼른 다음 말이 떠오르지 않아 한 팀장에게 내 호프잔을 내밀어 따라주기를 기다렸는데, 그러자 그는 내 잔을 채우고서 자기에게도 따라달라며 호프잔을 들었다. 이윽고 우리 둘은 서로 경쟁이라도 하듯이 원샷으로 호프를 들이켰다. 그러나 앞에 놓인 마른안주는 거들떠보지도 않은채 잠시 침묵 속에 빠졌던 것이다.

"암튼 이건 우리 청이 뒤집어질 중대사안이니, 한 팀장이 현명하게 대처해야 할거야!"

결국 나는 그에게 고작 이런 조언을 할 수밖에 없었는데, 그건 공직사회의 생리상 쓸데없는 항명이나 먼지를 떨어내는 결과는 항상 의로운 자가 피박을 뒤집어 쓰는 걸 체험적으로 겪어왔기 때문이랄까?

"역시 제가 존경하는 문체과장님도 해답을 못내시는군요? ...후우! 그럼 저도 이런 도둑쥐를 따르는 쥐새끼가 되어야 하나요? 하긴 그래야 승진도 빨리 된다구 우리 쥐과장이 제게 협박했지만요!"

그리고 한 팀장은 마치 실연한 사람처럼 계속 자작으로 만땅 호프를 내리 석 잔이나 입안에 들이부었다. 나 역시 만취하기로 작정한 듯 호프를 마셔댔는데, 그때 문득 떠오른 오늘처럼 황당한 이야기를 따라서 나의 취중의 추억여행이 시작되었던 것이다.

"네에?

선배님! 저에게 사형수를 소개시켜 주시겠다고요?"

그때 나는 기겁을 해서 소설가인 모교 국문과 김병종 선배의 얼굴을 바라보았던 것이다.

"하하! 후배야! 뭘 그리 놀라나? 소설가가 되고 싶다면서...?"

"하지만 갑자기 그런 말씀을 하시니까 제가 좀...!"

"실은 그 친구가 알고 보면 유명한 소설가예요. 그래서 내가 아끼는 후배를 문예지에 추천해달라고 부른 것이니까, 여기서 한 턱 잘 모셔야 하네! 알았지?"

나는 무장간첩 김신조가 청와대 뒤통수까지 침투했던 사건으로 3년 연장의 군복무를 마치고 제대했을 때까지만 해도, 문청(文靑)으로서 소설가 데뷔를 위해 목숨을 걸었던 것이다. 하지만 대학시절부터 계속 신춘문예에 응모했고 문예지의 신인상에도 도전해봤으나 번번이 최종심에서 낙방을 했던 것이었다. 그러니까 바로 이런 내 절망을 알고 있는 소설가 김병종 선배가 사형수 소설가를 나에게 소개시키기 위해 그 자리를 마련했던 것이다.

"어유! 이거 결례를 했구만유! 오래 기다리셨남유?"

이때 청진동 골목의 낙지집에서 그 사형수 소설가를 기다리고 있었는데, 드디어 그가 이렇게 고향 사투리를 쓰면서 들어왔던 것이다.

"하하! 이종환 형! 충청도 양반이 이만 하면 일찍 오신거죠."

"어유! 사형수로 몇 십년 감옥살이를 해서인지, 아직도 세상물정과 길눈이 어둡지 뭐유? 허헛!"

그래선지 나이가 50여세로 보이는데도 그는 서투른 몸짓으로 술상이 차려진 탁자 앞에 앉았던 것이다. 그러자 김병종 선배가 나에게 건네왔다.

"장 후배! 뭘 하나? 얼른 선생님께 인사드리지 않구...?"

"처... 처음 뵙겠습니다. 장정무라고 합니다."

이에 내가 벌떡 일어서며 고개를 숙여 인사를 하자, 그가 손을 내저으며 말했다.

"어유! 김형의 젊은 후배시네유? 반가워유."

그는 사형수란 선입견과는 딴판으로 출신 지역다운 소박한 인품과 시골사람의 얼굴이어서, 그때 나는 조금 전까지 마음에 품었던 일말의 두려움이나 난처함을 금세 떨쳐버릴 수 있었던 것이다.

"네! 선생님! 선배님! 우선 한잔 하시죠. 제가 따라 올리겠습니다."

예나 지금이나 한국인의 사교에선 술이 최고여서 나는 무릎을 꿇은 자세로 두 분에게 막걸리 주전자를 기울여 술잔에 가득 따랐다. 그러자 이종환 소설가는 내가 잡은 주전자를 빼앗아 나의 술잔에 채워주며 그 역시 정다운 후배를 대하듯이 건네왔다.

"원래 술이란 독약인거유! 그래서 수많은 문인들이 술병으로 세상을 폈지유! 그러나 술을 못하는 문인은 이태백이 술을 못 마시는 격이지유! 그런께 자네두 작가를 꿈꾼다니, 죽지 않을 만큼 마셔두 좋을껴! 하하하!"

이리하여 세 사람은 일인당 막걸리 세 주전자 꼴로 마셨고, 그제야 그들의 문학(소설) 이야기는 누에고치에서 명주실이 뽑혀나오듯 술술 풀려나왔던 것이다.

"난 소설이란 순 거짓말! 막말로 구라를 때리는 거라구! 아니 실은 '가공의 진실'이라고 김동리 선생한테 어렵게 배웠는데, 그 말씀은 천만번 옳으신 거야! 지금까지 내가 쓴 소설은 거짓말이 90퍼센트에 겨우 10프로만 체험이거든! 소설을 쓸 때 체험한 것만 쓴다는 작가가 있는데, 그럼 살인자 얘기는 사람을 죽여봐야 쓴다는거 아니오?"

먼저 나의 선배인 김병종 소설가가 떠벌이자, 이에 사형수 이종환 소설가가 이렇게 맞받아쳤다.

"어유! 난 김형의 이론에 정반대유! 내가 쓴 소설은 모두 사형수로 감옥에서 겪은 생생한 체험담만을 쓴 것이께 말이유!"

그러자 선배인 김병종 소설가가 나를 빤히 바라보며 물어왔던 것이다.

"이봐! 그렇다면 장 후배는 어느 쪽이 옳다고 생각하나?"

그 순간 나는 어느 편을 들기도 곤란했지만, 평소에 내 나름대로 소설작법의 원칙이 있었기에 이런 대답을 했던 것이다.

"네! 두 분 말씀이 다 일리가 있으신데, 저는 거짓말 반과 체험 반을 섞어 소설을 쓰는 게 가장 이상적이지 않은가 합니다."

그러자 두 분 선생님, 아니 소설가들이 동시에 나에게 이렇게 물어왔다.

"뭐? 그건 왜인가?"

"거짓말로만 소설을 쓰면 독자에게 재미는 있어도 감동이 덜할 거구요, 체험으로만 쓰면 독자에게 감동은 주겠지만 그만큼 재미는 부족하지 않을까요?"

이때 문단 데뷔도 못한 나의 당돌한 답변에 두 분은 함께 폭소를 터뜨리며 차례로 이런 가르침을 주셨던 것이다.

"하하! 장 후배가 아직 문단에 못 나온 이유를 이제야 알겠군! 소설가는 이론으로 쓰는게 아니야!"

"하하! 어유! 김형 말이 맞네유! 나처럼 체험으로 쓰든 김형처럼 거짓말루 쓰던 제맘대루 써야 하는거유! 그런께 장정무 소설가두 이론 따지지 말구 무조건 쓰라구유!"

"아이참! 전 아직 소설가가 아닌데요..."

사형수 이종환 소설가의 말씀에 내가 화들짝 놀라 항의(?)하자, 그가 파안대소하며 대꾸해왔다.

"푸하하하! 젊은이! 그런 망발을 하면 못 쓰네! 지금부터 소설가라 착각해두 소설가가 되기 어렵거늘, 아니라면 정말 안 되는 수가 있다네!"

그의 이런 예언대로 나는 그후에 '소설가냐! 공무원이냐! 그것이 문제로다!'의 갈림길에서 결국은 오늘날의 공직에 몸담게 되었지만, 그렇게 사형수 이종환 소설가는 치열한 작가정신을 몸소 실천했던 것이다.

"어허! 내가 아끼는 후배야! 이건 소설가 이종환 선생님의 말씀이

옳으시니, 명심하고 문학의 길에 정진해주길 바란다. ...아아! 이제 우리 얘기는 이쯤 해두고 이형이 까치신랑이 되어 3년이나 결혼생활을 했다는 사형수 시절의 감방 추억담! 아니 거짓말! 구라나 다시 한번 푸시구려! 우리 후배를 위해서 말일세! 하하!"

이리하여 그때 나는 너무나도 상상초월한 그의 생생한 체험담(또는 거짓말)을 듣게 되었는데, 하지만 지금에 와서 생각해보면 이건 모두 실화임이 분명하다고 인정되지 않는가!

"어유! 그러면 지금부터 내가 사형수로 형무소에서 독방생활을 하던 시절로 되돌아갑니다유! 하하!"

하는 해설과 함께 그의 충청도스런 허풍과 은근히 유머러스한 입담의 체험담이 청산유수로 쏟아져나왔던 것이다.

"그렁께 첫째루 내가 왜 스물두 살에 사형수가 되었는고 하면 말이유...!"

충남 청양 출신인 이종환은 6.25가 휴전으로 끝난 50년대의 한국 농촌 모두가 그랬듯이 똥구멍이 째지게 가난하여 가까스로 읍내 중학교만을 졸업하고서 농사를 짓게 되었는데, 그래도 군대는 어김없이 나와서 홀어머니가 싸주는 보리개떡을 보자기에 싸들고 집을 나섰다. 그래서 같은 청양 출신의 입대 장정들을 따라서 논산훈련소에 들어가니, 도착하자마자 막사의 침상에 정렬시켜 빤스까지 홀랑 벗겨 군복 일습을 지급하며, 하나 둘 셋 셀 동안에 당장 갈아입으라는 내무반장의 호랑이보다도 무서운 명령에 그만 빤스 고무줄 속에 감춘 용돈까지 내던져야 했던 것이다. 그리고 6주간에 걸쳐 춥고 배고

프고 졸리운 훈련병 생활에 던져졌고, 드디어 논산훈련소 교육을 마치고 팔려간 곳은 '인제 가면 언제 오나! 원통해서 못살겠네!' 란 말까지 생긴 강원도 산골짜기의 바로 그 인근지역인 양구에 있는 멸공부대였던 것이다.

"허지먼 군대생활이란 게 별거유? 밤송이로 까라면 깠지! 그래서 나두 참 많이 깠구 (좆)뺑이두 많이 쳤구먼유! 흐흐!"

암튼 그는 이등병 신참답게 밤낮없이 뭣 까고 뭣 쳤더니, 그래도 선임병들뿐 아니라 장교들 눈에도 들어서 별탈없이 군생활을 해냈던 것이다. 오히려 서울에서 대학까지 나왔다는 쫄병들이 적응을 못해서 고문관 노릇을 하는 것이었다.

그러던 어느날 드디어 첫 휴가가 되어 전방의 비포장 도로를 수송부 트럭을 타고 춘천까지 나와서야, 기차를 타고 충남 광천에서 내려 30리 밤길을 걸어 겨우 청양의 고향집에 도착했는데, 이게 웬일인가?

"허허! 홀어머니 임종을 못 허는가 했는디, 용케 휴가를 나왔구먼! 종환 엄니가 그래두 자식복은 있내벼! 휴우!"

동네 사람들의 한숨섞인 말을 들으며 그는 완전히 넋빠진 사람이 되어버렸다.

"엄니! 이게 웬일이세유? 정신 좀 차리세유! 지가 왔슈! 종환이가 휴갈 왔다구유! 지발 눈좀 떠보세유! 예에? 엄니!"

그가 쏟아내는 안타까운 하소연에도 그의 모친은 눈을 딱 감은채 묵묵부답이었다.

"종환이! 엄니 곡기 끊은 지가 벌써 보름이여! 날이 밝는대루 면소에 있는 의원이나 읍내 병원으루 모셔봐!"

그리하여 이종환 일병은 보름의 휴가 동안에 어머니를 업고 면소에 있는 의원으로 읍내 병원으로 다니느라 따뜻한 밥 한그릇 제대로 못 얻어 먹었던 것이다.

"그런디 더욱 기막힌 일은 엄니가 끝내 운명허신거유. 그래도 휴가를 나와 임종을 해서 불효는 면했지만 그때 참 환장허겠더라구유!"

한데 더욱 엄청난 일이 벌어졌으니, 어머니의 장례를 치르느라 그만 휴가 날짜가 지나버린 것이었다. 그리하여 동네 이장에게 부탁해 읍내 우체국에 가서 부대에 사정을 전보로 쳐달라고 부탁했는데, 그만 군부대 주소의 부대명 숫자를 잘못 말해서 연락이 안됐던 것이다.

"암튼 그 바람에 부대에선 나를 탈영병으로 몰아 헌병이 잡으러 왔지 뭐유!"

그때 그는 집에 찾아온 헌병과 맞닥뜨리자 그만 본능적으로 정말 도망을 쳐버렸는데, 이는 6.25 때 아버지가 피하지 않고 의용군에 끌려갔다가 다시는 돌아오지 못한 탓이었는지도 몰랐다.

"그래서 6.25 때 집 뒤의 대밭 속에 파놓은 방공호에 사흘을 굶으면서 숨어있다가 도저히 배가 고파 못견디고 그때까지 집을 지키는 헌병한테 자수를 했다구유!"

그렇지만 부대로 귀대하자 상황은 전혀 엉뚱하게 전개되었다. 부대장과 헌병대장은 은밀히 이런 계략을 짜낸 것이다.

"그 자식 탈영병으로 처리해! 요즘 간첩뿐 아니라 탈영병을 잡아도 일계급 특진이니까...!"

정전협정 직후인 당시에 휴가를 나와서 탈영하고 잡으러 온 헌병에게 부엌의 식칼로 위해를 가하려 했다는 조작된 허위보고였지만, 그는 꼼짝없이 군법재판에서 사형이라는 최고형을 언도받았던 것이다.

"결국 나는 스물두 살 청춘 나이에 사형수가 되어 군감옥소 독방 신세가 됐지유! 참 알 수 없는 게 사람 팔자더라구유!"

그런데 사형수에겐 일반 수형자들과 달리 노역도 없고, 하염없이 독방에서 멈춰 버린 세월과 싸워야만 했다.

'아! 오늘이 며칠이야? 저 두어뼘 창밖으로는 계절 가는 것도 모르겠네! 후우! 차라리 얼른 날 끌어내어 총으로 빵 쏴죽여 버렸으면 좋겠구만!'

이런 신음 속에 세월을 보내던 어느날이었다. 그는 어렸을 때 계집애들도 부러워 할만큼 공기놀이를 잘해 심심풀이로 밥풀을 이겨서 공기돌을 만들려고 창틀에 올려놓아 말리고 있었는데, 갑자기 웬 도둑놈이 나타나 이를 훔쳐가 버렸던 것이다. 그래서 가만히 숨어보니 뜻밖에도 범인은 감옥소 담 근처에 있는 키 큰 미투나무에 둥지를 짓고 사는 까치였던 것이다.

"아! 까치야! 너라도 좋다! 드디어 친구가 생겼구나!"

그때부터 사형수 이종환 일병은 밥풀로 공기돌 대신에 까치를 위한 먹이로 창틀에 밥덩이를 올려놓았고, 까치는 끼니 때마다 잊지 않고 날아와 그가 주는 밥덩이를 물어갔다. 그러던 어느 날부턴가 그는 까치에게 말을 걸기 시작했다.

"야! 까치야! 안녕?"

그러자 까치가 그의 말을 알아들었다는듯 깍깍 하고 우짖는 게 아닌가? 그로부터 그와 까치는 끼니 때마다 만나면 계속 이런 대화를 나누었는데, 까치가 갑자기 며칠 동안 나타나지를 않는 것이었다.

'웬일이지? 무슨 변고가 생겼나?'

그래서 그가 걱정으로 안절부절 못할 때 드디어 까치가 다시 나타났던 것이다.

"까치야! 왜 이제야 오니? 내가 기다렸잖아!"

순간 그는 기절초풍하게 놀라고 말았으니...! 글쎄 까치가 마치 말하는 앵무새처럼 이렇게 대답하는 게 아닌가?

"미안해요. 실은... 남편이 죽어서요."

"뭐어? 남편이...? 어쩌다가...?"

"그게... 사람들이 나빠요! 글쎄 쥐약 먹고 죽은 쥐를 남편에게 준거죠! 그것도 모르고 남편은...! 하마터면 나까지 죽을 뻔했다구요!"

"저런! 저런! 까치야! 앞으로 조심해! 내가 먹다 남겨주는 이 밥은 괜찮으니깐!"

"고마와요! 당신은 좋은 사람이예요!"

그로부터 다시 몇 개월이 흐른 후였다. 까치가 남편을 잃은 뒤에 크게 상심한 것처럼 그가 주는 밥도 조금밖에 먹지를 않더니, 갑자기 쇠창살 사이를 통해 그의 앞에 날아들어와 놀랍게도 이런 고백을 하는 게 아닌가?

"저어... 이제 나 당신을 사랑해요. 절 받아주세요!!"

"뭐...뭐라구..? 날 사랑한다구...?"

"그럼요! 우리 만난 지 벌써 오래 됐고, 제 남편이 죽은지도...!"

"하지만 난 사람인데 어떻게 너랑..?"

"그건 내가 당신처럼 사람이 되면 되잖아요?"

까치는 말을 마치자 몇번 푸드득거리더니, 다음 순간 마치 '전설의 고향'에 나오는 구미호처럼 예쁜 여자로 변신하는 게 아닌가? 하기사 서양에서도 보름달밤이면 늑대가 인간으로 환생한다는 소설도 있지만, 이런 정말로 믿기지 않는 일이 벌어진 것이었다. 그때 그는 얼른 이부자리 담요를 펼쳐 그녀를 감추었고 드디어 어두운 밤이 찾아왔다. 그리고 순찰시간에 감방을 도는 간수의 발걸음 소리가 멀어지자, 터질듯 뛰어대는 심장을 가까스로 억누르고 옷을 벗은 뒤에 그녀를 끌어안았다.

"여보! 오늘을 기다렸어요! 시간이 없으니까 어서요!"

당시까지 숫총각이었던 그는 첫날밤의 신랑처럼 서투르게 까치녀에게 동정을 바쳤던 것이다.

"아이! 우리 죽은 남편은 잘 했는데...! 내가 시키는대로 해봐요! 홀랑 벗고 내 위로 오르세요! 그리고 여기에 그걸...! 어머나! 너무 커요! 호호!"

그 순간 그는 한곳으로 온몸의 피가 쏠린 부분을 까치녀의 중심 부분의 풀밭 속에 은밀히 숨어 있는 샘에 담갔다. 그러자 그의 거시기에도 입이 있어 갈증을 느낀듯 헉헉대며 까치녀의 샘물을 마시려고 용을 썼던 것이다.

"아이! 죽은 남편은 하늘을 날으면서도 순식간에 이 일을 해치웠는데, 당신은 이게 뭐야? 호호!"

계속 허우적대는 그를 까치녀가 살짝 꼬집으며 종알거려서, 화가 난 그는 이번엔 멧돼지처럼 저돌적으로 덤벼들었다. 드디어 까치녀가 그의 꼬챙이로 깊숙이 꽂혀졌을 때 그는 세차게 풀무질을 해댔고, 그에 따라 두 몸뚱이는 대장간의 용광로처럼 뜨겁게 달아올랐으며, 다음 순간 그는 까치녀의 샘에 용암을 분출했다.

"그건 내가 고향에 살 때 어떤 홀아비가 닭이랑 했다는 계간(鷄姦)과는 전혀 다른 진짜 남녀의 몸섞음이었다구유! 그런디 그 담에 까치녀가 후다닥 일어나더니 순간적으로 다시 까치로 변해서 창틀 사이로 푸드득 날아가버리는 것 있쥬? 내가 깜짝 놀라 나의 거시기를 보니 글쎄 흠씬 젖어있는 거예유!"

"에이! 이형! 그때 꿈을 꾼 것 아니오? 왜 청소년 땐 그런 자위꿈 잘 꾸잖아요! 하하하!"

선배 김병종 소설가가 도저히 믿기지 않는듯 이렇게 물으며 웃음을 터뜨리자, 사형수 이종환 소설가가 펄쩍 뛰면서 소리쳤다.

"천만에! 그건 사실이예요! 나중에 까치가 나로 해서 임신했다며 점점 배불뚝이가 되더니, 얼마 후엔 정말로 까치새끼를 데리고 나타났다니까유! 그것도 세 마리나...! 그때 난 비록 까치같은 짐승의 나라에서도 인간세상과 똑같이 살아가며 사랑하는 걸 보았단 말이유! 내 말은...! 허허허!"

"저...저런! 자기도 웃는걸 보니 이건 체험이 아니라 순 거짓뿌렁! 구라를 치는거구만! 엉? 하하하하!"

이때 선배 김병종 소설가는 여전히 농담으로 받아쳤는데, 하지만 그때 나는 그의 이야기가 너무도 사실적이어서 등골이 오싹하는 전율을 느꼈고, 그런 믿음은 몇 십년이 흐른 지금까지도 변함이 없는 것이다.

"다음은 내가 쥐서방 노릇을 한 체험을 얘기할 차례네유!"

사형수 이종환 소설가는 까치남편 체험담을 마치자, 이번엔 더욱 희한한 쥐서방 얘기를 시작한다는 것이었다.

"뭐요? 이종환 소설가! 그건 아직 내게도 공개를 안한 얘기잖소?"

"하하! 여기 젊은 작가지망생을 만나니까 문득 이 체험담도 털어 놓구 싶어지네유. 그건 내가 감옥소에서 거의 10년쯤 독방생활을 할 때였다구유. 감옥소 담 근처의 미루나무에 살던 까치 아내가 내 새끼들을 까고서 사라진 후, 계속 사형수로 독방신세가 되어 몬테크리스트 백작처럼 하염없는 감방살이를 할 때였는데유...!"

그때 그는 이젠 밥알을 으깨어 나상(裸像)을 조각하고 있었다. 좀 더 구체적으로 말하면 칫솔 정도의 크기로 밥알을 흰 떡가래처럼 으깨어 말린 후에 까치아내와 살 때 감옥소 밖에서 가져온 사금파리로 마치 신라 때의 보살상을 닮은 조각을 했는데, 다만 그 나상은 쫄병 때 사수였던 고참과 양구로 외출을 나갔을 적에 술집에서 만난 화연(나중에 알았는데 화냥년이란 뜻의 가명)이란 여자가 알몸뚱이로 신고하던 모습이었다. 생전 햇볕구경을 못했는지 백옥처럼 흰 그녀는 뒷박머리와 긴 목 아래 좌우로 부드럽게 흘러내린 두 팔과 가슴팍에 불쑥 솟구친 유방은 얼마나 많은 사내놈들이 주무르고 빨아댔는지 바짝 성이 난듯 탱탱했던 게 지금도 눈앞에 선하지 않은가! 그리고 여러 번 임신 중절수술을 받았는지 고무풍선인 양 물컹거리던 뱃가죽과 남자들이 하도 미끄럼을 타서 흑잔디가 듬성해진 올달샘 좌우에 두 갈래로 쭈욱 뻗은 허벅지와 무릎뼈와 이어진 종아리 그리고 발목에서 복숭아뼈가 유난히 튀어나왔던 납죽한 발등과 매니큐어로 떡

칠한 발가락까지 그녀의 나상을 석굴암 기법으로 조각해냈다고나 할까? 그리하여 이런 여인의 나상을 열개쯤 만들어 이부자리 속에 감추었는데, 어느 날 점검해 보니 글쎄 나상을 여기저기 갉아먹어 흉물스럽게 되어버렸던 것이다.

"뭐야? 아무도 모르게 만들었는데...?"

깜짝 놀라 그가 외치며 망연자실했을 때, 갑자기 이불 속에서 쥐한 마리가 튀어나오며 이렇게 대꾸하는 게 아닌가?!

"총각! 미안해! 내가 배가 고파서 먹었다구!"

"엥? 쥐야! 네가 어찌 사람 말을 하는 거야?"

"호호! 우린 조상 대대로 사람들과 함께 살잖아? 그래서 사람 말을 다 할 줄 안다구!"

"그래? 하긴 오래 전에 까치도 사람 말을 했으니까..."

"나도 네가 그런 거 다 알아! 그래서 얘긴데 총각은 지금 혼자 너무 외롭게 지내잖아? 그러니까 이젠 나랑 결혼하면 어때?"

"뭐... 뭣이라구?"

"호호! 아마 까치보단 내가 훨씬 좋을걸! 나 역시 지금 혼자된 몸이니까 걱정 말고..."

그러면서 쥐과부는 자르르 윤기가 흐르는 털가죽의 몸뚱이를 배배 꼬아댔는데, 바로 그 순간이었다. 그에게 팽그르르 천지가 도는듯한 현기증과 함께 몸이 갑자기 줄어들더니 늠름한 총각쥐로 변신하는 게 아닌가?

"으매나! 얼마 전에 인간들이 놓은 쥐약을 먹고 죽은 남편보다 훨씬 멋지잖아? 어서 우리 쥐의 소굴로 가서 살림을 차리자구! 으응?"

그리하여 쥐총각이 된 그는 쥐과부가 유혹하는대로 감방 바람벽을 타고 창살을 뛰어넘어 그녀와 밤도망을 하게 되었던 것이다. 드디어 얼만큼 밤길을 달려 쥐의 소굴에 도착한 그는 깜짝 놀라지 않을 수 없었다. 수없는 땅굴로 이어진 쥐의 소굴에는 수백 마리의 쥐들이 우글거렸는데, 창고마다 사람들이 먹고 입는 온갖 음식과 물건들이 가득 쌓여 있는 것이었다.

"이게 웬일이야? 없는게 없네?"

"으응! 사람들은 알고 보면 모두가 도둑놈들이야! 그래서 좀 훔쳐온 것이지! 여기 새로 나온 오랜지쥬스야! 맛좀 볼래?"

하면서 쥐과부가 오랜지쥬스의 따개를 이빨로 물어뜯자 아주 쉽사리 열렸는데, 그러자 쥐과부는 꼬리로 오랜지쥬스를 적셔 맛있게 냠냠 핥아먹는 것이었다. 이에따라 그도 오랜지쥬스를 먹었는데 사람일 때에도 못마셔봐서인지 아주 새콤달콤하고도 시원한 것이 별미였던 것이다.

"쥐총각! 우리 쥐의 나라에서 결혼은 누구나 자유야! 사람처럼 맞선이니 결혼식이니 혼인신고니 하는 따위의 복잡한 절차도 없어! 그 대신 우린 부부 중에 하나가 죽을 때까지 꼭 함께 산다구! 그렇게 요란스레 결혼하고도 이혼을 잘 하는 사람들과는 아주 다르지! 자! 그럼 너랑 나랑 첫날밤을 치를까?"

이윽고 쥐과부는 이글이글 불타는 낯짝으로 속삭이더니 발랑 뒤로 자빠져 파르르 떨어댔다. 사람들의 기본 성체형과 다를 것이 없어 총각쥐가 된 그는 얼른 쥐과부의 배때기 위로 올라가 몸을 밀착했다.

"뭐해? 어서 넣어줘! 사람처럼 애무인가 하는 딴 짓거린 하지 말고 곧장 빨리...!"

그래서 쥐과부와의 섹스는 너무나 성급하게 진행됐는데, 아마도 그건 인간처럼 쾌락추구의 도구로서가 아니라, 쥐들은 오직 종족의 보존을 위한 행위이기 때문인지도 몰랐다.

"아악! 왜 이리 아픈거야?"

한데 그가 잔뜩 발기된 성기를 그녀의 아기집 통로를 찾아 삽입하자 쥐과부가 몸을 버르적대며 비명을 질렀다.

"총각은 너무 큰 것 같애! 사람쥐가 돼서 그런가?"

"흐응! 흔히 거시기가 작은 사람을 쥐좆만하다고 놀리는데, 정말 진짜 수컷쥐들은 그런 모양이지? 히히!"

"호호! 맞아! 나도 사람들이 그런 놀림을 하는 걸 들은 적 있어! 하지만 이젠 사람쥐 네가 더 좋은걸! 어서 빨리 더 해줘! 우린 몇초만에 끝나거든!"

그래서 결국 그는 쥐과부와 번갯불에 콩구워 먹는 식의 첫날밤을 치르고 교도관의 순찰이 시작되는 새벽녘에 감방으로 되돌아왔던 것이다.

"내가 쥐총각이 되어 쥐과부와 쥐의 소굴에 가서 첫날밤을 보낸 이것 역시 생생한 나의 체험이라면 두 분은 믿을 것인감유?"

이윽고 막걸리잔을 다시 들어 입안에 기울이며 사형수 이종환 소설가가 김선배와 나를 바라보며 물었는데, 그때 김선배는 여전히 황당한 표정이었지만 나는 고개를 끄덕이며 이렇게 대답했던 것이다.

"네에! 그것이 선생님이 쓴 소설이라도 전 그 사실을 믿고 싶습니다. 아니 믿습니다! 왜냐하면 사형수로 독방에서 몇십년을 보내셨다면, 어떤 환상도 현실처럼 느껴지셨을 테니까요!"

'어허! 젊은 작가지망생! 장정무씨! 난 지금 소설을 쓴 게 아니란 말이유! 이 세상엔 내가 사랑한 까치녀나 쥐과부만도 못한 인간들이 얼마나 많은가 해서 한 얘기요! 그러니까 내가 까치남편도 되고 쥐총 각으로서 쥐과부와 결혼한 나의 체험담은 정말로 믿어주길 바래는거 유!"

그때 그의 말투는 너무나 간절하여 나는 그제야 다시 이런 대꾸를 했던 것이다.

"네에! 전 선생님 말씀을 무조건 믿겠습니다. 아니 믿습니다!"

한데 그후 김선배로부터 들은 사형수 이종환 소설가는 끝내 사회에 적응하지 못하고 가난에 시달리다가 쥐약으로 음독자살을 했다는 것이었다.

"장 과장님! 오늘 제가 괜한 말씀을 드렸나요? 역시 공직자의 길을 가려면 남들처럼 그냥 좋게만 따라가야 합니까? 아무리 어쩌고 저쩌고 해도 몇년 지나면 대통령도 청장도 의원도 모두 선거로 바뀌는데, 굳이 나서서 대들 것 없이 모른척 넘어가는 게 현명한 처세란 말씀이 죠? 그렇죠?"

어느덧 혀가 꼬부라질 정도로 취해버린 한공복 팀장이 호프잔으로 탁자를 두드리며 횡설수설하는 바람에, 그제야 나는 먼 추억여행에서 화들짝 깨어나 그의 얼굴을 마주 보았다. 금방 울음이라도 터뜨릴 듯한 그의 얼굴은 희미한 색조명으로 얼룩져 더욱 처연해 보였다.

"한 팀장! 마치 10여년 전의 내 모습을 보는 것 같군! 그때만 해도 나 역시 울분에 젖어 나의 상사에게 퍼부어댔었지!"

"근데 지금은 저의 이런 꼬라지가 우습게 보인단 말씀인가요?"

"아니! 천만에! ...으응! 맞아! 그런 너도 몇 년 후에는 바로 지금 자네의 과장처럼 바뀐다고나 할까? 그래서 공직의 길은 만년하청이란 말도 있지! 그간 문민정부니 국민정부니 참여정부니 벼라별 이름을 내걸었지만 변한 게 무엇인가? 날만 지새고 나면 이런저런 부정부패 사건들이 뻥뻥 터져나오지 않는가?"

"네! 그래서 국민들은 분노하고 절망하다가 차라리 망각해버리고 말죠! 하지만 문체과장님! 전 이름부터가 한국의 공무원으로서 공복이 되라고 한공복이지 않습니까? 그래선지 아직은 우리 쥐과장의 압력이 괴로운 겁니다!"

"그리 말하면 나 역시 바른 공무원으로 살라고 장정무 과장일세!"

나는 점점 공허하게 들려지는 한 팀장의 넋두리를 안주삼아 다시 호프잔을 채워 입안에 들이부을 따름이었다. 그러자 한 팀장도 자작으로 호프를 따라 원샷으로 들이키면서 이젠 혼잣말처럼 중얼거렸던 것이다.

"문체과장님! 어쩌다 이 세상이 이런 짐승의 나라가 돼버렸을까요? 우리 청의 주복과(주민복지과)에도 도둑쥐가 날뛰구요, 그뿐 아니라 이 세상 도처엔 생선을 맡겨 놓으니까 이를 훔쳐먹는 고양이들로 득시글거리잖아요?"

"그래! 한 팀장! 어디서 불이 났는지 저 길을 달려가는 불자동차의 앵앵거리는 경적소리도 야옹야옹으로 들리는군! 하하!"

하지만 그때 나는 고작 이런 농담으로 작가 데뷔에 실패한 재치를 발휘할 뿐이었다고나 할까?

그렇다! 이제 세상은 TV프로 '동물의 세계' 와 같은, 아니 더욱 비열한 '짐승의 나라' 가 되어 소용돌이치고 있다. 그래서 어느 곳 한 군데도 동물의 세계에서 약육강식이 벌어지듯 '부정부패' 란 고깃덩이를 놓고 서로 **빼앗기** 위해서 덤벼들고 물어뜯으며 죽기살기로 싸움을 벌이지 않는가?

"자! 밤이 깊었네! 내일 근무를 위해 그만 일어나자구!"

이윽고 내가 먼저 일어나며 한 팀장에게 채근하자, 그는 술이 번쩍 깨는듯 벌떡 일어서며 나에게 큰소리로 건네왔던 것이다.

"문체과장님! 그럼 오늘 일은 없던 걸로 하구요! 제가 모셨으니까 계산은 제가 하겠습니다. 하하! 끄윽!"

그들이 호프집을 나와 대로변에 이르자 벌써 버스는 끊어지고 승객을 태웠거나 빈차임을 알리는 등에 불을 켠 택시가 총알처럼 달리고 있었다.

"과장님은 이쪽! 저는 건너쪽! 방향이 다르죠? 그럼 과장님 먼저 택시 타세요! ... 어이! 택시! 택시!"

한팀장의 외침을 들었는지 택시 한 대가 미끄러지듯 정거했고, 나는 그가 내 호주머니에 찔러주는 지폐를 느끼며 차안으로 밀어넣어졌다.

"그럼 안녕히 가세요!"

"으응! 한 팀장! 내일 봐요!"

이것으로 오늘의 하루 일과는 완전히 끝난 셈이었다. 하지만 이제야 여태 마신 술이 취해오는지 택시는 달린다기보다 무중력의 우주선처럼 허공에 떠서 흔들리는 느낌이었다. 나는 정신을 모아 택시 앞쪽에 달린 백밀러에 비친 나의 얼굴을 보았다. 거기엔 공직자로서 30년 가까이 세월을 보낸 또 하나의 사람짐승이 일상의 피곤에 쩔어 야릇한 표정을 짓고 있었다.

"손님! 어디로 가시죠?"

그제야 택시기사가 물어왔고, 나 역시 무덤덤하게 대꾸했다.

"여의도 63빌딩 앞 시범아파트요!"

그러자 한산한 밤거리를 택시는 더욱 속도를 내어 쏜살같이 목적지를 향해 달렸다. 어디선가 구급차가 위급한 경보음을 울리며 달리는 소리가 들려왔다. 하지만 나는 이에 아랑곳 하지 않고 잠시 눈을 붙였다. 아마도 지금의 내 모습은 이런 공직살이에 혹사당하여 나가 떨어진 한 마리의 짐승과도 같지 않았을까?* (2010 문예운동 겨울호)

다섯.
가면의 세상

국내 굴지의 연예기획사의 간판가수로 발탁된 하이나
는 방송출연에서 처음으로 인기순위 1위가 되어 사장
의 집무실로 호출된다. 그리고 지난 10년 가까운 연습
생의 고통스런 시기를 보낸 추억 속에 그 어떤 수모도
감수할 각오를 하는데, 그로부터 은밀하게 벌어지는
방송국 고위층과 재벌과 정치판의 노리개로 전전하면
서 그녀는 '가면의 세상'에 살아가는 자신을 깨닫는
데...!

창작 메모 : 오래 전 '장자연 사건'으로 불거진 바
있는 연예계 소문의 진상을 소설적 허구로 재구성
해 본 실화소설(?)이라고나 할까?

가면의 세상

"*하이나! 나좀 잠깐만!*"

KMS TV의 인기가요 프로인 '뮤직뮤직'의 생방송 출연에서 〈사랑에 미쳤나봐!〉로 뮤티즌 인기투표 1위를 차지하고서, 회사의 연습실에 도착하자 뜻밖에 박홍보이사가 직접 찾아와 건네오는 말이었다.

"아! 박홍보이사님! 웬일이십니까? 예까지 내려오시고요?"

그러자 화장실 앞까지 따라다니는 로드매니저 미스터 마발(마당발이란 별명)이 하이나가 묻고 싶은 말을 대신했던 것이다.

"으음! 오늘 생방에서 드디어 KMS에서도 1위를 먹었더군?"

"예에! 그러니까 이제 케이블뿐 아니라 공중파 방송3사까지 다 휩쓸은거죠. 모두가 박홍보이사님의 덕분입니다."

미스터 마발은 그의 앞으로 다가가 마치 외국영화의 왕실 시종처럼 허리를 꺾어 절을 하며 큰소리로 외쳤다.

"하하! 됐네! 이 사람아! … 난 하이나 가수한테 용무가 있어 왔다
구."

그제야 하이나는 방송출연 의상을 갈아 입어야 할지 말지를 망설
였는데, 벌써 이를 눈치챘듯 박홍보이사가 그녀에게 눈짓을 보내며
채근했던 것이다.

"멋진데…! 지금 그대로가 좋아요!"

해서 하이나는 무대 화장이 지나쳐 요괴같은 모습인 채로 박홍보
이사를 따라 연습실을 나왔다. 그리고 M&S엔터테인먼트 빌딩의 엘
리베이터 안으로 줄에 끌리듯 들어갔다. 그제야 박홍보이사가 다시
하이나를 돌아보며 말을 건네왔다.

"사장님께서 부르셔 가는 거니까 잘 해야 돼요. 내말 무슨 뜻인지
알겠지?"

"네에? 사장님께서요?"

하이나는 화들짝 놀라 그를 쏘아보았다. M&S 소속가수로 길거리
캐스팅 되어 무려 7년의 연습생 시절과 정식 데뷔 1년! 그러니까 강
산도 변한다는 10년 가까운 기나긴 세월 동안에 하이나가 M&S 조대
박 사장님을 알현(?)한 것은 단 두 차례 뿐이었던 것이다.

연습생으로서 5년이 되어서야 실력을 인정받아 전속계약을 맺고
다시 2년간 연습생이 되었는데, 바로 계약할 때와 1년전 정식가수로
데뷔하던 날에야 첫 방송출연 인사를 드리기 위해 가장 꼭대기 층에
은밀히 숨어 있는 사장실에 들어갈 수 있었던 것이다.

"하이나! 이제 우리 회사를 빛내 줄 주력 신상(신상품)이 된거야!"

그날도 박홍보이사가 사장실로 하이나를 안내했는데, 그때 그녀는 말귀를 알아듣지 못해서 이런 질문을 했던 것이다.

"네에? 주력 신상이라뇨?"

"으응! 바로 하이나 가수를 앞으로 우리 M&S의 간판 스타로 띄운다는 뜻이야! 그러니까 목숨걸고 해야 돼!"

순간 하이나는 터질듯 가슴이 뛰어 제대로 숨조차 쉴 수가 없었다. 매미가 땅속에서 굼벵이로 오랜 세월을 보내다가 껍질을 벗고 노래를 부르게 되듯이, 하이나야말로 그토록 힘겨운 연습생 시절을 보내지 않았던가!

"하이나 가수! 그간 고생이 많았지? 하지만 스타는 그런 피땀흘리는 고통을 먹고 피어나는 꽃이야. 내 말뜻을 알겠나?"

그날 조대박 사장님은 보통 악수보다 더 강하게 그녀의 손을 잡아 흔들며 엄숙하게 말했던 것이다.

"감사합니다. 사장님! 정말 열심히 할께요."

하이나는 그 순간 사이비 교주의 신도처럼 고개를 조아리며 진심으로 다짐했다.

"하하! 처음엔 누구나 다 그러지! 하지만 감사는 진짜 스타가 된 다음에 해도 늦지 않아요. 암튼 하이나 가수는 누구보다 열심히 했고 노래도 잘 하니까 내가 믿는다구...!"

이때 박홍보이사가 두 사람을 번갈아 보며 이렇게 말했던 것이다.

"우리 M&S 출신의 가수 중에 여자 솔로는 하이나가 마지막이죠. 요즘이야 걸그룹이나 아이돌그룹이 대세가 아닙니까?"

"아암! 그래서 인기가 폭발하면 끝물쯤 해서 한둘을 솔로로 내세워 프로젝트 기획상품(앨범)을 만들잖아? 하하!"

암튼 이때 하이나로서는 그 바닥에 몸담은지 오래지만 아직은 이해하기 어려운 이야기를 들었던 것이다.

"하이나! 오늘 사장님께서 부르신 건 앞으로 너의 미래를 결정할 아주 중요한 말씀을 하실 거니까, 이쪽 연예계를 떠난다 해도 영원히 발설해서는 안되는 특급 비밀사항이야! 내 말뜻을 알겠지?"

이윽고 박홍보이사는 이런 엄포와 함께 드디어 그녀를 조대박 사장실로 데려갔던 것이다. 사장실의 사방 벽면은 M&S가 배출한 역대 슈퍼스타들의 실물 크기 브로마이드 사진으로 도배되었는데, 바로 그중 끝편에 하이나의 모습도 끼어 있어서 그녀는 깜짝 놀라고 말았다.

"허허! 하이나 가수! 어때? 기쁘지?"

조대박 사장이 이를 눈치챈듯 다정하게 물어와서 그녀는 하마터면 감격의 눈물을 쏟을 뻔했다.

"감사합니다! 사장님!"

그리하여 하이나가 울먹이는 목소리로 인사드리자, 박홍보이사가 얼른 끼어들었다.

"하하! 사장님! 정말 이번에도 사장님 이름처럼 대박났습니다. 요즘 하이나의 인기가 장난이 아니걸랑요! 벌써부터 매스컴에선 국민가수라고 떠들어대지 뭡니까?"

"그게 다 두 사람의 애쓴 공로예요! 근데 여기까지 띄우는데 얼마나 투자됐지?"

그러자 조대박 사장의 얼굴이 냉정한 표정으로 바뀌며 박홍보이사에게 물었다.

"예에! 걸그룹이나 아이돌 떼거리 애들보다도 더 쏘았죠. 큰거(10억) 하고도 추가비용이 만만치 않았습니다."

"으음! 하지만 큰그물을 쳐야 큰고기를 낚을 수가 있어요. 우리 M&S가 이만큼 성장한 원동력은 바로 그런 공격적인 투자 때문이 아니겠오?"

흐뭇한 미소를 날리는 조대박 사장에게 박홍보이사도 맞장구를 치며 웃음을 터뜨렸다.

"하하! 저는 그럼 이만 나가보겠습니다. 하이나 가수에게 좋은 말씀 부탁드립니다."

이윽고 박홍보이사가 자리를 뜨자 하이나를 향해 조대박 사장이 지금까지와 전혀 다른 얼굴이 되어 건네왔다.

"하이나 가수! 우리 회사에서 10년 가까이 한솥밥을 먹은 한 식구니까 뭐 감추고 말고 할게 없어서 얘긴데...!"

"네! 사장님! 감사합니다."

가수란 누가 죽으라고 해도 무조건 '감사합니다!'란 인사를 해야 하는 교육에 길들여진 하이나는 자신도 모르게 이런 대답을 했다.

"암튼 오늘까지 가요계의 정상에 오르느라 고생했어요. 그래서 얘긴데 이젠 이를 지키기가 더 어렵다구..."

"네! 더욱 열심히 하겠습니다."

"그래? 하하하! 넌 이 바닥이 열심히만 하면 되는 줄 아나본데...?"

"그야 물론 사장님께서 밀어주셔서...!"

하이나가 이렇게 대답하자 조대박 사장이 고개를 끄덕이며 말을

다섯 · 가면의 세상

계속했다.

"...흔히 연예인들은 기획사에 들어올때 '노예계약' 을 강요당했다고 하는데, 하이나도 그리 생각하나?"

"아이, 사장님두...! 그건..."

사실 그런 얘기는 하도 많이 매스컴에 오르내리고 실제로도 존재했지만 그녀에겐 난처한 질문이 아닐 수 없었다. 해서 그녀가 이처럼 얼버무리자 조사장이 단호하게 내뱉었던 것이다.

"스타 하나 만드는데 들어가는 비용을 생각한다면 아직도 기획사 사장이 연예계 지망생에게 몸도장이나 돈도장을 찍는다고 해서 함부로 욕할 순 없을게야!"

"....!"

"하지만 난 너를 중1때부터 만났으나 손끝 하나 건드리지 않은 건, 물론 우리 회사가 그런 따위 악소문에 휩싸여선 당장 주식이 폭락할뿐더러, 나 역시 젊어서 가수로 데뷔할 때 피해자였기에...!"

"사장님! 저도 알고 있어요. 박홍보이사님한테 들어서...!"

"그렇다면 단도직입적으로 말하지! 모든 건 박이사에게 맡겼으니까 넌 그냥 시키는대로 하면 돼! 그것도 따지고 보면 무대에서 노래하는 것과 같으니까...!"

이리하여 박홍보이사로부터 하이나에게 은밀히 지시된 접선장소는 청담동에 위치했는데, 마치 미로처럼 연결된 통로로 밀실에 들어서자 그녀는 하마터면 비명을 지를뻔 했다.

아무리 그런쪽 소문을 흘려듣긴 했지만, 바로 그녀가 오늘 생방송에 출연한 KMS TV의 '뮤직뮤직' 프로의 담당자가 아닌가?

"하하! 하이나 가수! 왜 아직 이런 세계를 몰라서 그래? 근데 실은 내가 아니라 윗분이야! 오늘 출연한 방송의 연장이라 생각하고 최고의 가창력과 무대 매너를...! 아니 섹시퀸이 돼보라구! 부탁할께! 하하하!"

이윽고 '뮤직뮤직' 담당자가 최고급 레스토랑의 밀실 도어를 열고 나가자, 잠시 후에 윗분이 들어왔다.

"오늘 방송 잘 봤어요."

그는 구면처럼 자연스레 하이나의 곁에 와서 털썩 주저앉았다.

"감사합니다!"

이미 습관이 돼버린 그녀가 고개를 숙여 인사하자, 그가 양주 술잔을 들며 따라주기를 기다렸다. 그리고 원샷으로 마신 후 그녀에게 잔을 내밀었던 것이다.

"전 맥주 체질이라서요. 죄송해요."

이렇게 시작된 술판이 끝나자 윗분은 하이나를 바로 쪽문 하나로 연결된 옆 침실로 이끌었다. 하지만 하이나는 망설이거나 두렵지 않았다.

이미 몇년 전에 박홍보이사에게 실습(?)을 받았기 때문이랄까? 아니 어차피 이쪽 판에서 놀자면 그건 피하기 힘든 관문이 아닌가? 그렇다면 정말로 이 일은 그녀가 무대에 올라 노래를 부르듯 혼신의 열정을 다 쏟아야 할 것이었다. 그녀는 윗분의 옷을 한 꺼풀씩 벗겨낸 다음에 물수건을 만들어 마치 염을 위해 영안실의 시체를 닦아내듯 정성스럽게 씻었다.

"야아! 너 선수니? 솜씨가 장난이 아닌데...? 흐흐!"

그동안 쌓인 스트레스가 싹 풀리는듯 윗분이 신음처럼 내뱉었다.

"호호! 이런 경험이 많으신가보죠? 전 지금 무대에서 노래를 부른다고 생각하걸랑요."

"뭐? 무대에서 노래를...?"

"네! 저의 열정을 다해 노래하듯 이 순간에도 최선을 다 하는 거라구요."

그리고 그녀는 오늘의 무대의상과 화장을 한 채로 입술과 혀로 윗분에게 딥키스를 퍼붓고 나서, 목을 지나 가슴에 맺힌 젖꼭지와 더 내려가 배꼽을 농락하다가, 그 아래 간헐적으로 헐떡대는 생명체를 입안에 가득 베어물었다가 내뱉기를 반복했다.

"으윽! 오늘 네가 부른 노래가 '사랑에 미쳤나봐!' 였지? 정말 그런 기분인데...!"

그가 온몸을 비틀며 몸부림칠수록 하이나도 노래의 클라이막스를 향해 열창하듯 그녀의 행위를 고조시켰다. 그랬다. 정말로 침대는 화려한 조명이 번쩍이는 무대가 되었고, 두 몸뚱이가 빚어내는 섹스는 그녀와 무용수가 함께 격렬하게 이어가는 노래와 춤과 다를 바 없었던 것이다. 이윽고 한바탕 태풍이 무대를! 아니 침대를 휩쓸고 지나가자 윗분이 기진맥진해서 중얼거렸다.

"연예인 중 최고는 뭐니 뭐니 해도 가수라더니, 진짜 그렇네! 하악! 하악!"

"저도 마치 오늘 뮤티즌 1위곡인 제 노래를 부를 때 같았어요. 호호!"

그녀는 지쳐 널부러진 윗분을 가느다란 팔과 긴 다리로 감아조이며 끈적한 목소리로 속삭였다. 그러자 윗분이 가까스로 눈을 뜨며 악마처럼 대꾸했다.

"흐흐! 넌 이제부터 내가 부르면 무조건이야!"

"낮에도 좋아! 밤에도 좋아! 당신이 부르신다면! 인가요? 하지만 제가 무대에 출연하는 시간은 안 되는 것 아시죠?"

"에끼! 우린 상부상조하는 동일 업종인데 그야 당근이지! 하하!"

그로부터 며칠이 지난 뒤였다. 계속해서 방송사로 케이블로 각종 행사장으로 전국을 누비느라 초죽음이 된 하이나에게 또다시 박홍보이사가 은밀한 지시사항을 내렸다.

"힘들지? 하지만 메뚜기도 한철이라고 인기는 한 순간이란 말야! 또 한번 바닥친 인기는 회복하기가 데뷔때보다 훨씬 어렵지! 왜냐하면 팬들은 항상 새로운 스타를 찾는 변덕쟁이들이거든! 그러니까 하이나도 초심을 잃지 말라구! 알았어?"

박홍보이사는 위협적인 눈길로 하이나를 쳐다보며 이런 당조짐을 했던 것이다. 순간 그녀는 가슴이 덜컥 무너져 내리는 충격을 느끼며 얼른 겸손과 애교가 넘치는 대꾸를 했다.

"어머머! 박이사님! 제가 어떻게 여기까지 왔는데요? 벌써 슬럼프에 빠질 것 같아요?"

"됐네! 이 사람아! 그래서 얘긴데 이번엔 해외에 다녀와야겠어."

"네에? 벌써 제가 중국이나 동남아 공연을 할만큼 한류가수로 떴나요? 고마워요! 박이사님! 호호!"

너무나 감격해서 어쩔 줄 몰라 하는 그녀에게 하지만 박홍보이사는 어이가 없다는듯 이렇게 힐책해왔다.

"하이나 가수! 넌 이제 겨우 방송가를 접수했을 뿐이야! 한류가 되는게 그리 쉬운 줄 알아? 동방신기나 요즘 한창 인기절정인 슈퍼주니어가 하루 아침에 된게 아니라구! 또 거기에 얼마나 투자했는지 알아?"

순간 하이나는 시건방을 떤 자신이 부끄러워 얼굴을 붉히며 얼른 박홍보이사에게 사과를 드렸다.

"죄송해요! 박이사님!"

"그러니까 내 말은 해외로 공연하러 간다는건, 저번 같은 비지네스로 제주도에 간단 말이야!"

"아아! 알겠습니...!"

"대답이 왜 그래? 싫어?"

"아...아뇨! 이제 겨우 시작인데...!"

요즘 멀티 예능인이란 말처럼 연예계는 가수라고 해서 노래만 부르는게 아니었다. 때로는 예능프로에서 MC로도 나서는가 하면 TV 드라마에 탤런트로 출연하기도 한다. 심지어 영화나 연극에 전천후로 뛰기도 하는 것이 대세였던 것이다.

"나랑 동행하니까 딴 걱정말고, 재벌급 황태자니까 즐거운 휴가라고 생각하면 좋을거야!"

그리하여 마침 스케줄이 없는 주말에 하이나는 박홍보이사와 함께 제주도로 날아갔다. 그동안 각종 지방행사와 방송출연으로 전국 방방곡곡을 거의 다 누볐지만, 아직 제주도는 초행이라서 그녀는 괜히 가슴이 설레었다. 그러나 팬들이 알아볼까 싶어 큰 채양의 모자를 눌

러쓰고 검은 색안경을 써서 제주 국제공항에 내렸을 땐 아무도 관심을 보이지 않았다.

"다행이야! 스타가 되면 별별 악소문과 스캔들이 터지거든! 하이나도 그걸 조심해야 돼!"

"알고 있어요. 박이사님!"

"자! 그럼 현장에 가서도 주의하도록...! 알았지?"

"네에! 걱정마세요."

이리하여 하이나와 박홍보이사는 헐리우드 첩보영화의 주인공들처럼 민첩하고도 은밀하게 황태자와 약속한 장소로 이동했다. 한라산이 손에 잡힐듯 건너다 보이는 최고급 펜숀빌리지는 이국적인 제주도여서인지 진짜로 해외에 나온 것처럼 느껴졌다.

"여긴 아무나 오는 곳이 아니야! 특별한 계층의 사람들만 출입한다구. 그러니까 오늘 좋은 경험을 한다 생각하고 즐기란 말야! 이런데서 불러주는 졸부들이 있는 것도 반짝세일 같은 것이니까..."

LA에서 헐리우드 스타들의 단골술집을 벤치마킹해서 오픈했다는 펜숀빌리지의 카페는 손님들마저 거의 외국인들로 내국인들조차 대부분 영어로 대화를 나누는 것이었다.

"봤지? 하이나도 빨리 영어 중국어 일어 회화 정도는 할 줄 알아야 된다구. 그러니까 이번 올라가면 개인교습이라도 받아야지!"

그때 그녀는 신인가수로 데뷔하여 텔레비전의 첫 방송에 출연할 때처럼 가슴이 벅차왔다. 스타! 즉 밤하늘의 별처럼 빛나는 연예계의 스타가 되려면 이젠 그야말로 멀티하고도 글로벌하지 않으면 안되는 것이다. 그러기 위해서는 더욱더 노래뿐 아니라 외국어 실력도 갈고

닦아야 한다. 그녀가 이런 생각으로 들떠 있을 때 바로 앞에 황태자가 나타났다. 순간 그녀는 지난번 KMS TV의 인기가요 프로 '뮤직뮤직'의 담당자를 만났을 때처럼 깜짝 놀라지 않을 수 없었는데...! 황태자는 바로 연예계의 스타 사냥꾼으로 이미 소문난 30대 초반의 남자였던 것이다.

"최근 가요방송에서 인기 정상의 스타 가수라구여? 이거 방가방가해염. ㅋㅋㅋ!"

나이와 외모와 달리 철없는 N세대처럼 인터넷식 말투로 지껄여대는 그가 너무도 황당한듯 박홍보이사가 헛웃음을 터뜨리며 말했다.

"후후후! 반갑습니다. 전 M&S엔터테인먼트의 홍보이삽니다."

박홍보이사의 명함을 들여다 본 그가 대꾸했다.

"난 명함을 안 가지고 다닙니다. 양해 바래여!"

"천만에요. 좋습니다. 그럼 전 이만..."

박홍보이사가 자리를 비켜주자, 눈짓으로 하이나를 자신의 옆으로 오게 했다. 그녀가 퉁기듯 옮겨 앉자 남자는 스스로 술을 따라 마시고 나서 하이나의 잔에도 맥주를 가득 따라 건네왔던 것이다.

"난 뭐든 받기보다 주는걸 좋아한다구여! 울 아버지가 기업을 하면서 수많은 직원들에게 월급을 주고, 정치인들에게 정치자금을 주고, 재난이 나면 구호의연금을 내놓는걸 보면서 살아온 탓인지 몰라염! 그러니까 오늘밤 스타에게도 난 머니를 줄꺼니까 부담없이 받아달라구여. ㅋㅋㅋ!"

'아! 이 남자는 어쩌면 나와 똑같지 않은가?'

순간 하이나는 반가움에 소리라도 지르고 싶어졌다. 가수가 되기 위해 길거리 캐스팅을 해준 박흥보이사에게 벌써 오래전에 남몰래 순결을 주었고, 며칠전에는 방송국 가요담당 윗분에게 역시 아낌없이 몸을 주지 않았던가!

"좋아요! 저도 누구에게 주기를 좋아하걸랑요."

그녀가 생글생글 미소를 날리며 말하자, 황태자가 이번엔 양주를 시키더니 폭탄주를 만들어 마시고 나서 말했다.

"그거 잘 됐군여. 우리 같은 사람끼리 만나서...! 하지만 오늘은 스타가 특별히 양보해서 내가 주는 걸 받고, 다음엔 내가 특별히 양보해서 스타가 주는걸 받을께염. 생각해보니까 주기만 하는 것도 좋지만 서로 주고받는 것도 괜찮겠는데염."

그리하여 그날밤에 하이나는 지난번 인기가요 프로담당 윗분과는 정반대로 황태자와 무대공연을 펼쳤는 바, 그녀는 에덴의 이브가 될 때까지 그가 옷을 벗겨주는대로 온몸을 맡겼으며, 그녀의 뜨거운 육체가 재만 남을 때까지...! 황태자는 그녀의 혓뿌리까지 뽑아낼듯 딥키스와 그녀의 귓바퀴속을 역시 혓끝으로 소름이 끼치도록 후벼주더니, 그는 갑자기 피에 굶주린 뱀파이어가 되어 그녀의 목덜미와 유방을 이빨과 입술로 선명한 자국과 핏멍울이 맺히도록 물어뜯고 빨아주다가, 늘씬하게 펼쳐진 뱃가죽을 타내려 움푹 패인 배꼽을 다시 그의 혓끝으로 온몸이 자지러지도록 간지럼을 태워주었던 것이다. 그리고 잠시 쉬었다가 도톰하게 솟은 그녀의 잔디밭에 숨겨진 샘을 찾아 사막의 갈증난 캬라반처럼 그녀의 이슬을 남김없이 마셔주었다. 그 다음에 황태자는 무릎을 꿇어 경건한 자세를 취하더니, 곧 그녀의 몸뚱이 위로 자신을 밀착시키면서 그의 육체에서 가장 예민한 반응으로 팽창된 부분을 하이나의 몸안에 삽입해 주었다. 그리고 그의 결렬한 행위가 이어지자 하이나는 비명을 지를 정도의 고통과 환희에 빠졌다. 평소에 배설의 용도로만 쓰이던 곳에 그와 반대로 남자의 심벌이 파고드는 상황이 벌어지자, 그만큼 충격적 아픔과 미칠듯한 쾌감이 교차되었던 것이다. 그런데 흔히 남자들은 여자와의 이런 행위를 가리켜 '따먹었다' 고 자랑하는데, 지금은 반대로 그녀가 그를 '따먹었다' 고나 할까? 왜냐하면 분명히 그녀는 그의 성기를 질벽까지 깊숙히 흡인하여 현란한 기교로 항복의 눈물까지 흘리게 했기 때문이다. 암튼 그녀는 그날밤에 황태자가 온갖 열정을 바쳐 베풀어 주는 섹스 파티를 즐겼던 것이다.

"근데 스타는 너...너무 이쪽으로 고...고수인 것 같아염! 아마도 겨...경험이 많은가봐여?"

이윽고 이마에 땀방울까지 흘리며 가뿐 숨을 내쉬던 황태자가 하이나에게 쑥스러운듯 더듬는 말투로 물어왔다. 그녀는 문득 떠오르는 생각에 살짝 미소를 지으며 대답했다.

"저의 예명 하이나가 뭔지 아세요? 사자의 사냥감도 뺏어먹는다는 하이에나에서 따왔다구요. 그러니까 사자보다도 한 수 위의 사냥꾼이라고나 할까요? 호호!"

"와아! 그러니까 어쨌든 고수는 고수네염! 요런 깍쟁이 같은 하이에나! 아니 하이나에게 난 몸도 머니도 다 주는 바보 사자구여? ㅋㅋㅋ!"

다음 순간 황태자는 거꾸로 그녀의 발가락부터 시작해서 두 종아리와 허벅지를 거쳐 숲속을 헤쳐 다시 갈증을 채우더니, 그녀의 양쪽

골반을 마구 물어뜯다가는 뒤집어서 등줄기를 마사지하다가 다시 원
상으로 돌려놓고 배꼽에 혓끝을 굴리다가, 그 위의 검붉은 두 봉오리
를 마치 아기처럼 입에 담고 투정을 부리더니, 끝으로 입술과 혀로
딥키스를 해대는 다재다능한 뒷풀이를 해주었던 것이다. 그러자 하
이나는 요즘 방송가를 휩쓸고 있는 그녀의 인기 히트곡인 '사랑에 미
쳤나봐!'를 흥얼대기 시작했다.

나 지금 사랑에 미미미 미쳤나봐! 사랑에 미쳤나봐!
마음이 싱숭생숭! 가슴이 두근두근! 얼굴이 화끈화끈!
나 정말 사랑에 봐봐봐 미쳤나봐! 사랑에 미쳤나봐!
첫눈에 필 꽂히면 사랑인데 내가 내가 내가 그 꼴이야!
처음 만나 핸번 찍고 두번 만나 포옹하고 세번 만나 키스했어!
하루만 못만나면 그리워서 보고파서 안절부절이야!
나 지금 사랑에 미미미 미쳤나봐! 사랑에 미쳤나봐!
마음이 싱숭생숭! 가슴이 두근두근! 얼굴이 화끈화끈!
나 정말 사랑에 봐봐봐 미쳤나봐! 사랑에 미쳤나봐!

나 지금 사랑에 미미미 미쳤나봐! 사랑에 미쳤나봐!
윙크하면 아찔아찔! 손잡으면 짜릿짜릿! 안아주면 콩당콩당!
나 정말 사랑에 봐봐봐 미쳤나봐! 사랑에 미쳤나봐!
첫눈에 필 꽂히면 사랑인데 내가 내가 내가 그 꼴이야!
처음 만나 핸번 찍고 두번 만나 포옹하고 세번 만나 키스했어!
하루만 못만나면 보고파서 그리워서 안절부절이야!

나 지금 사랑에 미미미 미쳤나봐! 사랑에 미쳤나봐!
윙크하면 아찔아찔! 손잡으면 짜릿짜릿! 안아주면 콩당콩당!
나 정말 사랑에 봐봐봐 미쳤나봐! 사랑에 미쳤나봐!

하이나가 제주도 해외공연(?)으로부터 돌아오자, 또다시 방송과 각종 행사와 다른 선배가수 콘서트의 찬조 출연과 M&S의 소속 가수들의 합동공연 등 그야말로 눈코뜰새 없는 스케줄이 밀려들었지만, 그녀는 이를 악물고 모두 소화해냈다. 한번 바람탄 인기의 풍선이 자칫 터져버리면 다시는 꿰맬 수 없음을 그녀는 너무나 잘 알고 있었던 것이다.

한때 가수들의 앨범이 밀리언 단위로 수백만장씩이나 팔렸던 시절에, 그토록 인기 절정이던 스타 가수들이 지금은 어디에서 무엇을 하는지 종적조차 묘연한 경우가 얼마나 많은가?

"가수가 왜 파멸하는 줄 뻔히 알면서도 초(대마초)나 뽕(히로뽕)의 유혹에 빠지는 줄 알아? 그 화려했던 무대의 환상 때문이라구! 미친 듯 질러대는 팬들의 환호와 박수소리! 천둥 번개처럼 요란하게 번쩍이는 조명을 받으며 무대에서 노래하고 춤추던 순간을 어찌 잊을 수가 있겠니? 결국 이를 환상으로나마 느끼게 해주는 초나 뽕에 빠질 수밖에...! 이런 가수들의 로드매니저인 나조차도 그런 유혹에 흔들릴 때가 한두번이 아니거든!"

언젠가 지방공연을 마치고 밤늦게 귀경하는 밴차 속에서 하이나에게 솔직하게 털어놓던 로드매니저 미스터 마발의 하소연섞인 푸념이 아니라도, 요즘 들어 그녀 역시 가끔씩 주체하기 힘든 허전함과 외로

움이 밀려들곤 했던 것이다.

'하이나! 넌 그래선 안돼! 어떻게 가수가 되어 이 자리에 오른건
데... 정신 바짝 차리라구! 네 히트곡 제목「사랑에 미쳤나봐!」처럼 넌
노래에만 미쳐야 해!'

그리하여 하이나는 시도때도 없이 자신을 향해 이런 다짐과 경고
를 하지 않을 수 없었다.

"하이나! 오늘은 아주 특별히 잘 해야 돼!"

번갯불에 콩구워 먹듯 정신없이 바쁘게 돌아가던 한 해도 저물어
가는 12월의 어느날이었다. 로드매니저 미스터 마발과 함께 나타난
박홍보이사가 역시 은밀히 그녀에게 건네오는 말이었다.

"어떤 고객인가요? 박홍보이사님!"

그러지 않아도 요즘 들어 뜸해진 그의 부탁에 왠지 불안감을 느끼
던 하이나는 반가운 얼굴로 물었다. 가수의 인기란 메뚜기도 한철이
듯 순식간에 사라지는 것을 그녀는 너무나 잘 알고 있었던 것이다.

"바로 우리 사장님의 대학동창이라니까 VIP라고 해야겠지? 그분
이 다음 총선에 공천을 따려고 실세의 정치인과 만나는 접대 자리
래!"

그리하여 하이나는 아직도 6,70년대처럼 전혀 개발붐을 타지 않
은 정릉 골짜기의 흡사 절간 비슷한 커다란 한옥집으로 안내되었던
것이다. 마침 첫눈이 온 천지를 하얗게 색칠해서, 그곳은 마치 한폭
의 동양화처럼 고즈넉한 풍경이었다.

"이런 곳은 나도 난생 처음인데...! 바로 여기가 한때 우리나라의

거물 정치인들이 드나들던 마지막 남은 비밀요정이라고 박홍보이사
가 귀뜸해 주시드라. 그러니까 오늘은 춘향이가 이몽룡을 꼬시던 방
법으로 하면 되지 않을까? 하하!"

로드매니저 미스터 마발이 밴차를 세우면서 건네오는 농담에 하이
나가 재치있게 대꾸했다.

"근데 지금 만날 고객은 변사또 아녜요? 호호!"

"그야 변사또든 이몽룡이든 사내놈들이란 다 마찬가지 아니겠어?
좌우간 잘 해보라구...! 하이나 스타 가수님! 흥!"

그런데 웬일로 미스터 마발은 무슨 심통이 났는지 비웃음의 콧방
귀를 뀌었던 것이다.

"매니저 오빠! 왜 그래? 내가 이런 일 많아야 회사도 우리도 함께
사는 거 아녜요?"

"그래? 됐네! 이 사람아! 약속시간 다 됐으니까 어서 들어가자구!"

이윽고 미스터 마발이 육중한 대문의 초인종을 누르자, 잠시 후에
경비원인듯한 아저씨가 나와 약속된 장소로 안내했다.

마치 사극에 등장하는 궁궐의 중전마마 침전처럼 기품이 있으면서
도 화려하게 꾸며진 방에는 70대 노정객과 사업가로 돈벼락을 맞아
이젠 권력의 칼마저 거머쥐려는 욕망의 화신처럼 보이는 40대의 사
나이가 이미 거나하게 취한듯 호탕한 웃음을 터뜨리며 하이나를 맞
았던 것이다.

"하하하! 어서 와요! 조대박 동창친구가 데리고 있다는 아가씬가?
참 이름이 뭐랬더라?"

40대 사나이가 흡사 조폭처럼 우렁찬 목소리로 그녀를 향해 묻자,

70대의 노정객이 인자한 할아버지가 손녀딸을 대하듯 잔잔한 미소를 띄우며 입을 열었다.

"어허! 이 사람아! 샥시가 놀라 도망치겠네! 좀 다정하게 말하게나."

"어이구! 선상님! 제가 늘 수백 수천명의 회사와 공장에서 일하는 부하들에게 연설하다보니까 저도 모르게 목소리가 커졌습니다. 하하하!"

"그래? 하긴 나도 한때 수만 수십만명의 유권자들 앞에서 선거를 위해 유세를 할 땐, 백두산 호랑이가 꽁무니를 뺄 정도로 기염을 토했구만! 흐흐흐!"

"암뇨! 네에! 70년대에 선상님께서 현역 국회의원으로 각하를 모시고 전국 방방곡곡 유세를 다니실 때의 모습은 대단하셨죠! 제가 오늘날 정계 진출을 꿈꾸게 된 것도 다 그런 선상님의 탓이니 책임을 지셔야 합니다. 하하하!"

사람을 불러다 놓고 계속 자기들끼리만 떠들어대서 하이나는 기분이 언짢았지만, 항상 팬들을 먼저 생각해야 하듯 고객이 우선이므로 참고 기다릴밖에 없었다.

"아참! 아가씬 이름이 뭔가? 오늘 선상님을 잘 모셔야 하네!"

이윽고 그제야 생각난듯 40대 사나이가 그녀를 바라보며 다시 물어왔다.

"안녕하세요? 가수 하이나예요. 잘 부탁드립니다."

"하이나? 요즘 아가씨들은 이름부터 서양애들 같다니까요! 선상님! 마음에 드십니까? 그저 회춘하시려면 이런 영계가 최곱니다. 하

다섯
·
가
면
의
·
세
상

하하!"

40대 사나이는 안하무인한 태도로 그녀를 70대 노정객에게 진상을 했다.

"에끼! 이 사람아! 이런 술자리에선 샥시가 산삼인게야! 소중하게 대해야지!"

그러자 노회한 왕이 절색의 후궁을 가지고 놀듯 70대의 노정객이 은근한 추파를 던지며 하이나를 그의 눈동자 안에 담았다.

"저... 제가 술 한잔 올릴께요."

이때 하이나는 멋적고 면구스러워서 상감청자같은 술병을 들어 두 사람의 술잔에 따랐다.

"잠깐! 술은 황진이 같은 명기가 따라야 제맛이지! 샥시! 옆방에 가면 한복이 있을게야. 좀 갈아입고 오지 않겠나?"

"네에? 선상님! 이 집이 단골인 줄은 압니다만..."

"어이! 박상도 사장! 앞으로 국회에 진출해 국사를 논하려면 그만한 풍류를 알아야지. 내가 옛날에 각하를 모시고 다닐 때엔 정말로 변사또가 부럽지 않았다네! 가야금 풍악을 울리며 미스 코리아도 울고 갈 미녀들이 따르는 술잔에 아주 익사할 지경이었다니까? 역시 큰 정치는 그리 해야 돼! 그러니까 그분께서 이 나라를 근대화시켰고, 오늘날 세계경제 10위권을 이루는 초석을 놓으신게지!"

하이나가 70대 노정객의 일장연설에 잠시 머뭇거리자, 40대 박상도 사장이 고개를 주억이며 그녀를 향해 호통쳤다.

"이 가시나야! 뭐하고 있어? 어서 옷갈아 입고 선상님께 술을 따라 올려야지!"

그 바람에 그녀는 옆방으로 건너가 가장 화려한 한복을 골라 입고서 70대 노정객과 40대 박상도 사장에게 전통명주를 따르자 박사장이 호기있게 말했다.

"선상님! 이 가시나는 선상님꺼이오니, 맘대로 하십시오! 자고로 영웅호걸은 색을 밝힌다지 않았습니까?"

"좋아! 그럼 늙은이가 박사장 앞에서 주책 좀 부려 볼까?"

"예에! 술에 취하셨으니 주책은 당연하시죠. 하하하! 아가씰 맘대로 갖고 노시라고 제가 불렀다니까요!"

"하하! 좋아! 그럼 샥시! 계곡주 한 잔만 주시게나!"

"……?"

무슨 뜻인지 몰라 어리둥절하는 하이나에게 박상도 사장이 벌컥 역정을 내며 소리쳤다.

"이봐! 계곡주도 몰라? 어서 홀랑 벗고 너의 유방골에 술을 부어 거시기로 흐르는 술을 받아서 올리란 말씀이야!"

아아! 세상에 그런 희한한 술놀이도 있구나! 역시 우리 옛어른들은 차원이 다른 풍류객들이 아닌가? 그러나 사실은 소위 미아리 텍사스 같은 곳에서는 이미 고전이 돼버린 풍습인데, 요즘 신세대인 하이나는 아직 이를 몰랐을 뿐이었다. 하지만 암튼 오늘밤의 고객은 조대박 사장이 부탁한 특급 VIP이므로, 그녀로서는 박상도 사장의 명에 순순히 따라야 했다. 따라서 오늘밤 공연이야말로 가요판의 섹시퀸으로 불리우는 그녀의 진면목을 유감없이 보여줄 수 있게 된 셈이었다.

"하하하! 선상님! 어서 술잔을 받으십시오! 아마 당장 10년은 젊어지실 겝니다. 저 계곡에 무성한 불로초를 보시라구요!"

"허허! 늙은이한테 성희롱하면 벌을 받는다네!"

말은 그러면서도 70대 노정객은 그녀가 만든 계곡주를 받아 단숨에 마셔버렸던 것이다.

"하하! 흔히 정치판에서 성희롱 사건으로 시끄러운데, 정말 저도 선상님 앞에서 성희롱을 한 것 같아 송구합니다. 그나저나 선상님! 제 문제가 언제쯤 결판날까요?"

"에끼! 술맛 떨어지게 웬 걱정인가? 공천의 칼을 쥐고 좌지우지하는 그 실세가 나의 국회의원 시절에 보좌관이었다니까...! 내 덕으로 이만큼 컸으면 그 은혜를 저버리진 않을걸세!"

"예에! 그저 선상님만 철썩같이 믿겠습니다! ...근데 이름이 하... 뭐라구 했지?"

술을 마시면 건망증이 생기는지 박상도 사장이 다시 그녀에게 물어왔다.

"하이나예요. 예명으로 하이에나란 동물에서 한 글짜를 뺀 이름이죠."

"하이에나에서 따온 예명이라구? 샥시! 그 이름 참 좋구만!"

그러자 70대 노정객이 고개를 끄덕이며 그녀에게 말했다.

"네? 저의 예명이 좋다구요?"

"으음! 샥시의 관상이 표범상인데 하이에나야말로 썩은 고기도 먹는 짐승이 아닌가? 그러니까 가수로서 인기를 위해서라면 하이에나처럼 물불 안 가리고 덤빌테구...! 물론 그래서 최고의 인기가수가 됐겠지! 내 얘기가 맞지 않는가?"

70대 노정객이 40대 박상도 사장을 향해 동의를 구하자 그가 손뼉을 치며 떠벌였다.

"야아! 아가씨! 아니 하이나 가수! 얼른 선상님께 큰절을 올려라! 너나 나나 이제 성공가도를 달리게 됐으니 감사를 드려야지!"

말을 마치자 40대 박상도 사장이 벌떡 일어나 넙죽 큰절을 했던 것이다. 그래서 그녀도 따라하지 않을 수 없었다.

"자! 그럼 나도 하이나에게 술 한 잔 주겠다. 네가 우리 선상님께 계곡주를 올렸으니까, 나는 너에게 특별히 폭포주를 줄 것이다!"

하더니 거대한 몸을 일으켜 양복저고리를 벗고 넥타이를 풀고 이어서 와이셔츠의 단추를 따내리더니, 다음엔 혁대를 풀어 양복바지와 내복 속의 팬티까지 한꺼번에 벗어제끼는게 아닌가? 그리고는 술잔 대신에 그릇을 비워 그의 가랑이 사이에 끼고 술병을 들어 그녀가 계곡주를 만들 때처럼 가슴 골짜기에 부어 배꼽 아래의 검은 잔디 속에 우람하게 뻗은 남근석을 적시며 쏟아지는 술로 폭포주를 만들었다.

"감사합니다! 사장님!"

하지만 하이나는 놀라거나 거부하지 않고 그로부터 폭포주를 받아 원샷으로 마셔버렸던 것이다. 가수로서의 생명과 인기를 지키는 일이라면 그녀의 몸뚱이뿐 아니라 독약이라도 피해서는 안되기 때문이었다. 그때 70대 노정객이 눈을 크게 뜨더니 이렇게 말했다.

"으음! 박사장 ! 이 샥시를 잘 봤지? 바로 이걸세! 큰 정치인이 되자면 이런 배포가 있어야 하네! 샥시는 나이 먹어서 가수생활을 접게 되거든 정치판으로 입문하게! 내가 우리나라엔 언제쯤 여대통령이 탄생할까 기다렸는데, 바로 지금 그 후보감을 만났단 말야! 허허허!"

"예에! 선상님! 저도 이 아가씨한테 정말 놀랐습니다. 하하!"

40대 박상도 사장이 벗었던 옷을 다시 입으며 아직도 놀란 입을 다물지 못했다.

"자! 그러면 공천은 내 전화 한 통이면 될 것이니까 걱정 말고, 정치 지망생이 갖춰야 할 3대 덕목을 말함세."

이윽고 70대 노정객이 무협소설의 사부처럼 엄숙하게 말했다.

"첫째가 줄서기를 잘 해야 하네! 여당이냐? 야당이냐? 무소속이냐? 줄을 잘못 서면 아무리 돈을 써도 낙동강 오리알이야!"

"물론 저같이 사업하는 사람은 여당에 줄을 서야죠!"

"천만에! 앞으로의 선거판은 한나라당이 대구에 출마하고, 민주당이 광주에 출마해도 낙선할 수가 있어! ...에헴! 두번째는 가면을 잘 써야 한다구!"

"네에? 가면을 잘 쓰다뇨? 선상님!"

"어허! 정치란 함부로 자신을 다 까놓으면 안돼! 알아도 모른 척! 싫어도 좋은 척! 미워도 고운 척! 좌우간 백성들! 아니 유권자의 비위를 맞춰 가면을 열개쯤 준비했다가 능수능란하게 바꿔 써야만 정치생명을 이어갈 수 있단 말일세! 옛날 내가 원내총무를 할 때는 낮에는 여당 총무! 밤에는 야당 총무를 했다네!"

"선상님! 그게 무슨 말씀입니까?"

"허허! 밤에는 야당 당수의 집을 은밀히 방문해서 우리 여당 총재님의 속내를 전하고, 야당 의원들과도 이런 술자리를 자주 만들어 술독에 빠뜨리곤 했으니까 말일쎄!"

"하아! 그런 정치시절도 있었습니까?"

"물론 그때도 국회의사당에서 멱살잡이를 하고 단식투쟁도 불사

했지만, 야당 당수가 그러면 여당 총재는 남몰래 원내총무인 나를 보내어 산삼 다린 물을 전했다네! 그러니까 그 양반이 한 달 가까이나 단식하고도 목숨을 부지했지! 허허허!"

"예에! 선상님! 요즘은 꺼떡하면 인터넷에 뜨고, 좌파우파니 보수진보니 해서 서로 죽자사자로 으르렁대는 꼴을 보면, 참 호랑이 담배 피던 시절의 전설을 듣는 것 같습니다!"

"셋째는 백성을 하늘같이 알면 아무 일도 못한다네! 예로부터 왕은 하늘이고 백성은 땅이거늘, 진정한 정치인이라면 백성의 하늘노릇을 해야 한단 말이야!"

"무슨 말씀이신지...?"

세상의 돈을 끌어 모으는 데는 비상한 재주를 가진 졸부 9단이나, 7선의 70대 노정객으로서 아직도 공천 브로커를 할만큼 정치 9단인 이 어르신의 선답(仙答)을 깨닫기란 40대 정치지망생인 박상도 사장에게는 무리였다고나 할까?

"내가 우리 총재님! 아니 각하를 모실 때 경부고속도로를 뚫는다니까, 야당 당수는 그 길에 나자빠져 포크레인으로 자기를 깔아뭉개고 가라며 아우성쳤다네! 하지만 이 나라 백성과 산업발전을 위해 기어히 강행한 각하였다구! 요즘 4대강이니 뭐니 사사건건 여야가 부딪혀 국론분열로 갈팡질팡하는걸 보면, 왜 정치가 백성들 눈치만 보는지 모르겠단 말이야!"

이처럼 끝없는 정치론을 설파하던 70대 노정객이 문득 하이나를 바라보며 말했다.

"샥시! 이젠 됐으니까 먼저 가시게나. 우리끼리 더 나눌 얘기가 있으니...!"

"선상님! 그러시겠습니까? 그럼 하이나 가수는 가도 좋아요! 거시기는 동창인 조사장에게 이미 계산했으니까...!"

결국 그녀의 오늘밤 공연은 무대에 오르지도 못하고 끝나버렸지만, 두 사람의 대화에서 얻은 지혜와 비결은 평생을 두고 써먹어도 좋을 것이었다. 아니 이미 하이나는 그것을 실천해왔다고나 할까?

그렇다! 그녀는 이름부터 가명에 전혀 딴사람으로 바꾸는 화려한 의상과 가면을 쓴 듯한 짙은 화장을 하고서, 남이 작사 작곡해 준 노래를 부르며 춤추는 가면의 세상에서 살고 있지 않은가?!* (2011 문학사계 겨울호)

여섯.
메달 탄생

올림픽에서 한국의 메달 텃밭인 양궁의 김명중 감독과 한명수 선수 등 국가대표 선수들의 훈련 과정과 김명중 감독의 고교시절 양궁 지도교사인 정병조 선생님과의 우여곡절의 추억이 펼쳐진다. 그리고 2008년 베이징올림픽에서 드디어 한국 양궁은 남자 단체전에서도 금메달을 따내게 되는데...!

창작 메모 - 내가 맨처음 근무했던 서울여고에서 우리나라 처초로 양궁반이 창설되어 그때의 추억이 소설의 모티브가 되었다.

메달 탄생

"*이번 베이징 올림픽에서 우리 최대의* 적은
중국이 아니다!"

한국 올림픽선수단의 김명중 양궁감독은 올림픽에 출전하는 양궁
선수들을 향해 외치듯 말했다. 그러자 남녀 양궁선수들은 잔뜩 긴장
하여 의아한 눈동자를 모아 김감독의 다음 말을 기다렸다.

"명수야! 네가 대답해봐!"

"……!"

하지만 아직 얼굴에 여드름이 듬성듬성한 한명수 선수는 여드름보
다 더 얼굴만 붉힌 채 대답을 못 했다.

"쯧쯧! 짜슥! 그것도 모르면서 네가 무슨 '한국 최고의 명사수' 한
명수 선수라 할 수 있겠냐? 엉?!"

"혹시 독일이나 스웨덴 선수가 아닐까요? 올림픽 때마다 다크호스

였으니까요."

이때 대표팀에서 유일하게 올림픽 금메달을 딴 바 있는 강현숙 선수가 미소를 띠우며 대답하자, 김명중 양궁감독은 고개를 강하게 내저으며 다시 한번 큰소리로 말했다.

"임마! 차라리 일본이나 미국선수라고 해라! 에... 이번 베이징올림픽에서의 가장 큰 난적은 바로 경기장의 '소음'이란 말이다!"

"네? 뭐라구요?"

하지만 김명중 양궁감독의 말뜻을 잘 알아듣지 못한 국가대표 양궁선수들은 이구동성으로 합창하듯 외쳤다!

"허허! 하기사 너희들은 잘 모르겠지! ...임마! 6.25 때 미군과 국군이 압록강까지 쳐올라갔다가 밀린 이유가 뭔지 아냐? 바로 중공군들이 한꺼번에 징 꽹과리를 울려대며 내지르는 함성에 그만 기가 질려 후퇴하게 됐단 말이다!"

"......?"

그러나 아직도 국가대표 양궁선수들은 김명중 양궁감독의 설명에 대하여 이해를 못하여 여전히 의아한 눈길을 보낼 뿐이었다.

"그러니까 내 말은 이번 베이징올림픽에서 우리 최대의 적은 중국선수가 아니라, 바로 중국 관중들의 열광적인 응원 소음이 될 거란 말이다! 알았냐?"

하면서 김명중 양궁감독은 노트북을 들어 사진 한 장을 펼쳐보였다.

"자! 모두들 다가와봐! 바로 이게 베이징 양궁장이다! 폭이 너무 좁아 마치 실내수영장 같지 않니? 베이징 양궁장의 너비는 13-4미터에 불과하다! 게다가 맨 앞쪽 관중과 사대에 선 선수와는 불과 4-5미터 거리야! 만약에 우리가 중국선수들과 결선에서 맞붙었을 때를 가상해봐라! 중국 관중들의 열광적인 응원 소음은 아마 6.25 때 중공군들의 함성 이상일 거다!"

"네! 감독님! 바로 4년 전 아테네올림픽 때도 파나티나이코 스타디움이 관중석과 가까와 애를 먹었다구요! 그래서 하마터면 우리가 금메달을 놓칠 뻔했다구요!"

그제야 강현숙 선수가 고개를 끄덕이며 말하자, 이번엔 지난 해 8월 프레올림픽 때 베이징 양궁장을 둘러본 남자팀 박경철 선수도 한 마디 했다.

"맞아요! 아테네 경기장보다 훨씬 가까웠어요!"

"그래서 이에 대한 대비책으로 아주 새로운 훈련을 하기로 했으니까...!"

"네에? 어떤 훈련인데요?"

"전에 했던 야구장이나 A매치 축구장에 가서 소음극복 훈련을 하려구요?"

이에 선수들이 질문을 하자 김명중 양궁감독은 좌우로 머리를 흔들며 조용히 말했다.

"이건 출전을 바짝 앞두고 할 건데 가상 베이징 양궁장을 만들고 관중들까지 동원해서 엄청난 응원 소음을 재현한 가운데 실전훈련을 하는 거다! 이제 알았냐?"

"넷! 잘 알았습니다!"

베이징올림픽 출전을 앞두고 마무리 훈련에 들어간 양궁선수들은 고함치듯 대답하며 굳게 입술을 다물었다. 그러자 김명중 양궁감독이 다시 결연한 어조로 말을 꺼냈다.

"하지만 난 걱정이 태산이다! 지난 여섯 번의 올림픽에서 우리나라가 금메달을 딴 걸 생각하면 말이다! 명수야! 대답해봐! 한국 양궁의 역대 올림픽 전적을...!"

지명을 받은 한명수 선수는 아까와는 달리 자신감 넘치게 대답했다.

"네! 1984년 로스엔젤레스부터 지난 2004년 아테네까지 여섯 번의 올림픽에 걸려 있던 금메달 22개 중 14개를 따왔으며, 은메달도 7개! 동메달 4개 등, 그야말로 한국선수들이 양궁 메달을 휩쓸어 왔습니다!"

"게다가 최근 다섯번 중 네번이나 우리 선수끼리 개인전 결승을 치르기도 했습니다. 저 역시 그래서 금메달 딴 후 눈물이 난 건 기뻐서만은 아니었구요!"

한명수 선수의 힘찬 대답에 강현숙 선수가 거들고 나섰지만, 김명중 양궁감독은 여전히 무거운 목소리로 말을 이었다.

"으음! 그래서 우리가 두 차례나 금 은 동 싹쓸이를 일군 적도 있다! 바로 그게 우리의 부담감이자 스트레스의 원인이지! 지난 해 대표선발전을 두 차례나 치를 때, 너희들 모두 스트레스에 어깨며 허리가 아프지 않은 선수가 없었지 않았냐?"

"아흐흑! 감독님! 지금도 전 온몸이 제 꺼가 아니라구요!"

누군가 뒤에서 신음소리를 내지르며 대꾸하자 김명중 양궁감독이 일갈했다.

"녀석들! 벌써 휴식시간을 갖자는 말이지? 하지만 아직 내 강의가 남았어! 에... 게다가 이번 베이징올림픽부터 바뀐 경기방식도 변수다! 개인전은 과거 64강부터 16강까지는 18발을, 8강부터 12발을 쐈지만...!"

그러자 역시 한명수 선수가 잽싸게 김감독의 설명을 차고 들어왔다.

"네! 이번에는 64강부터 곧바로 12발만 주어지죠! 따라서 한 발만 실수해도 점수를 만회하기가 어렵구요! 단체전 역시 27발에서 24발로 줄어들었구요!"

"임마! 한명수! 넌 태릉선수촌이 수능시험 공부하는 합숙학원인 줄 아냐? 그런 이론만 달달 외울 시간 있으면 실전연습을 더 해라! 엉?"

"와하하하...!"

김명중 양궁감독의 꾸중 아닌 꾸중에 모처럼 양궁선수들 사이에 폭소가 터져나왔다. 바로 이때 양궁 숙소에 갔던 박코치가 우편물을 가지고 왔다.

"감독님! 이런 분한테서 우편물이 왔는데요! 혹시 아시는 분입니까?"

김명중 양궁감독은 박코치가 전달하는 책인 듯한 우편물을 받아들며 고개를 저었다.

"이금성...? 전혀 모르는 사람인데...!"

국가대표 양궁선수들에게 베이징올림픽 출전을 위한 막바지 훈련을 마치고 양궁합숙소에 돌아온 김명중 양궁감독은 낮에 박코치한테 전달받은 우편물을 앞에 놓고 잠시 망설였다. 항상 올림픽에서 금메달을 많이 따 팬들의 온갖 선물을 받아 온 터이지만, 이 우편물은 평소와 다른 것이었다. 그냥 누군가 책을 한 권 보내온 듯한 우편물이었던 것이다. 이윽고 김명중 양궁감독은 밀봉된 대봉투를 뜯었다 .

'으응? 이게 뭐야?'

이윽고 김명중 양궁감독은 무슨 문학잡지 속에 들어 있는 또 하나의 물건에 궁금한 시선을 보냈다. 바로 책 속에는 미사를 드리듯 하얀 면사포를 쓴 여자가수가 미소를 짓고 있는 CD앨범이었던 것이다. 그런데 그 안에 한 장의 편지가 동봉되어 있는게 아닌가? 김명중 양궁감독은 왠지 두근거리는 가슴을 진정하며 편지를 펼쳐들었다. 컴퓨터 글씨로 단정하게 쓰여진 내용은 아래와 같았다.

양궁 감독님께 드립니다!

안녕하십니까? 며칠 남지 않은 베이징올림픽 출전을 앞두고, 선수들을 지도하시기에 얼마나 노고가 크십니까?

저는 서울 시내 공립고교 국어교사로 1969년부터 1998년까지 30년간 근무하는 동안, 특히 1970년대 초 S여자고등학교에서 근무한 바, 당시 정병조 체육선생님이 양궁부를 만들어 지도교사였고, 제가 담임한 이예정 선수와 다른 반이었던 박해성 선수는 그 시절 상당히 유명한 선수였던 것으로 기억하고 있습니다.

이런 인연으로 저는 항상 우리나라 양궁에 대해 관심을 갖던 중, 이번에 우리나라 양궁이 베이징올림픽에서 금메달을 가장 많이 따기를 기원하는 뜻으로, 대중가요 〈사랑의 화살〉을 작사하여 한류가수를 꿈꾸는 홍비라는 신인가수에게 부르게 한 바, 우리나라 양궁선수

를 비롯한 국민 누구나가 친근하게 부를 수 있도록 트로트 가요로 작
곡했답니다.

내용은 사랑의 화살을 맞고 연인이 된다는 가사지만, 온 국민의 양
궁에 대한 사랑과 국민적 성원을 담았답니다. 그러오니 감독님께서
이 노래를 선수들과 함께 들어주시고, 신나는 댄스곡인 만큼 훈련 후
피로하실 때 스포츠댄스로 스트레스를 풀어주시면 좋을 듯합니다.

암튼 작사가인 저와 홍비 가수도 열심히 홍보하고 있사오니, 감독
님과 양궁선수님들 여러분의 뜨거운 성원을 부탁드리오며, 이번 베
이징올림픽에서 양궁이 가장 많은 금메달을 따시길 다시 한번 기원
하는 바입니다. 감사합니다.

-작사가 방송작가 소설가 이금성 드림-

이런 편지를 읽던 김명중 양궁감독은 몇 번이나 점점 크게 뛰는 가
슴을 진정하려 했지만, 오히려 그의 마음은 그럴수록 더욱 풍선처럼
부풀어 터질 것만 같았다. 그리고 밤이 깊어갈수록 적막이 더해가는
태릉선수촌은 그를 30여년 전의 추억 속으로 조용히 이끌어갔다.

그 시절 갑자기 희망학교 지원입학시험제에서 은행알을 굴려 추첨
된 학교로 배정받는 고교입학제도의 변경으로 김명중은 평소 원하지
않았던 K고등학교에 입학하게 되어 아주 의기소침해 있었다. 따라서
그의 신입생 생활은 전혀 재미가 없었다. 게다가 선배들의 군기가 어
찌나 쎄던지 공포감에 질리기도 했던 것이다.

"야! 학생! 너 이리 와봐!"

그러던 어느날 운동장에서 체육선생님이 김명중을 소리쳐 불렀다. 하지만 몇 명이 함께 지나갔기에 그는 계속 걸어갔다.

"얌마! 머리 짧은 가운데 놈 말이야!"

"네에? 저 말씀입니까?"

"그래! 다른 놈들은 가고.,...!"

그 순간 김명중은 가슴이 덜컥 내려앉았다. 평소에 체육을 싫어했는데 바로 정병조 체육선생님이 아닌가! 3학년을 맡아 배우지는 않았지만 엄한 꼰대라고 소문이 났던 것이다.

"너 몇 학년이야?"

이윽고 김명중이 정병조 체육선생님 앞으로 다가가자 조금 부드러워진 음성으로 물었다.

"네! 1학년 김명중입니다!"

"그래? 바로 신입생 중에 내가 찾던 녀석이잖아? 하하!"

"예에? 저를 찾으셨다구요?"

순간 그는 두려움과 의아해져서 체육선생님을 바라보며 얼뜬 표정으로 물었다.

"그래! 너 이제부터 우리 학교 양궁부에 들어와!"

"양궁부라구요? 전 이미 문예부에 들었는데요?"

너무나 뜻밖이어서 그가 이렇게 대꾸하자 정병조 체육선생님이 웃음을 터뜨리며 말했다.

"짜샤! 하하! 그건 걱정마! 문예부 선생님한테 내가 부탁하면 되니까! 그보다 넌 이미 이름부터가 양궁부란 말이야!"

"네에? 그건 또 무슨 말씀이세요?"

"김명중! 활을 쏘면 백발백중 명중시켜 금메달을 딴다! 바로 그런 이름이잖아? 하하하!"

이리하여 김명중은 그로부터 K고등학교의 양궁부가 되지 않을 수 없었던 것이다. 그런데 막상 김명중이 양궁부에 들자 양궁부 선배들은 반년 동안이나 활은 만져보지도 못하게 했고, 양궁부실 청소와 선배선수들의 뒷바라지만 시켰다. 그래도 정병조 체육선생님은 아예 모른 체했던 것이다.

'문예부의 신입생들은 문학의 밤 행사를 한다고 난리들인데, 난 이게 뭐야? 씨이!'

김명중은 양궁부실 마룻바닥을 물걸레질 하면서 투덜댔지만 다른 뾰족한 방도가 없었다. 그런데 정병조 체육선생님은 그에게 양궁의 이론공부는 열심히 가르쳐 주었다.

"에, 우리나라의 활솜씨는 이미 삼국시대부터 뛰어났다. 너희들 고구려의 유리태자가 어렸을 때 물동이를 이고 가는 동네 아낙네의 물동이를 맞혔다는 일화는 국사시간에 배워서 알겠지? 말하자면 서양의 윌리암 텔이 머리에 얹은 사과를 쏘아 맞혔다면, 우리나라의 유리태자는 움직이는 과녁을 맞혔으니까, 활솜씨로는 서양보다 한 수 위인 셈이지! 안 그러냐?"

정병조 체육선생님의 침을 튀기는 걸쭉한 입담에 양궁부원들은 와아 웃음을 터뜨렸다.

"그런 뜻에서 이 시간에는 우리나라의 국궁과 서양의 양궁의 차이점에 대해서 공부하겠다. 정신 바짝 차리고 들어라!"

정병조 체육선생님의 호령에 양궁부원들은 합창하듯 대답했다.

"넷! 열심히 듣겠습다!"

"먼저 전통 활은 물소뿔, 소힘줄, 뽕나무, 민어부레풀 등을 이용해 제작되며, 개량 국궁도 인조 뿔과 나무 등을 합성하여 만든다. 전통 그대로지! 양궁 활은 라스파이버와 대나무 등을 합성한 소재를 이용한다. 요즘은 첨단소재 발굴과 함께 계속 변형된다! 다음 국궁은 화살을 엄지손가락으로 당긴다. 양궁은 검지와 중지로 당긴다."

정병조 체육선생님의 열띤 강의에 양궁부원들은 고개를 주억거렸다. 그러자 그가 벌컥 화를 내며 소리질렀다.

"짜식들아! 필기 좀 해봐라! 활은 손으로만 쏘는 게 아니라 머리로도 쏘는 거야!"

그 바람에 양궁부원들은 노트와 필기도구를 찾느라 부산을 떨었다.

"다음 국궁 화살은 활의 오른쪽에 걸고, 양궁 화살은 활의 왼쪽에 걸어 서로 정반대지! 국궁 화살은 어깨까지 당기되 양궁 화살은 턱의 위치까지 당기며, 국궁의 기본 발 자세는 과녁을 마주 보고 선다! 양궁의 발 자세는 타켓을 중심으로 옆으로 선다....!"

정병조 체육선생님은 마치 책을 읽듯이 국궁과 양궁의 특징과 차이점을 끝없이 늘어놓다가 이렇게 마무리를 지었다.

"...그런데 국궁과 양궁의 가장 큰 차이점은 점수에 있다! 즉 국궁은 과녁의 아무 곳이나 맞혀도 점수가 같지만, 양궁은 표적판의 색깔에 따라 점수가 달라진다! 일테면 한가운데 골드마크에 맞으면 10점! 같은 골드라도 좀 벗어나면 9점...! ...아참! 김명중 너는 이름이 김명중이니까 항상 10점짜리 골드마크를 맞히겠지?"

이때 정병조 체육선생님이 엉뚱하게 김명중의 이름을 들먹여서 폭소가 터져나왔다. 이처럼 정병조 체육선생님은 툭하면 김명중의 이름을 내세울 만큼 그에게 관심과 애정을 보였던 것이다. 그리고 본격적으로 그에게 궁도 선수의 길을 걷게 해주었다.

"김명중! 넌 올해의 하나뿐인 신입생 양궁부원이다! 그러니까 남보다 더 열심히 해야 돼! 알았냐?"

어느날 정병조 체육선생님이 김명중을 불러 넌지시 다짐을 받았다.

"넷! 열심히 하겠습다!"

"그래? 그럼 지금부터 운동장 열 바퀴를 최대 속도로 뛴다! 양궁선수는 무엇보다 기초체력이 중요해!"

이렇게 달리기에서부터 평행봉과 뜀틀까지 양궁선배들에게는 시키지 않은 훈련을 시켰던 것이다. 그 바람에 김명중은 그들의 시기와 질투의 과녁이 되기도 했다.

"야! 김명중! 왜 너만 특별훈련이냐? 너의 집에서 뭐 갖다 바친 거야?"

그 시절 다른 종목 스포츠는 대학입시에 스카웃제도가 있었지만, 양궁은 없는 데도 양궁부장이 비웃듯 묻기도 했다. 그러나 김명중은 묵묵히 정병조 체육선생님의 훈련지도에 따를 뿐이었다.

"야! 명중아! 활 당기는 손은 이렇게 뻗어야지!"

드디어 활쏘기 실습으로 들어갔을 때 정병조 체육선생님은 김명중의 오른팔 자세를 잡아주며 쉴새없이 다그쳤다.

"밸런스를 잡아야 해! 다음엔 집중하라! 정신과 몸이 하나가 돼야 해...!"

그리하여 김명중은 2학년으로 올라갔을 때 양궁부의 간판선수로 떠오르고 있었다. 그럴수록 그는 겸손을 무기로 선배 양궁부원들을 깍듯이 모셨고, 새로 들어온 1학년 후배를 사랑으로 감쌌다. 그런데 이상한 일이 벌어졌다. 그토록 편애에 가깝게 감싸주던 정병조 체육 선생님이 갑자기 김명중에게 사사건건 트집을 잡고 호통을 쳐대는 것이었다.

"김명중! 넌 선후배 사이에서 충실한 가교 역할을 해야지 그게 뭐냐? 그리고 훈련을 너 혼자 하는 거니? 양궁장을 독점해 쓰고 있어!"

너무나 어이없는 힐난에 김명중은 기가 막혔지만 꾹꾹 참을 뿐이었다. 아니 그럴수록 더욱 낮은 자세로 양궁부원들을 챙겼고, 훈련시간이 아닌 이른 아침이나 공휴일에 몰래 나와서 활쏘기 연습을 했던 것이다.

그때 제8회 전국 종별선수권대회가 열렸다. 김명중은 3학년 선배 선수 3명과 함께 한 조가 되어 싱글라운드 방식으로 펼쳐진 대회에서 종합 3위에 오른 쾌거를 이룩했다.

"첫술에 배부르겠냐? 내가 양궁부를 처음 만든 S여고가 1등한 건 당연한 일이야!"

공립학교 교사인 정병조 체육선생님은 바로 직전에 근무한 S여고에서도 양궁부를 만들었던 것이다. 그때 김명중은 고등부 50미터에서 1위를 차지했다. 178cm의 큰 키와 뛰어난 체력을 바탕으로 경기 내내 침착성을 잃지 않고 제 실력을 발휘하여 값진 금메달을 따낸 것이었다.

"와아! 이제 보니까 진짜 선생님 말씀대로 김명중 맞네!"

그제야 다른 선후배 양궁부원들도 환호성과 함께 칭찬을 했지만,

그러나 그는 왠지 신이 나지 않았다. 아직도 정병조 체육선생님이 그의 금메달을 그다지 기뻐하지 않기 때문이었다.

"양궁은 개인전도 중요하지만 단체경기라고도 할 수 있어! 혼자만 잘할 생각 말고 종합점수를 높여 단체 등수를 올려야 해!"

종별선수권대회를 마치고 돌아오는 차 안에서 정병조 체육선생님이 훈시한 말씀이었다. 그리고 그후 전국체전에서 드디어 1등을 했을 때에서야 정병조 체육선생님이 김명중을 조용히 불러 이렇게 말했다.

"김명중! 너 권투 좋아해?"

"아뇨! 전 싸우는 게 싫거든요!"

김명중은 이때 사실대로 말했다. 누구와 싸우는 건 선천적으로 맞지 않았다.

"하지만 우리나라가 그 동안 복싱 세계타이틀을 여러 개 보유했었는데, 요즘 왜 복싱이 몰락했는지 알아?"

".......?"

"그건 헝그리정신이 사라졌기 때문이야! 배고픔의 설움을 글러브의 펀치로 날린 헝그리정신이 이젠 먹고 살만해지니까 없어진 거지!"

"네에...!"

김명중이 애매하게 대답하자 갑자기 정병조 체육선생님이 그의 손을 잡으며 속삭이듯 말했다.

"김명중! 그간 내가 널 무시해서 서러웠지? 바로 그게 힘이 되어 네가 지난번 종별선수권대회에서 금메달을 땄고, 이번 전국체전에서 우리가 우승하는 데 결정적 역할을 한 거야! 이제 내 뜻을 알겠냐?"

"아…! 선생님!"

그런 줄도 모르고 그 동안 김명중은 속으로 얼마나 정병조 체육선생님을 원망해왔던가! 하지만 정말로 김명중이 정병조 체육선생님을 원망! 아니 미워할 일이 생겼다. 바로 올림픽 출전 양궁선수 선발전에서였다. 당시 2학년이었던 김명중과 3학년 양궁부장의 실력이 막상막하! 아니 막상막상이었던 것이다. 양궁부가 있는 학교별로 한 명의 출전선수가 할당되었는데, 둘이 실력을 가늠하기 어렵고 보니 결정은 지도교사인 정병조 체육선생님이 내려야 했다.

"자! 이번으로 결판을 내보자! 누구든 지금 이 시합에서 높은 점수를 따는 선수가 출전하는 거다! 알았니?"

그래서 양궁부원들이 함께 지켜보는 학교의 양궁장에서 마지막으로 김명중과 양궁부장의 최종 혈전이 벌어졌다. 그러나 두 사람의 실력이 백지장 차이였던 만큼 끝내 동점으로 결판이 나지 않자, 정병조 체육선생님은 두 사람과 모든 양궁부원들을 둘러보고 나서 이렇게 선언했다.

"이젠 어쩔 수 없다. 제비를 뽑을 수도 없고, 지도교사인 내가 결정하겠다. 이번 올림픽 선발전의 우리 학교 선수는 양궁부장인 한영진을 추천한다! 여기에 이의있는 사람은 손을 들라!"

"아…!"

이때 그 누구도 단호한 정병조 체육선생님의 눈빛에 질려 침묵을 지켰고, 다만 김명중만이 짧은 신음소리를 냈을 뿐이었다. 왜냐하면 현재는 두 사람이 똑같은 실력이지만 분명히 상승세는 김명중이었고 양궁부장은 차츰 하락세였던 것이다. 그런데 정병조 체육선생님은 왜 양궁부장을 선택했을까? 아무리 생각해도 김명중은 이해할 수가 없었다. 그런 며칠 후에 그 의문이 풀렸으니...! 실의에 빠진 김명중이 몸살이 나서 결석을 한 채 집에 누워 있는데 뜻밖에도 정병조 체육선생님이 그의 집까지 방문을 왔던 것이다. 마침 집에는 모두 일을 나가고 혼자 있었다.

"자슥! 이번 일로 충격이 그토록 컸냐?"

정병조 체육선생님은 집안에 들어서자마자 큰소리로 김명중에게 말을 붙였다.

"저... 그게 아니라 진짜로 몸살났다구요!"

그때 그는 은근히 화도 나고 어이가 없어서 통명스레 대꾸했는데, 정병조 체육선생님의 해명이 또한 기가 막혔다.

"임마! 내가 널 생각해서 출전시키지 않은 거야! 넌 앞으로 우리나라의 양궁계를 지켜가야 할 대들보니까...!"

"네에...?"

의아해서 묻는 김명중에게 정병조 체육선생님은 그의 손을 꽉잡아 흔들며 말했다.

"최고의 양궁선수는 올림픽에서 금메달을 따면 끝이야! 그러니까 선수 생명이란 10년을 넘기기 어렵지! 하지만 금메달을 따게 하는 양궁지도자는 아마 30년도 가능할걸! 바로 너를 그런 지도자로 키우려고 내가 널 떨어뜨렸는데, 아직도 깨닫지 못한단 말이냐?"

"아! 선생님...!"

하지만 그 순간 김명중이 이렇게 외친 건 정병조 체육선생님의 말을 전적으로 수긍해서라기보다는 출전권을 박탈당한 원망과 더 큰

재목으로 쓰려는 배려에 대한 감사의 마음이 혼합된 절규였다고나 할까?

　오랫동안의 추억으로부터 서서히 자신으로 돌아온 김명중 양궁감독은 핸드폰을 꺼내어 시간을 보았다. 어느덧 밤 11시를 넘어서고 있었다. 그러나 작사가이자 방송작가이며 소설가라는 이금성 작사가라면 아직 취침을 하지 않았을 것 같았다. 내일이면 다시 베이징 올림픽 출전 양궁선수들과 막바지 훈련을 해야 된다. 그런 경황 속에 이 편지에 쓰인 정병조 체육선생님의 근황을 알아볼 수는 없을 것 같았다. 그때 그후로 김명중은 양궁지도자의 길을 걸었는데, 어찌 하다 보니까 정병조 체육선생님과는 인연이 끊어지고 말았던 것이다. 김명중 양궁감독은 잠시 망설이다가 이금성 작사가가 동봉한 명함에 적힌 핸드폰 전화번호를 찍었다. 신호가 가고 잠시 후에 전화가 연결되었다.

　"여보세요?"

　"아! 안녕하십니까? 태릉선수촌의 김명중 양궁감독입니다. 보내주신 편지와 CD앨범 잘 받았습니다."

　김명중 양궁감독의 말에 이금성 작사가가 깜짝 놀라며 대답했다.

　"아이구! 반갑습니다. 바쁘셔서 전화해주시리라곤 미처 생각지 못했습니다."

　"네! 우선 좋은 노래를 선사해주셔서 고맙구요! 우리 선수들이랑 말씀하신대로 훈련 마치면 휴식시간에 즐겁게 듣겠습니다. 근데 저... 정병조 체육선생님은...?"

김명중 양궁감독은 얼른 입이 떼어지지 않았다. 그토록 자신을 아끼고 키워준 은사인 정병조 체육선생님을 너무나 오랫동안 잊고 살아온 자신이 부끄럽기조차 했던 것이다. 그러자 이금성 작사가가 얼른 되물어왔다.

"아! 정병조 선생님을 아시나요?"

"물론입니다. 저를 양궁선수로 키워 주신 분이 정병조 체육선생님이시니까요."

"그럼 정선생님께서 저와 근무한 다음에 가신 학교의 제자이신가 보군요?"

"네! 그런 것 같습니다! 근데 지금 정선생님께서는...?"

순간 김명중은 목이 메어 말이 막혔다.

"아! 몇 년 전까지 모임에서 가끔 만나 뵈었는데 근래 소식이 끊겼어요. 아마 노령이시라서...!"

"네에! 그러셨군요?"

갑자기 기운이 빠져서 김명중 양궁감독이 허탈하게 대꾸하자, 이금성 작사가가 다시 활기찬 어조로 말했다.

"정선생님께서 어디 사시는지 제가 한번 알아보죠! 그나저나 며칠 후면 베이징올림픽인데, 이번에도 우리 양궁선수들이 가장 많은 금메달을 따셔야죠!"

누구나 이구동성으로 하는 말들이지만 이제는 별로 부담감을 느끼지 않는 건, 그만큼 김명중 양궁감독이나 양궁선수들이 단련되고 면역이 생겼기 때문이라고나 할까?

"암튼 다시 한번 감사드리고요, 올림픽이 끝난 후에 겸사해서 한번 뵙지요!"

"네! 고맙습니다!"

이윽고 전화를 마친 김명중 양궁감독은 정말로 코앞에 닥쳐온 베이징올림픽이 실감되었다. 그러자 문득 지난 연초에 모 신문사의 기자와 인터뷰한 기사가 생각났다.

〈태극 마크가 올림픽 금보다 어려워요!〉란 타이틀에 〈양궁, 올림픽 출전대표 최종선발전 돌입〉〈남녀 16명 5개월간 3차례 승부로 6명 뽑아〉란 두개의 부제가 달린 기사였는데, 그 전문은 아래와 같았다.

〈오는 8월 열리는 2008 베이징올림픽을 앞두고 양궁이 대표선발 대장정에 돌입했다. 올림픽 금메달은 총 4개. 개인전 단체전에 각각 1개씩 걸려 있다. 대한양궁협회는 일찌감치 올해 올림픽 목표를 사상 첫 금메달 싹쓸이로 정했다. 현재 양궁대표팀은 남녀 8명씩 16명이 이미 국가대표로 뽑혀 있다. 그러나 이들이 모두 올림픽에 출전하는 건 아니다. 이들 중 6명만이 올림픽 무대를 밟는 영광을 누리게 되는 것!

최종 대표가 되는 게 올림픽 금메달 따기보다 힘들다는 건 이들이 하나같이 세계정상급 기량을 보유했음은 물론 각종 국내외대회에서 순위가 엎치락뒤치락하고, 경기 당일 컨디션과 심리적인 부분에서만 당일 대회성적이 좌우된다고 할 만큼 실력이 그야말로 '백지장' 차이이기 때문이다.

대표선발전은 3차에 걸쳐 치러진다. 아무나 참가할 수 있는 것도 아니다. 1차선발전은 전해 마지막 종별선수권대회에서 펼쳐진다. 경기방식은 토너먼트와 리그전을 번갈아 치르게 되는데, 토너먼트는 예를 들면 종합성적 1등과 8등, 2등과 7등이 맞붙어 승자가 올라가는 식이고, 리그전은 모든 선수가 한번씩 맞붙는 것을 의미한다. 1.2차 전 합산성적으로 남녀 1등 각각 1명씩만 올림픽 출전 최종대표로 확정된다. 반대로 8등은 즉시 탈락이다.

이제 남은 건 남녀 각 6명, 이들 중 3차전을 치러 각 3명씩을 선발하면 대표는 각각 4명이 되는 것이다. 여기서 또한번 거른다. 이번엔 훈련성적과 성취도 그리고 양궁월드컵 성적의 합산이다.

양궁월드컵은 한해 3. 4. 5. 6월 등 4번 열리는데, 한국대표팀은 3월대회엔 불참하고 4-6월 대회에 출전하게 된다. 여기서 또다시 각 1명씩을 탈락시켜 최종 대표 남녀 각 3명이 베이징 올림픽에 출전한다.〉

〈하나의 세계! 하나의 꿈!〉을 슬로건으로 내세운 2008 베이징올림픽의 3대 이념은 〈녹색올림픽〉〈과학올림픽〉〈인문올림픽〉으로 정해졌다. 그래서 녹색올림픽을 통해 중국의 친환경적인 모습을 과시하고, 과학올림픽을 성공시켜 첨단산업의 중심으로 발돋움하려는 이미지를 각인시키며, 인문올림픽을 통해 중국의 빛나는 문화와 역사를 세계에 알리겠다는 야망을 과시하면서, 8월 8일에 그 장엄한 팡파레를 울렸다.

그리고 드디어 8월 11일 금메달을 노리는 한국 양궁의 남자단체전 결선이 베이징 양궁장에서 오후 6시 25분에 펼쳐졌는데, 그에 앞서 김명중 양궁감독과 대한민국 합동방송단의 인터뷰가 진행되었다. 먼저 마이크를 들이대며 기자가 질문공세를 폈다.

"김명중 양궁감독님! 2004년 아테네올림픽에서 국가별 종합순위 9위에 오른 한국은 이번 베이징에서도 금메달 10개 이상을 따내 2회 연속 톱 10을 지킨다는 목표를 세웠는데요...?"

"네! 그래서 우리 양궁이 남녀 개인단체 금 4개의 싹쓸이 도전에 나선 겁니다!"

"와아! 대단한 포부이신데요! 근데 벌써 올림픽 개막 4일째가 됩니다만, 아직 금메달 가뭄이라서 고국에서는 온 국민이 안타까워 하고 있는데요, 잠시 후 펼쳐질 양궁에서 시원한 금메달 소식을 꼭 전해주시기 바랍니다! 양궁 파이팅!"

"감사합니다! 파이팅!"

이렇게 김명중 양궁감독은 기자 앞에서 자신감 넘치는 인터뷰를 했지만, 그러나 속이 타는 건 선수들보다 훨씬 더했다. 하지만 그는 더욱 목소리를 높여 선수들을 격려했다.

"부담 갖지 마라! 평소 실력만 발휘하면 돼! 중국과 맞장뜰 건 이미 예견하지 않았냐?"

"넷! 감독님!"

"걱정했던 날씨도 좋아서 바람 걱정할 것도 없고...! 암튼 하늘도 우리 편이다!"

그러나 예상했던대로 중국 관중들의 응원 함성은 가히 상상을 초월했다. 미국을 제치고 사상 최초로 올림픽 우승을 노리는 중국이 아니던가!

"하지만 우린 이미 소음극복 훈련도 했잖냐? 이 정도는 괜찮지?"

김명중 양궁감독은 선수들에게 이렇게 안심을 시키면서도 여간 걱정이 되지 않았다.

이윽고 한국과 중국 양궁 남자선수들이 양궁장의 사대에 섰다. 자지러지는 야유같은 응원의 함성이 한 차례 물결치고 나자 장내는 태풍전야 같은 고요로 바뀌었고, 첫 발을 먼저 쏜 중국 선수가 보기좋게 골드마크를 명중시켰다. 시작부터 만만치 않은 조짐을 보였던 것이다. 그리고 다음 출전 선수도 연거푸 10점짜리를 명중시키고 보니, 김명중 양궁감독은 아연 긴장감을 느끼지 않을 수 없었다.

'기선제압에 기죽지 말아야 할 텐데...!'

그러나 첫번째 출전한 우리나라 남자선수는 8점짜리와 다음 선수들도 계속 9점짜리가 둘이나 나와 초반에 무려 4점을 뒤지고 말았다.

'괜찮아! 아직 21발이나 남았어!'

김명중 양궁감독은 선수들에게 크게 소리치려다가 입속으로만 중얼거렸다. 섣부른 격려가 오히려 선수들의 사기를 떨어뜨릴 것 같아서였다. 그런데 네번째 사선에 오른 중국 남자선수가 또다시 10점 골드마크를 맞혀버렸다. 순간 천지가 진동하는 중국 관중들의 함성이 터져나왔다. 우리 선수가 활을 쏠 때에는 한국응원단이 있는지 없는지 모를 정도로 응원소리가 약했다.

다음으로 다시 우리나라 남자선수가 화살을 날렸다. 약간의 포물선을 그리며 과녁을 향하는 순간 김명중 감독은 눈을 감아버리고 말았다. 양궁선수가 감각으로 활을 쏘듯이 감독도 감각으로 명중 여부를 예감하는데, 아무래도 골드마크를 빗나간 느낌이 들었던 때문이었다.

"네! 안타깝습니다! 40대 35점으로 우리 선수가 계속 뒤지는 상황이 벌어지고 있군요!"

어디선가 한국 아나운서의 생중계 방송하는 목소리가 들려왔다. 그러나 경기는 역전이 있기에 더욱 관중들을 열광시키는 법! 다음 출전 선수부터는 한국팀과 중국팀이 완전히 반대 상황을 연출해서 동점이 되고 말았으니...! 그러나 또다시 맞붙자 이번엔 우리나라 선수가 다시 1점을 뒤져버렸다.

"아! 내 가슴이 이리 탈 땐 녀석들은 어떨까?"

김명중 양궁감독은 터져나오는 한숨을 몰아쉬며 다시 사대에 오른 한명수 선수를 바라본 순간, 문득 그가 고등학교 선수였을 때 정병조 체육선생님이 한 얘기가 떠올랐다.

"명중아! 옛날 우리 조상들이 명궁이었는데, 어떻게 연습해서 백발백중 명궁이 됐는지 아느냐?"

"......?"

"저 1미터 22센티의 과녁이 멍석만큼 커보일 때까지 연습한 거야!"

"멍석이 뭔데요?"

"임마! '하던 지랄도 멍석 깔면 안 한다'는 속담도 몰라?"

"네! 하지만 전 멍석을 본 적이 없는데요!"

"암튼 저 과녁의 10배! 아니 5배쯤 크기로 커보여야 하는 거야! 그건 그만큼 정신을 집중하란 뜻이겠지?"

"아! 이제야 선생님의 말뜻을 이해할 것 같아요!"

그런데 바로 지금 한명수 선수가 이런 위기일발의 순간에도 두 발을 다부지게 벌린 채 침착한 태도로 조준을 하고 있지 않은가? 어쩌면 그의 시야에 멍석만한 과녁이 놓여진 게 아닐까?

'제발 여기서 다시 골드를 명중시켜야 하는데...!'

"와아...! "

그때 한중합작의 엄청난 함성이 터져나왔는데, 그것은 한명수 선수가 10점짜리 골드마크를 맞혀, 한국 응원단의 환희와 중국 관중의 실망이 뒤엉켜 폭발한 함성이었던 것이다. 이렇게 엎치락뒤치락하기를 23회만에 한국 양궁선수가 골드를 맞히면 금메달! 9점 이하가 되면 은메달로 색깔이 바뀌는 마지막 차례가 되었다. 그 순간 평소 그토록 배짱좋던 김명중 양궁감독은 어디론가 도망치고 싶었다. 아니 마지막 한국 선수가 된 한명수 선수에게 달려가 이렇게 외치고 싶었다!

"임마! 정신을 집중해봐! 저 과녁이 멍석처럼 보이도록...! 그때 쏘란 말이야!"

이런 갈등 속에서 김명중 양궁감독이 안절부절 못하는 사이에 드디어 최후의 화살이 과녁을 향해 날아갔다. 순간 김명중 양궁감독은 눈을 감고 두 손을 모은 채 자신도 모르게 외쳤다.

"오! 하느님...!"

"와아! 와아!"

그리고 박수와 함성 속에 김명중 감독이 눈을 떴을 때, 저만큼 그를 향해 환호성을 지르며 달려오는 우리 양궁선수들이 보였다. 이로써 1984년 LA올림픽 때부터 도입된 여자 양궁전에서 서향순이 금메달을 차지한 뒤 무려 6차례나 연속 정상에 올랐고, 1988년 서울 올림픽에서 여자 양궁단체전이 정식종목이 된 후 5연속 우승행진중인데, 이번 베이징올림픽에서 그토록 난공불락이던 중국 양궁을 무너뜨리고 남자단체전까지 금메달을 목에 걸게 되었으니...!

이윽고 양궁장에서 시상식이 열리자 우리나라의 자랑스런 남자 궁사들은 중앙의 태극기를 배경으로 시상대에 올랐다. 그중에 김명중 양궁감독이 예언한 이름풀이대로 한국 최고의 명사수로서 양궁 금메달 획득에 주역을 한 한명수 선수가 한가운데 우뚝 섰다.

"자식! 내가 학생선수 시절에 못 이룬 금메달의 꿈을 네가 대신 이루어 주었구나! 고맙다!"

김명중 양궁감독은 자신도 모르게 흘러내리는 눈물 속에 애국가 연주와 함께 서서히 떠오르는 태극기를 향해 오른손을 들어 국기에 대한 경례를 했다. 잠시 후 시상식이 끝나자 김명중 양궁감독의 귀에 환청처럼 새로운 곡조의 노래가 신나게 울려퍼졌다.

그것은 베이징올림픽 참가를 위해 출국하기 며칠 전에 우편으로 보내준 작사가이자 방송작가이며 소설가인 이금성 작사가가 노랫말을 쓰고, 신인가수 홍비가 부른 노래 〈사랑의 화살〉이었다.

나 그대가 쏜 사랑의 화살에 10점짜리 쾅 맞았나봐!
달이 뜨고 별 반짝여도 무심턴 내 마음! 왜이리 아찔한 거야?
얼짱 몸짱 맘짱까지 다 갖춘 그대여! 내 맘을 사로잡네!
당신을 좋아할 거야! 하늘만큼 땅만큼! 무지무지 좋아할 거야!
영원토록 당신을 좋아해요! 내게 키스해줘요!

나 그대가 쏜 사랑의 화살에 골드마크 쏭 맞았나봐!

달이 뜨고 별 반짝여도 무심턴 내 마음! 왜 이리 보고픈 거야?

얼짱 몸짱 맘짱까지 다 갖춘 그대여! 내 맘을 사로잡네!

당신을 사랑할 거야! 이 세상 끝까지! 무지무지 사랑할 거야!

영원토록 당신을 사랑해요! 내게 키스해줘요!* (2008 문예운동 겨울

호)

일곱.
문하생

한때 베스트셀러 작가로 문명을 떨쳤던 유민하 교수가
절필상태에서 새로운 각오로 작품을 쓰고자 하나 한 줄
도 못써 괴로운 요즘 그가 가르치는 문예창작과의 문하
생이 그의 연구실 앞에 만취되어 쓰러져 있다. 그리하
여 유민하 교수는 문청시절의 추억에 빠지고 그 시절
문하생과 지금의 문하생의 천양지차 달라진 상황에 아
연해지는데...!

창작 메모 - 문인이면 누구나 자신만의 문단 데뷔기
의 처절한 진통이 있었을 것이다. 바로 그런 나의
자전적 소설이라고나 할까?

문하생

캠퍼스의 가을은 교수연구실 창밖으로 보이는 단풍나무가 맨먼저 전해 주었다. 얼마 전까지만 해도 분명히 녹색의 이파리였는데 오늘 문득 바라보니 완연히 붉은 색조를 띠고 있지 않은가!

'오! 저 단풍이 벌써 몇 번째가? 이 연구실에서 15년이니까 어느덧 열다섯 번을 헤아리는군! …후우!'

유민하 교수는 자조하듯 중얼거리며 다시 컴퓨터의 모니터로 시선을 모았다. 그러자 단 한 줄의 소설도 쓰여지지 않은 모니터는 유민하 교수에게 더욱 절망감으로 다가들었다.

"유민하 교수님도 역시 작가의 무덤에 빠지신 건가요?"

문단 데뷔 때부터 알고 지내는 〈미래문학〉의 한지영 편집장이 안타까운듯, 아니 조금은 비꼬는 투로 전화를 걸어왔다.

"아! 한 편집장님! 누구 목매는 꼴을 보고 싶어 그러십니까? 제발 좀 살려 주세요! 하하!"

이에 유민하 교수가 엄살을 떨자 한지영 편집장이 예의 컬컬한 목소리로 대꾸해왔다.

"하하! 하기사 대학에 가서 살아남은 작가들이 없긴 하죠! 하지만 유민하 작가만큼은 믿었는데...! 바로 우리 〈미래문학〉을 창간하신 최현조 선생님의 문하생이시잖아요?"

"제가 그걸 잊을 리가 있나요?"

"바로 올해가 우리 〈미래문학〉 창간 40주년이예요! 그래서 저희 잡지로 등단한 작가 중에 〈정예작가 10인특집〉을 꾸미려는데...!"

"아! 거기에 제가 영광스럽게도 한 자리를 차지했나요? 네! 이번엔 꼭 쓸께요!"

유민하 교수는 이때 얼른 약속부터 해버렸다. 지난 15년 전 예술대학의 문창과 교수가 된 후 대학이란 무덤에 묻혀 5년 전쯤부터는 아예 절필을 하게 됐지만, 이제야말로 돌파구를 찾아야겠다는 깨우침이 들었던 것이다. 그래서 요즘 밤 늦게까지 연구실의 컴퓨터 앞에 앉아 자판기를 두드려보고 있지만 여전히 소설은 전혀 쓰여지지가 않아 미칠 것만 같았다.

결국 오늘도 유민하 교수는 밤 11시 가까이까지 버텼지만 단 한 줄의 소설도 쓰지 못한 채 퇴근을 위해 연구실 문을 나섰다.

한데 이게 웬일인가? 다 해어진 청바지에 요즘 유행인 몸에 꽉 끼는 하얀 셔츠를 걸친 남학생 녀석이 얼마나 술에 취했는지 인사불성으로 퍼질러 누워 있는 게 아닌가?

"아니! 학생? 누군데 여기서... 이게 뭔가? 엉?"

어처구니가 없어 이렇게 물으며 유민하 교수가 가까스로 녀석의 몸을 일으켜 세우려 하자, 학생은 숨 넘어가는 목소리로 이렇게 중얼거렸다.

"유교수님! 저좀 잡아주세요! 지금 지구가 흔들리고 있다구요!"

"뭐야? 지구가 흔들려?"

"네! 저희 문창과 신입생 환영회 때 교수님께서 말씀하셨죠? 작가가 되려면 먼저 술을 마셔라! 거리에 나섰을 때 차량들이 춤추고 가로등이 도깨비불이 되며, 지구가 마구 흔들릴 때까지 만땅 퍼마셔야 한다!"

"허허! 그래서 지금 그 시범을 보인건가? 대체 얼마나 마셨길래...?"

유민하 교수의 입에서 이런 대꾸가 나온 건 녀석이 연구실 복도에 잔뜩 토악질을 한 데다가 얼굴엔 퍼런 멍까지 들었던 것이다.

"자! 학생 이름이 뭐지? 집이 어딘가 내가 데려다 줄께!"

아무래도 그냥 놔두고 갈 수는 없을 것 같아, 이윽고 유민하 교수가 녀석을 일으켜 세우자 그가 계속 지껄였다.

"교수님! 저 문창과 1학년 서일후예요! 교수님 연구실 복도에서 죽으려 했다구요!"

"뭐야?"

하도 기가 막혀 유민하 교수가 묻자 녀석이 비틀비틀 몸을 가누지 못한 채 계속 떠벌였다.

"이번 대학신문 창간 50주년기념 현상모집의 소설부문 최종심사에서 교수님이 저한테 그러셨죠? 작가로서 작품에 목숨을 건 투지가 있어야 한다! 그런데 펜끝으로 재주만 피웠다."

"아! 바로 그 소설을 응모한 학생이 너였어?"

순간 유민하 교수는 반가움에 소리쳤다.

"네! 그래서 오늘 교수님 연구실 앞에서 목숨을 걸었다구요. 그러니까 절 내버려두시고 어서 가세요!"

"그래? 넌 참 하나만 아는 바보구나! 내가 너의 작품을 그리 평한 건 다 이유가 있다구! 평생 써야 할 작가가 되려면 현상모집에 당선하는 반짝 재주로는 위험하거든!"

"그래서 절 일부러 떨어뜨렸단 말씀인가요?"

"서일후! 들어봐! 20여 년 전 우리땐 어떻게 작가가 됐는지 알아? 당시 존경받던 훌륭한 작가 선생님을 찾아가 문하생이 되어 작가수업을 한 뒤에야 문단에 데뷔를 했다구! 근데 너는 현상모집 단 한 편에 작가의 꿈을 이루려 해?"

순간 유민하 교수는 벌써 20년도 더 흘러버린 작가를 꿈꾸던 대학교 때의 문청시절로 달려갔다.

"유 작가! 이번 가을이 마지막 기회야! 따라서 꼭 성공을 바래!"

"임 시인도 마찬가지야! 그러니까 8대 일간지 신춘에 모조리 응모해보라구!"

"설란 여사는 시 수필 소설 다 쓰니까 도진 개진 모진인 셈이잖아?"

대학 캐퍼스 잔디밭에 책가방을 끼고 누워 K대의 국문과 4학년 동기생들은 강의시간도 빼먹은 채 이런 대화를 주고 받았다. 당시 그들은 서로 작가나 시인이 된 환상에 빠져 서로를 그리 불렀던 것이다.

"근데 심사위원들의 눈이 삐었나봐! 지난 해 우리들 중에 한 사람도 신춘에 당선이 안됐잖아?"

"물론 신춘은 하늘의 별따기라지만 알고 보면 뒷구멍 거래가 있는 게 분명해!"

"그게 뭔 소리야?"

"으응! 해마다 각 일간지의 신춘문예 당선자들을 보라구! 심사위원이 누구냐에 따라 당선자들의 출신 학교가 나오잖냐구?"

"맞아! 어느 작가는 어느 대학교를...! 마치 짜고치는 도리짓고땡 같잖아? 그런 면에서 우리 학교 국문과 교수님 중에는 신춘문예 심사위원이 하나도 없으니, 우리가 이처럼 찬밥 신세가 될 수밖에...!"

그때 유민하 동기생들은 이렇게 불평 불만을 쏟아놓으며 해마다 가을 찬바람이 불기 시작하면 도지는 신춘문예의 열병에 빠져들었던 것이다.

"근데 민하는 틀림없을 거야! 작년에 최종심까지 올랐잖아?"

누군가 이런 말을 꺼내는 바람에 모두의 시선은 유민하에게로 쏠렸다.

"야! 소설 쓰는게 무슨 기능올림픽이냐? 작년에 최종심 갔다구 올해에 당선되게...?"

그 순간 유민하는 강력히 부정하는 대꾸를 했지만 마음 속으로는 거듭 다짐을 하고 있었다.

'그래! 너희의 기대가 아니라도 이번 신춘이 내가 대학 재학중에

마지막이니까 기필코...!'

　그래서 대학가 데모의 위수령으로 조기 겨울방학이 실시되자 유민하는 당장 보따리를 싸가지고 고향으로 낙향하여 신춘문예 소설쓰기에 몰두했던 것이다. 우선 금년의 〈신춘문예 당선소설집〉을 구입하여 차분히 정독했다. 그러자 〈신춘문예 소설작품〉의 공식 같은 것이 감지되었다. 그것은 우선 소재가 참신하고 문장이 발랄했다. 아울러 충격적인 클라이막스 부분을 구성상 전면에 배치함으로써 심사위원의 눈길을 끄는 것이다.

　'역시 신춘문예란 응모자와 심사위원 간의 일종의 게임같은 거야! 그러니까 고수급인 기성작가를 홀릴 수 있도록 신인다운 트릭을 잘 써야지!'

　말하자면 유민하는 수학을 잘 하기 위해서 수학공식을 외우듯이 신춘문예 공식을 찾아 그에 맞춤하는 단편소설을 썼다. 그래서 삼십 리가 넘는 읍내의 우체국에 가서 D일보 신춘문예에 응모했던 것이다.

　〈유 작가! 요즘 고향의 생활이 어떠한가? 지란지교의 그대가 떠난 한양은 나에게 날마다 절대고독이라네! 그 대신 8대 일간지에 월남 밀림을 폭격하는 미군용기처럼 모조리 신춘시를 투하했다네! 아마 그물을 많이 걸면 고기가 잡히듯이 그중에 하나쯤은 기대를 해본다네! 흐흐!〉

　이때 임 시인으로 불리웠던 동기생으로부터 이런 간절한 신춘병의 편지가 날아왔다. 그리하여 유민하도 그때의 소망을 담은 답장을 썼다.

〈임 시인! 아침의 까치소리에 눈떠 저녁의 부엉이 소리로 눈감는 단조로운 산촌생활이지만 그대의 서찰로 위로 받았소! 나 역시 신춘소설의 열병에 걸려 어린 시절 하루거리를 앓듯 보내다가 가까스로 탈고를 하여 D일보 신춘문예 소설부문에 응모를 했다네! 따라서 그대나 나나 진인사대천명만 남았소만, 대학 재학시절의 마지막 기회이니 오늘밤엔 우리 함께 좋은 꿈을 꿉시다! 하하!〉

그리고 기다리는 시간은 더디 갔지만 그래도 정확히 돌아와서 드디어 신춘문예 당선작 발표가 있는 새해 1월 1일이 되었다. 물론 서울 같으면 섣달 그믐날 새해의 신문이 미리 배달됐지만, 시골은 당일에야 배달되었으므로 유민하는 읍내의 D일보 보급소로 아침 일찍 길을 떠났다.

'근데 참! 좋은 일은 현몽으로 나타난다는데, 간밤에 무슨 꿈을 꿨더라?'

이때 유민하는 읍내로 가는 산고개를 오르면서 생각해보았으나 얼른 떠오르지 않았다. 하지만 크게 걱정될 건 없었다. 워낙 자신있게 신춘소설을 써서 응모했던 것이다. 오죽했으면 아예 당선소감까지 미리 써보냈으랴! 시골 고향에 있어서 당시엔 전화도 없었으므로 이를 대비했던 것이다.

마침 하늘에서는 함박눈이 펑펑 쏟아져서 유민하의 신춘문예 당선을 축하해주는 느낌이 들었다. 그러자 당시 유민하와 동기생들이 〈노가바(노래 가사 바꿔 부르기)〉로 즐겨 불렀던 가수 이금희의 노래 〈정열(신춘)의 꽃〉이 자신도 모르게 흥얼거려졌다.

"신춘문예 꽃 피었다! 가슴에 내 가슴에

신춘문예 꽃 피었다! 가슴에 내 가슴 속에 피었다!

신춘문예 참이슬로 뿌리를 내리고

밤 풀벌레 소리로 그대 이름 외우며

달과 별을 헤이면서 소설을 써내어

세상 속의 빛을 모아 신춘문예 꽃피웠죠!

고마워요! 날 당선시켜 난 너무 행복해요!

이제야 끝을 보인 당선의 영광 앞에

산소처럼 너무 깨끗한

공기처럼 너무 투명한

이런 소설 쓰게 해준 신춘문예 사랑해요!

오늘은 너무 기뻐 노래해봐요!"

유민하는 삼십리 먼 읍내의 길을 이런 노래로 기쁨 속에 힘든 줄 모르고 걸어갔다. 그런데 막상 D일보의 보급소에 이르자 가슴이 떨리면서 얼른 들어갈 수가 없어 한참이나 망설이다가 가까스로 문을 열고 들어섰다.

"저... 오늘 새해 신문을 사러 왔는데요!"

"아니! 이게 누군가? 우리 중학교 후배 아닌가?"

"네에? 저희 학교 선배님 되시나요?"

D일보 보급소장이 선배인 것에 놀라 묻자 그는 두툼한 새해 신문을 꺼내오며 말했다.

"우리 모교 출신으로 서울 K대학에 간 건 후배가 처음이라서 거의 다들 안다네! 근데 국문과라고 했던가? 그래서 신춘문예에 응모했는가?"

"아... 아닙니다. 그냥 새해 신문이라서 볼게 있어서요!"

그때 유민하는 황급히 돈을 내고서 새해 D일보를 받자마자 도망치듯이 달려나왔다. 그리고 한 걸음에 집을 향해 뛰다시피 했다.

'아참! 신춘문예 당선작을 확인해야지...!'

그리고 거의 삼십분이나 걸어서야 발을 멈추고 신문을 펼쳤다. 그런데 일면에 신춘문예 당선자 명단이 나와 있는데 얼른 자신의 이름이 눈에 띄지 않았다. 순간 가슴이 덜컥 내려앉으며 무릎이 주저앉을 듯 허둥해졌다. 유민하는 다시 신문을 넘겨 드디어 신춘문예의 소설 당선작을 찾았다. 그런데 전혀 낯선 이름과 제목이 툭 튀어올랐다.

"아...!"

유민하는 신음같은 소리와 함께 눈앞이 캄캄해지는 것 같아 잠시 그 자리에 굳어졌다. 그리고 한참만에야 발악하듯 소리쳤다.

"뭐야! 이럴 수가...! 말도 안돼!"

그래도 차마 신문을 버리지는 못한 채 마치 마라톤 선수처럼 다시 퍼붓기 시작하는 함박눈 속 길을 달리기 시작했다. 그렇게 한 시간 이상이나 뛰었을까? 이윽고 유민하는 눈처럼 펑펑 쏟아지는 눈물을 닦을 염도 하지 않고 하늘을 우러러보았다. 그때 하늘에선 분무기로 뿜어내듯 옥수수 튀김 같은 눈송이를 세차게 뿜어냈다. 그런 눈송이를 얼굴에 맞으면서 이윽고 유민하는 아까 읍내에 올 때처럼 노래를 부르기 시작했다.

"발길을 돌리려고 바람부는 대로 걸어도

돌아서질 않는 것은 미련인가 아쉬움인가!

가슴에 이 가슴에 심어 준 신춘문예가

이다지도 깊을 줄은 난 정말 몰랐었네!

아아아! 아아아! 진정 난 몰랐었네!"

거의 울음섞인 목소리였지만 그때 유민하는 이런 노래가 절로 불러졌던 것이다.

그로부터 며칠 후 임 시인으로부터 장문의 편지가 도착했다. 유민하는 그의 편지를 읽으면서 바로 얼마 전 신춘문예를 발표한 D일보를 사러 읍내에 갔다오다가 낙선의 고배를 마시고 눈물을 펑펑 쏟았던 때보다도 더욱 가슴이 찢어지는 아픔을 견뎌야만 했다.

〈유 작가! 고진감래라더니 드디어 나의 신춘꿈을 이루었다네! 그것도 세 군데 신문사에 동시에 당선하여 3관왕의 영광을 안았다오! 그대가 응모한 D일보에서 엉뚱한 당선자의 이름을 발견하고도 내가 그대에게 이런 편지를 씀을 용서해주오! 난 그대가 비록 이번 신춘에서 운이 없어 제외됐더라도 언젠가 반드시 위대한 작가로 탄생하리라 믿기 때문이오! 아픈 만큼 성숙해진다는 노래도 있듯이 문학 역시 그러하다고 믿소! 문학은 단거리 경주가 아니라 마라톤과도 같다고 우리 국문과 교수님께 배우지 않았소? 조금 일찍 출발하는 것도 좋지만 더 멀리 달릴 수 있게 힘을 축적하는 것도 현명한 방법이 아니겠소?〉

임 시인의 편지는 유민하에게 구구절절 위로와 격려를 전했지만 그는 당장 찢어버리고 싶었다. 그리고 유민하는 그해 졸업을 하자 군에 입대하여 죽은듯이 보냈다. 그만큼 신춘문예의 상처가 컸던 것이다. 하지만 제대를 하자 유민하는 당장 취직문제에 부딪쳐 신춘문예 같은 건 마치 뜨겁게 사랑했던 옛 연인과의 추억 만큼이나 차츰 멀어져 갔다. 아울러 세상에서 하나를 버리면 또다른 하나를 얻는다는 말처럼 10대 1의 경쟁률을 뚫고 중등교원 채용고시에 합격했다. 그러자 신춘문예의 꿈은 아예 사라지고 안일한 삶의 늪속에 점차 침잠되어 갔던 것이다.

그러던 어느날 퇴근 무렵에 전화가 걸려왔다.

"저... 유 작가...! 아니 유민하 선생님 계신가요?"

"아아! 설란 여사...! 민설란...!"

"어머머! 유민하구나! 딱 걸렸네! 호호호!"

역시 한때 같은 꿈으로 고통했던 동기였기 때문일까? 벌써 몇 년만의 통화인데도 유민하와 민설란은 담박에 상대방의 목소리를 알아채고 반가움에 소리쳤다.

"내가 여기 있는 줄 어찌 알았누? 졸업 후 우린 연락이 끊겼는데...?"

"그야 우리 학교 전통이잖아? 동창회 잘 되기로 소문난...!"

"그래! 이젠 우리 동기들도 동창회 만들 때가 됐지! 근데 어찌 지내?"

"나 말야? 궁금해? 시인 수필가 소설가 중에 하나는 꿰찼지! 여류 수필가!"

"오! 그래? 신춘 3관왕 임 시인! 그리고 민 수필가! 나만 소외감이 느껴진다."

"괜찮아! 이제부터 출발해도 돼! 문학동네에 연령제한 같은 건 없잖아?"

"흐흐! 민 수필가! 너 보험하냐? 사람 꼬시는 솜씨가 보통 아니네!"

그런데 그녀가 문인이 됐다는 소식을 전하자 유민하는 자신도 모르게 비꼬임이 터져나오는 건 웬일일까?

"야! 선생됐다고 사람 우습게 알다간 큰코 다친다. 오늘 퇴근길에 우리 만날까?"

"오케이! 미안해! 농담이야!"

그래서 유민하는 대학시절에 잘 갔던 〈고모집〉을 약속장소로 정하고 나갔다. 그런데 괜히 가슴이 설레이고 두근거림은 잃어버린 신춘 꿈 탓일까? 아니면 그 시절에 민설란을 좋아한 감정이 있었던가? 암튼 그런 야릇한 감정으로 유민하가 먼저 도착했는데 거의 동시에 그녀도 나타났던 것이다.

"와아! 유민하! 근데 하나도 안 변했네? 호호!"

"엉? 사돈 남말 하네! 설란 여사도 그대로구만! 하하!"

역시 같은 꿈을 공유한 대학동기라서인지 마치 신입생 시절처럼 즐거워졌다. 따라서 사발식을 하던 그때처럼 서로 막걸리잔을 따르고 마셨다.

"내 수필 발표한 잡지야! 집에 가서 읽어봐!"

이윽고 민설란이 수필 월간지를 내놓았다.

"용하네! 기어이 꿈을 이루고...!"

유민하는 부러운듯 잡지를 받아 펼쳐보았다.

"으응? 집에 가서 보라니까! 우리 술이나 마셔!"

"기득권자라고 폼잡는거니?"

"유 작가! 왜 그래? 그럼 이제라도 문하생이 돼봐!"

"문하생?"

"뭐, 신춘만 데뷔길은 아니잖아? 오히려 추천을 받은 사람이 문학적 생명이 더 길더라구! 실은 나도 문하생으로 추천을 받아 나왔어!"

"신춘이 아니었어?"

"그래! 근데 문하생이 되면 조심할 일이 있더라구!"

"무슨 소리야?"

"음! 문단길도 연예계와 비슷하다고 할까? 연예계에 왜 그런 말 있잖아? 남자는 돈! 여자는 몸이라구...!"

그러면서 민설란은 자작으로 막걸리잔을 기울였다.

"무슨 소린지 모르겠네!"

"요즘 문예지가 우후죽순으로 생기다보니까 경영이 어렵잖아? 그래서 신인장사란 말이 생겼다구! 여기에 생긴 말이 〈금문생(金門生)〉 〈육문생(肉門生)〉이야!"

"말하자면 돈으로 몸으로 문하생이 된다는...?"

"아, 유 작가! 우리 그만 술이나 더 마셔!"

이윽고 민설란은 대학시절에 서로 문인이 됐다는 상상으로 대했듯이 유민하를 작가로 부르면서 술잔을 건네왔다.

"좋아! 오랜만에 추억의 동기를 만나니까 금강산 선녀가 된 기분이네!"

"그건 또 무슨 소리야?"

"금강산의 나무꾼과 살게 된 선녀가 다시 하늘나라로 떠난 것처럼 나도 잊었던 작가의 꿈이 되살아났다구…!"

암튼 이날 민설란과의 술자리가 계기가 되어 유민하는 고등학교 교직에 있으면서 문단 데뷔와 대학원에 진학했고, 결국 대학의 문창과 교수로의 전직이 가능했던 것이다. 물론 여기에는 유민하가 〈미래문학〉을 창간한 최현조 소설가의 문하생이 된 덕택이기도 했다.

"내가 유민하 선생을 보자고 한 건 무슨 이유인지 아시죠?"

처음으로 〈미래문학〉 발행인인 최현조 소설가를 대했을 때 약간 날카로운 인상의 그가 물어온 말이었다.

"네! 그건 제가 선생님의 문하생이 되고 싶다고 청을 드려서…!"

"아녜요! 대체 고등학교 교사란 분이 어떻게 우리 잡지의 정기구독을 30부씩이나 유치했는지 궁금해서리…!"

"아! 네! 그건 제가 여러 모임의 총무를 많이 맡아서 한 두 권씩 부탁을 했더니, 그 숫자가 채워졌습니다."

"음! 암튼 대단한 사업적 수완을 보여 주셨어요! 근데 소설쓰기는 언제부터였나요?"

"그건 누구나 대부분 그렇듯이 대학시절부터…!"

"그럼 신춘문예부터 시작했겠군요? 그러니까 문학수업 10여년이 넘도록 아직 데뷔를 못한 셈이군요?"

"네! 그래서 한때는 포기하기도 했구요!"

"아! 그건 너무 싱거운 얘기예요! 우리나라 문인 치고 그런 과정 겪지 않은 사람이 몇이나 되겠어요?"

역시 날카로운 인상만큼이나 최현조 소설가의 대꾸는 차가울 정도로 냉정했다. 따라서 유민하는 머쓱해져 더 이상 입을 떼지 못했다.

"좋습니다. 그럼 한 가지 더 묻지요. 유선생은 문학을, 아니 소설을 뭐라고 생각하십니까?"

"네? 그건...!"

얼른 무어라 대답이 막혀서 유민하는 잠시 뜸을 들였다. 그러자 최현조 소설가가 자리에서 일어서며 말했다.

"됐어요. 이달 말까지 100매 이내의 작품 하나 써서 가져오세요."

그리하여 유민하가 그의 지시대로 새로운 신작 단편소설을 써서 〈미래문학〉의 사무실로 최현조 소설가를 찾아갔는데, 이번에는 인사도 받는둥 마는둥 사장실로 들어가 버렸던 것이다. 이때 유민하는 쑥스럽기도 하고 기분이 상했지만, 그의 문하생이 되었기에 아무 말도 못하고 물러나왔다.

"뭐야? 이제 한두 살 먹은 문학청년도 아닌 난데...!"

다음 순간 유민하는 불쾌한 마음이 솟구쳐서 속으로 투덜대며 지하철을 향해 걸어갔다. 이때 마주 걸어오던 민설란이 반색을 하며 소리쳤다.

"어이! 유선생! 드디어 그분의 문하생이 된거야? 근데 얼굴 표정이 왜 그래? 마치 벌레 씹은 것 같으니 말야!"

이때 유민하는 어처구니가 없어 엉뚱한 분풀이를 하듯 퉁명스레 대꾸했다.

"이거봐! 여류 수필가의 말뽄새가 왜 그래? 남의 속을 뒤집어놓는

악취미를 가졌어?"

"오우! 자기 지금 그런 상황이야? 하지만 이런 고비를 잘 넘겨야 문하생으로서 데뷔의 관문을 통과하게 된다구!"

"어쭈? 문단 선배라고 많이 건방져졌네!"

"호호! 억울하면 더 열심히 해서 빨리 따라오라구! 나 지금 〈미래문학〉의 원고 청탁을 받아 갖다 주러 가는 길인데, 다음부터는 우리 함께 가게 되길 바래!"

그러면서 민설란은 마치 황새처럼 휘적휘적 걸음을 빨리해갔다.

그런데 〈미래문학〉의 발행인인 최현조 소설가에게 유민하가 작품을 갖다준 지 석 달이 넘도록 아무런 소식이 없지 않은가? 그리하여 하루가 여삼추로 궁금하고 답답했지만 유민하는 막연히 기다릴 수밖에 없었다. 왜냐하면 안달하듯 재촉하면 끈기가 없다고 할 것 같았던 것이다.

"어휴! 차라리 앓느니 죽는게 낫지! 정말 문하생 노릇 못해 먹겠네!"

해서 하루에도 몇 차례 이런 푸념을 하면서 지냈는데, 그러던 어느 날 최현조 소설가로부터 학교 교무실로 전화가 왔던 것이다.

"유선생! 오늘 시간 돼요? 우리 사무실로 나오세요!"

그리곤 예의 차가운 목소리로 한 마디 하고는 전화를 끊어버렸다. 그래서 담임반 종례를 마치자마자 허겁지겁 달려갔더니, 다짜고짜 이렇게 물어서 유민하를 어이없게 만들었다.

"그래, 유선생에게 소설은 뭐라고 생각하세요?"

바로 지난번에 물었던 질문을 다시 해서 유민하는 더욱 당황스러웠지만 문득 떠오르는 추억이 있기에 이렇게 대답했다.

'네! 소설은 노래라고 생각합니다."

"노래라...?"

"처음엔 기쁜 노래가 됐다가 금방 슬픈 노래로 바뀌는 얄궂은 노래요!"

"하아! 그 이유는 뭐죠?'

"선생님! 제가 대학시절 마지막으로 신춘문예에 응모했을 때 얘긴데요...!"

이윽고 유민하는 그때의 경험담을 최현조 소설가에게 대충 요약하여 말씀드렸다. 그러자 그의 눈동자가 점점 커지고 번쩍이더니, 책상을 탁 치면서 외쳤다.

"됐네! 유선생! 문단 데뷔의 제1관문은 무사히 통과했네! 이제 제2관문이 남았는데, 자네! 앞으로 20년쯤 기다릴 수 있나?"

"네에? 20년을 기다리다뇨?"

하도 기가 막혀 이번엔 유민하가 눈을 크게 뜨며 묻자, 최현조 소설가가 크게 실망한 투로 내뱉었다.

"에, 한송이 국화꽃을 피우기 위해서 봄부터 소쩍새가 그렇게 울었다는 시인도 있는데, 한 사람의 훌륭한 작가로 탄생하기 위해서 그쯤 세월을 못참는단 말인가?"

그러나 그때 유민하의 뇌리를 스친 건 앞으로 20년 후라면 바로 저 양반, 최현조 소설가가 나를 추천해주기 전에 먼저 세상을 뜰 거라는 계산이 앞서는 것이었다. 하지만 유민하는 이때 이렇게 재치있는 대꾸로 위기를 모면했던 것이다,

"선생님! 잘 알겠습니다. 제가 소설뿐 아니라 아예 문학에 소질이 없단 말씀으로 알고 포기하도록 하겠...!"

바로 그 순간이었다. 최현조 소설가가 아주 험한 표정을 지으며 쩌 렁하는 목소리로 꾸짖었다.

"에끼! 유선생은 날 놀리는구만! ...그러나 제1관문을 좋은 점수로 통과했으니까, 특별 감면해서 앞으로 20년 대신 2년의 여유를 주겠 네! 그래도 손들건가?"

"아! 죄송합니다. 선생님! 제가 조급한 마음에 그만...!"

"하하! 됐어요! 암튼 나의 문하생 중에 가장 데뷔연도를 단축해주 는 것이니 만큼, 대신 좋은 작품 많이 써야 하네!"

이리하여 유민하는 스승님의 말씀대로 꼭 2년만에 〈미래문학〉의 추천 완료로 문단에 데뷔하여 결국은 예술대학의 문창과 교수에까지 이르렀던 것이다.

"유교수님! 그럼 전 이제 어찌해야 합니까? 저의 목숨과도 같은 소 설로 끝내 저를 죽이실 작정인가요?"

벌써 꽤 오랜 시간이 흘렀건만 문창과 서일후 학생은 여전히 만취 상태로 술주정을 해댔다. 유민하는 먼 추억으로부터 돌아와 그 녀석 을 부축해 일으켰다. 그리고 다시 야단치듯 힐책했다.

"임마! 넌 소설이 뭔지나 알고 이리 떠드는거야?"

"소설요? 그건 돈이죠! 10억짜리 밀리언 베스트셀러만 터뜨리면 팔자를 고칠 수 있으니까요! 안 그렇습니까? 교수님!"

"뭐 뭐야? 뭣이 어째?"

하도 뜻밖의 대구에 유민하 교수는 하마터면 녀석을 패대기질 칠 뻔했다. 그러나 서일후 학생은 여전히 당당하게 소리쳤다.

"유 교수님도 한때 베스트셀러 소설을 쓰셔서 아시잖아요? 소설로도 돈을 벌 수 있다는거요! 요즘 저흰 '88만원 세대'가 아닙니까? 그런 잡으론 평생 가야 가난뱅이 신세를 면치 못한다구요!"

"임마! 아무리 그래도 그렇지! 문학을…! 소설을 겨우 돈벌이로 착각하는 너희가 무슨 작가가 되겠다는 거야?"

"네에? 하지만 팔리지 않는 소설을 쓰는 작가가 작가입니까? 그건 재미가 없잖아요?"

"재미? 너 재미라고 했냐?"

"맞아요! 소설은 재미가 있어야죠! 전 누구보다 재밌는 소설을 쓰고 싶어요! 그래서 재밌는 소설로 베스트셀러를 터뜨린 교수님을 찾아서 이 학교에 들어왔고, 이젠 교수님의 문하생이 되고 싶었는데…! 흑흑!"

그리고 서일후 학생은 갑자기 흐느껴 울기 시작하는게 아닌가?! 순간 유민하 교수의 머릿속은 뒤죽박죽이 돼버렸다. 그의 문하생 시절을 떠올리면서 이런 문하생을 어떻게 받아들여야 할지 얼른 판단이 서질 않았던 것이다. 다만 녀석을 부축하여 깊어가는 밤의 캠퍼스를 벗어나느라 거친 숨을 내뿜을 따름이었다.* (2010 청하문학 8호)

여덟.
홍짱수련관

딸봉 한유복 선생은 의령 출신 박천식 제자를 가르칠 때 저녁을 굶어 거짓말로 화장실에 간다고 나가 수돗물로 배를 채우는 것을 고의적 수업방해로 오해하고 무지막지한 체벌을 가한다. 그러나 오해가 풀려 깊은 사제의 정이 맺어지고 기업가로 성공한 박천식은 고향인 의령에 〈홍의장군 수련관〉을 개관하여 은사인 딸봉 한유복 선생을 관장으로 초빙하자 수련생과 상상초월한 일들이 벌어지는데...!

창작 메모 - 30년간 교직생활을 하면서 터득한 교육기법을 소설에 적용하여 작품화해 본 것인데 성공 여부는 독자의 몫으로...!

☯ 홍짱수련관

"관장님! 큰일났습니다. 이 일을 어쩌면 좋죠?"

〈홍의장군 수련관〉의 한유복 관장이 숙직실에서 잠자리에 들기 위해 마악 침대에 누운 늦은 시각이었다. 수련관 입소생들을 관장하는 최 학감이 노크도 없이 다급히 들어와 하는 말이었다. 그 바람에 한 관장은 잠옷바람인 채로 최 학감을 바라보며 물었다.

"아니! 이 밤에 무슨 일이오? 수련생들한테 사고라도 생긴거요?"

청소년 학생들을 받아 수련교육을 시키는 만큼 그간 크고 작은 안전사고들이 있었기에 한 관장은 오늘 역시 또 그런가 싶어 되물었다.

"저 사고라기보다...! 관장님! 실은 그보다 더 심각한 일입니다."

"뭐요? 대체 무슨 일이기에...?"

이제 겨우 개관 1주년이 지난 〈홍의장군 수련관〉이지만 개관초부터 참으로 엉뚱한 사고들이 벌어졌다. 맨처음 개관식 때에는 도내 200여 고교의 학생회장단 학생 200여명의 2박3일 교육과정 첫 수련 회 입소식을 겸한 개관식을 가졌다. 그리하여 군수와 군의회 의장, 군교육장, 도교육청의 부교육감을 비롯한 군내 전현직 교장 등 교육 계 인사들이 대거 참석한 가운데 성대하게 열렸는데, 하필 행사중에 앰프가 나가서 육성으로 행사를 진행해야 하는 방송사고가 났던 것이다. 그때 한 관장은 등에 진땀이 흐르고 쥐구멍이라도 있으면 들어가고 싶은 심정이었으나, 지하 1층에 지상 3층의 현대식 수련관의 새 건물은 숨을 곳이란 아무데도 없었다고나 할까?

"관장님! 그게 참 너무나 엉뚱한 사안이라서요, 뭐라 말씀드려야 할지...!"

"어허! 참 답답하군! 최 학감! 엉뚱한 사안이라면 혹시 요즘 군대에 서 흔히 벌어진다는 학생들 간의 성희롱 사건이라도...?"

실은 작년 겨울방학 때 남녀학생들이 동시에 입소했는데 도내와 서울 학생들이었음에도 남녀학생간의 풍기문제가 터져 여간 곤혹스럽지 않았던 것이다. 그리하여 그후로는 남녀학생을 구분하여 동시에 입소시키지 않기로 했다. 그러니까 남학생끼리의 엉뚱한 사안이라면 혹시 그런 쪽의 난감한 문제가 아닐까?

"저 관장님! 실은 한 학생이 토론시간에 질문을 하라니까, 글쎄 우리 수련관의 운영방침은 천강 곽재우 홍의장군의 호국의병 정신의 함양을 목적으로 하는 청소년 교육기관이 아닙니까?"

"그야 물론이지! 그래서 〈홍의장군 수련관〉이란 이름으로 개관하게 된 것이고...!"

"근데 한 학생의 질문인즉 천강 곽재우 홍의장군은 임진왜란 때 의병을 일으켜 싸우면서 왜 홍의를 입게 되었는지, 그 이유를 알려 달라지 뭡니까?"

"뭐라구...? 천강 곽재우 홍의장군이 붉은 옷을 입은 까닭이라....?"

"네! 저로선 역사책에 그리 나오니까 그런 줄만 알았지, 왜 그랬냐는 건 생각해보지 않았거든요."

"으음! 그래 최 학감은 그 학생에게 뭐라고 답변했오?"

"저...얼른 대답할 말이 생각나지 않아 그냥 '임마! 홍의장군이니까 붉은 옷을 입었지, 딴 이유가 뭐가 있겠노?' 그딴 질문같지 않은 질문은 때려치라고 했더니, 그 학생의 다음 발언이 더 당돌하지 뭡니까?"

"으응? 이번엔 뭐랬기에...?"

"글쎄 우리 수련관 명칭인 홍의장군에 대해서 그런 연구조차 없는 수련관이라면, 입소생들은 내일이라도 짐을 꾸려서 퇴소하고 말겠다는 협박성 발언을 서슴찮지 뭡니까?"

"뭐라구? 그게 정말이오?"

"네! 그러니까 제가 사고보다도 더 심각한 사안이라고 말씀드린 겁니다."

"으음! 천강 곽재우 홍의장군이 왜 붉은 옷을 입었느냐?"

"네! 혹시 한 관장님께선 알고 계신가요?"

".....!"

하지만 그건 역시 한 관장에게도 너무나 어처구니없는 질문이어서 할말을 잃고 멍하니 최 학감만 바라볼 따름이었다.

"저... 관장님께서도 답을 모르신다면 제가 다시 학생들에게 가서 내일 오전 특강 때 관장님께서 직접 알려주시겠다고 얘기하고 오늘 밤 교육을 마치겠습니다!"

결국 최 학감의 이런 미봉책에 한 관장은 동의할 수밖에 없었는데, 그가 숙직실을 나가자 한 관장은 컴퓨터를 켜고 천강 곽재우 홍의장군이 왜 붉은 옷을 입게 되었는지 검색하여 보았다. 그리하여 해답을 뒤진 끝에 이런 내용을 찾아냈던 것이다.

1.한 가지 읽은 신화가 생각납니다. 곽재우가 의령에서 의병부대를 조직하고 명나라 황제에게서 받은 붉은 비단으로 갑옷을 만들어 입고 초립을 썼다고 합니다. 그때 갑자기 하얀 백마가 나타나 곽재우를 태우고 하늘을 우러러 보며 싸움터로 향했다고 합니다. 이런 신화 때문에 하늘에서 내려 온 홍의장군이라고 불렀다고 합니다.

2.곽재우가 왜 붉은 옷을 입었냐구요? 그건 자기 맘이 아닌가요?

3.바로 미신 때문입니다. 어떤 미신인가 하면 붉은 옷을 입고 싸우면 왜군의 총탄과 화살이 비켜간다는 미신이지요. 근데 붉게 물들인 방법은 물감이 아니고 소녀의 첫 월경의 핏물로 물들였다고 합니다. 어느 책에서 직접 읽은 얘기라서 기억이 납니다.

4.곽재우가 붉은 옷을 입고 싸운 이유는 따로 있지 않다. 그냥 전투에서 빨간 비단옷을 입었기 때문에 홍의장군이라 불린 것이다. ㅋ

ㅋㅋ!

　한 관장이 인터넷을 검색해보니 이런 그럴사한, 아니 말도 안되는
홍의장군에 대한 해설이 떠돌고 있는 것이었다. 한 관장은 어처구니
가 없어 쓴웃음을 지으며 스스로 해답을 찾기 위해 궁리를 거듭했다.
그러다가 다음과 같은 가설에 이르렀다.

　조상 대대로 큰 벼슬을 한 명문가의 촉망받던 곽재우가 과거에 급
제했으나 왕에 뜻에 거스린 답안의 글귀로 파방을 당했다. 그런 인물
로서 의병을 일으키기까지는 많은 정신적 고뇌의 과정을 겪었을 것
이다. 따라서 그가 왜군과 싸울 때는 오로지 우국충정의 뜻이었을 것
이다. 그렇다면 고려말 정몽주가 이방원의 '하여가'에 답한 '단심가'
에서 '임 향한 일편단심이야 그칠 줄이 있으랴!'라고 한 종장의 일편
단심(一片丹心) 즉 '한 조각 붉은 마음'에서 그는 붉은 옷을 입은 홍
의장군이 된 것은 아닐까?

　'으음! 이제야 그 학생의 질문에 답을 찾게 되었군!'

　이윽고 한 관장은 미소를 지으며 고개를 끄덕였다. 하마터면 올곧
고 순수한 학생의 질문에 괘씸죄로 다스릴 뻔하지 않았는가? 한 관장
은 서울의 공립고교에서 국어교사로 봉직할 때 그런 실책을 범한 적
이 있었던 것이다. 바로 이 〈홍의장군 수련관〉의 창설자이자 한 관장
의 제자인 박천식 사장과의 사연만 해도 그랬다고나 할까?

　"너 이 짜식! 당장 엎드려 뻗쳐! 내 수업방해죄가 몇 댄 줄은 알겠
지?"

야간공고에 근무할 때 국어수업을 마친 한유복 선생은 박천식 학생의 귓불을 고삐처럼 잡아끌고 교무실로 내려와 호통을 쳤다. 그러자 녀석이 잔뜩 볼멘 소리로 퉁명스럽게 대꾸했던 것이다.

"열 대든 스무 대든 맘대로 하세요!"

"뭣이 어째? 이게 어디서 말대꾸야?"

순간 한 선생은 눈에서 불꽃이 튈만큼 화가 치밀어 '딸봉(몸둥이의 한쪽 끝이 뭉툭하여 마치 남자의 거시기와 비슷하대서 학생들이 지어 부른 별명)'이란 몽둥이로 가차없이 녀석의 엉덩이에 매질을 가했던 것이다. 하지만 박천식 학생은 꿈쩍도 않고 10여대의 폭행에 가까운 한유복 선생의 체벌을 받아냈다. 그는 평소에 사랑의 매라고 자부했고 실제로 그런 간절한 사제의 정으로 학생들에게 체벌을 했지만, 그날은 왜 그리 화부터 내게 되었는지 지금은 잘 생각이 떠오르지 않았다. 이때 옆자리의 김선생이 그대로 놔두었다가는 학생을 잡겠다고 여겼는지 말리는 바람에 매질을 멈췄지만, 요즘 같으면 누가 핸드폰으로 찍어 인터넷에 동영상으로 퍼뜨릴지도 모를 일이었다. 그런데 이런 혹독한 체벌을 받고서도 박천식 학생은 똑같은 짓을 되풀이했다. 그것도 한유복 선생의 국어수업이 한창 무르익은 중간쯤에 이르러 녀석은 마치 무슨 질문이라도 있는 듯 오른손을 번쩍 들며 한 선생을 불렀던 것이다.

"선생님!"

"왜...? 무슨 질문이야?"

"저 좀 급해서요!"

"뭐...? 큰거야 작은거야? 작은거면 참아!"

말하자면 대변과 소변 중에 소변이면 그냥 견디라는 한유복 선생의 명령에, 하지만 녀석은 이렇게 대답해서 수업분위기를 아주 망쳐버렸던 것이다.

"큰거! 작은거! 둘 다요!"

"와아! 하하하하...!"

그런데 문제는 이런 똑같은 짓거리를 한유복 선생의 국어시간마다 되풀이했다는 점이었다. 그래서 한 선생은 오늘은 작심을 하고 녀석에게 이런 혹독한 체벌을 가했는지 몰랐다. 그런데 다음 국어시간에는 중간이 지나도 녀석이 화장실에 간다고 손을 들지 않기에 이젠 반성을 했나 싶었는데, 갑자기 쿵하는 소리와 함께 녀석이 앉았던 의자에서 굴러떨어져 다시 수업분위기를 망쳐버렸다.

"이 짜식이 지금 또 장난이야? 뭐야?"

그래서 다시 체벌을 가하려고 달려가 녀석을 일으켜 세웠더니, 눈을 허옇게 뜬 채 정신을 잃고 축 늘어졌다.

"어어? 임마! 꾀병하는 거야? 뭐야!"

한편 걱정이 됐지만 시침을 떼고 한유복 선생은 반장을 시켜 녀석을 양호실로 내려보내고 수업을 계속하다가 벨이 울려서 교무실로 돌아왔다. 그런데 다음 시간은 수업이 없어 양호실에 가보니 녀석이 아직도 침대에 누워 있는게 아닌가? 그래서 담뇨를 덮은 그의 어깨를 흔들어 깨우며 물었다.

"야! 박천식! 너 진짜로 아픈 거야?"

"네에? 선생님 오셨어요? ...죄송해요!"

그러자 박천식은 가까스로 눈을 뜨며 일어앉아 한유복 선생을 바라보았다.

"그래! 나도 미안하다. 근데 무슨 병이라도 있는거니? 한창 팔팔한 나이에 기절을 하다니...? 여학교 때 보면 빈혈학생이 많더라만...!"

정말이지 한유복 선생이 여고에 근무할 때 월요일 운동장조회를 하다 보면, 여학생들이 픽픽 쓰러져 체육과와 교련과 선생님들은 그녀들을 양호실에 업어나르기에 바빴던 것이다. 나중에 알고 보니 그중에 몇 명은 젊고 미남인 체육선생과 교련선생의 등에 업히고 싶어 꾀병을 부린 것이기도 했지만 말이다.

"저 선생님! 제가 수업시간에 화장실 간다고 한 건 거짓말이었다구요."

"뭐야? 거짓말?"

"네! 제 고향은 경남 의령인데요, 아버지께서 사업에 실패하여 서울로 온 가족이 밤도망을 왔다구요. 그런데 그만...!"

갑자기 녀석이 이런 고백을 하다가 눈물을 글썽이며 다음 말을 잇지 못했다.

"으음! 그런데... 어쨌단 말이냐?"

"부모님이 연탄가스에 중독되어 돌아가시고, 전 고아가 되어 할머니랑 함께 사는데요..."

"뭐야? 그런 사연이 있었단 말이냐?"

"...동사무소에서 밀가루 배급을 받지만 저녁을 못 먹어요. 그래서 선생님 수업시간에 화장실에 간다고 속이고, 수돗가에 가서 수돗물로 배를 채웠는데, 습관이 되니깐 자꾸 그런 거짓말을 하게 되지 뭐예요."

"그... 그런 줄도 모르고 널 그리 체벌했구나? 왜 진작에 나에게 말하지 않았니?"

"네! 선생님은 국어를 가르치고 또 글도 쓰시니까 상담하고 싶었지만, 괜히 다른 친구들도 알게 되면 쪽팔릴 것 같아서요...!"

이윽고 녀석은 눈물을 보이며 그동안 숨겨온 자신의 과거를 고백했던 것이다. 그리하여 다음 날부터 한유복 선생은 아내에게 도시락을 싸달라고 부탁해서 녀석의 교실에 찾아가 슬그머니 그의 책상 속에 넣어주었다. 그런데 이런 사실을 눈치챈 박천식이었지만 같은 비밀을 가진 친구처럼 시침을 떼고 순순히 받아들였던 것이다.

그후로 한유복 선생의 수업방식이 달라졌다. 그전에는 학생들의 잘못에 대하여 엄벌주의로 나가서, 무조건 딸봉으로 심할 정도로 체벌을 가했지만 이제는 유머전법을 써먹었던 것이다. 가령 학생들이 수업중에 떠들거나 숙제를 안 해오면 변함없이 딸봉으로 엉덩이에 번갯불이 일도록 후려쳤지만 이런 유머러스한 해설을 덧붙였다.

"욤들아! 이렇게 세 대만 맞아도 어찌 되는 줄 아느냐? 너네들 2세가 맹구같은 바보로 태어나게 된단 말이다! 왜냐하면 이 딸봉은 리히터 지진기로 진도 9.9의 강도를 자랑하기 때문에, 너희들 고환에 살고 있는 4억 마리의 정자 중에 2억 마리가 사망하고, 1억은 중상에 나머지는 경상을 입어 그리 된다구! 알겠냐?"

그러면 남학생들은 울상이 되어 소리쳤다.

"딸봉 선생님! 제발 딸봉으로 엉덩이르 치지 말고 종아리를 때려주세요"

하지만 학생들을 매로만 다스리지는 않았다. 수업을 하다가 가끔씩 엉뚱한 썰(얘기)을 풀어서 학생들로부터 박수를 받기도 했으니...!

"여러분! 섹스피알 아시지요? '로미오와 줄리엣'을 쓴 영국의 대문호! 그밖에 '햄릿'과 '리어왕'도 쓴...!"

"에이! 선생님! 세익스피어죠!"

"아아! 나는 국어선생이라 콩그리쉬 발음이예요. 에, 섹스피알은 온종일 집에서 글을 쓰고 저녁식사는 항상 런던의 최고급 레스또랑에서 외식을 했어요."

"하하! 레스또랑이 뭐예요? 레스토랑이죠!"

"글쎄 알아들었음 됐지 웬 군소리들인고? 열중 차렷! 내 썰을 잘 들어봐! 어느 날 섹스피알이 글이 안 써져서 밥늦게야 레스또랑엘 갔는데, 마침 종업원 청년이 섹스피알이 안 오는 줄 알고 청소를 하고 있었어요. 그런데 섹스피알이 나타났으니 그만 종업원 청년은 화가 나서 빗자루를 내동댕이쳤어요. 그걸 섹스피알이 본거야. 그때 섹스피알이 종업원 청년에게 뭐라고 한 줄 알아?"

그 순간 학생들은 누구도 딸봉 한유복 선생의 영어 발음에 더 이상 야유하지 않고 모두들 조용히 눈과 귀를 모았다.

"이보게! 젊은이! 그대가 지금 무슨 일을 하고 있었는지 아는가? 그러자 종업원 청년은 섹스피알이 주인에게 이 사실을 일러바치면 쫓겨날 두려움과 또한 섹스피알에게 죄송하고 부끄러움에 고개를 푹 숙이고 말았지! 그러니까 섹스피알은 청년의 어깨를 다정하게 두드려 주면서 '지금 그대는 이 지구의 한 모퉁이를 깨끗하게 만들고 있었어! 알겠는가?' 그러자 레스토랑의 종업원 청년은 푹 숙였던 고개를 들며 이렇게 대답했어요. '네! 섹스피알님! 오늘밤엔 제가 가장 맛있고 성대한 심야의 만찬을 준비하겠습니다! 어서 자리에 앉으십시오!' 에, 그런데 여기서 얘기가 끝나면 싱거워요! 그후 섹스피알은 인도와 바꿀 수 없는 영국의 위대한 문호가 되었고, 종업원 청년은 바로 그 레스또랑의 주인이 됐다는 거예요! 이상 섹스피알 얘기! 끝!"

이처럼 딸봉 한유복 선생은 남학교, 여학교, 공고와 상고같은 실업고까지 두루 전근을 다니면서 이런 식으로 제자들을 가르치길 40년 가까이 하고서, 드디어 정년퇴임하여 교단을 떠나게 되었던 것이다.

"한유복 선생님이시죠? 제가 누군지 아시겠습니까?"

딸봉 한유복 선생이 정년퇴임을 하고서 화백(화려한 백수)으로 지내던 어느날 핸드폰으로 이런 난데없는 전화가 걸려왔는데, 하지만 놀라거나 의아할 필요는 없었다. 요즘 개인정보가 어떻게 새어나갔는지 툭하면 벼라별 데에서 다 전화가 걸려오기 일쑤였던 것이다.

"예에! 그렇습니다만 무슨 일입니까?'

그리하여 딸봉 한유복 선생은 거리낌없이 전화를 받자 상대방이 깜짝 반기는 목소리로 소리쳐왔다.

"아! 선생님! 제가 S공고 야간부를 졸업한 박천식입니다. 정말 오랜만이네요!"

"뭐라구? 박천식? 너 임마! 내 수업시간마다 화장실에 간다고 했던 박천식..?"

"어휴! 선생님! 그걸 아직도 기억하세요?"

"그럼! 공부 잘한 모범생은 잊어버려도 너처럼 선생 속을 썩인 짜식들은 세월이 갈수록 보고싶어진단다. 하하!"

딸봉 한유복 선생뿐 아니라 대부분의 교사라면 그것은 사실이었다. 어쩌면 자식도 순탄하게 큰 놈보다 죽네 사네 부모 속을 애태운 놈이 더 애정이 가고, 또 그런 자식이 효도도 하게 되는 이치와 같다고나 할까?

"선생님! 전 별로 뵙고 싶지 않았는데요?"

"뭐야? 그럼 나 혼자만 너를..?"

"에이! 선생님은 항상 제 마음 속에 계셨으니까요! 하하하! 실은 제가 선생님께 아주 중요한 부탁이 있어 찾아 뵈려구요!"

그러자 박천식 제자는 딸봉 한유복 선생한테 배운 탓인지, 이렇게 유머로 대답하면서 다음 말을 이어갔다.

"...선생님! 지금은 어디 사시나요? 설마 저희 학생시절에 사시던 집은 ..?"

"이보게! 난 공립학교에 근무해서 학교는 여러 곳 옮겼어도 사는 집은 말뚝을 박았지! 지금도 여전히 남산 아래의 후암동이라니까..."

"좋습니다! 그럼 서울역 앞 대우빌딩 지하에 있는 M일식집으로 오늘 저녁 일곱 시에 나오실 수 있겠습니까?"

"아암! 벌써 한 30년 가까이 됐지? 그런 반가운 제자의 청인데 당연히 나가야지!"

평생 교직을 천직으로 삼아 온 사람들은 아마도 공통적으로 느끼리라! 이런 경우에 '가르친 보람과 만남의 기쁨'을 누리는 행복을 말이다. 그리하여 딸봉 한유복 선생은 시간에 맞춰 약속장소로 나갔는데, 벌써 미리 와서 기다리던 박천식 제자가 너무 반갑게 맞아주어 더욱 만남의 기쁨을 만끽시켜 주었다고나 할까?

"선생님께선 30년전이나 똑 같으십니다. 하하! 누가 보면 제자인 저를 친구로 볼 것 같아요. 하하!"

그의 제자인 녀석(?)은 수업중에 '큰것 작은것'을 겸하여 화장실에 가겠다던 때처럼 넉살을 피우며 딸봉 한유복 선생에게 넙죽 절부터 했다.

"아니! 설도 아닌데 세배냐? ...그래 그간 어찌 지냈누?"

당장에 30년 세월의 너머로 타임머신을 탄듯 딸봉 한유복 선생도 제자에게 스스럼없이 대하자, 그가 서둘러 음식주문을 하더니 먼저 유리잔에 매실주를 따르며 말했다.

"선생님께서 술 좋아하시는 건 저희들 수학여행 때 이미 알았습니다. 서울역에서부터 경주의 2박3일 동안 술병을 끼고 사셨잖습니까?"

"그건 나만 담임이 아니고 옵서버로 따라갔으니까 그랬지! 근데 제자는 사업으로 성공한 것 같군"

"예에? 그걸 어찌 아십니까?"

"으응! 사업가가 사업을 잘 하려면 술을 잘 마셔야 술술 풀리는 법이니까 말야."

예나 이제나 유머를 좋아하는 딸봉 한유복 선생의 말에, 박천식 제자는 야간공고를 졸업하고 현장실습을 간 직장에서 곧바로 취직한 후에, 그야말로 자수성가하여 지금은 그의 이름대로 천명의 직원들에게 밥을 먹이는 견실한 중소기업의 사장으로 성장했다는 자랑이었다.

"한데 선생님! 제가 성공한 비결이 뭔지 아십니까?"

"그야 열심히 일한..."

"물론 그런 점도 있지만요, 다 선생님 탓이지요. 아니! 덕택이예요!"

"뭐라? 이제 보니 내 말투를 닮았구만! 싱겁기는...? 하하하!"

참으로 오랜만에 반가운 제자와 마주앉아 술잔을 나누니 절로 기분이 좋아서 딸봉 한유복 선생은 너털웃음을 터뜨렸다.

"선생님! 전 아직도 선생님께서 제게 싸주셨던 도시락을 잊지 못하고요! 특히 세스피알 얘기를 기억하고 있답니다."

"아! 그 도시락은 내가 제자에게 부끄러워서 사과의 뜻이었고, 섹스피알은 나의 교육관이기도 했다네!"

"네! 바로 그런 선생님의 가르침에 따라 한 30년 살다 보니까 사업가로서 오늘의 위치에 이르게 되더군요. 그래서 선생님께 부탁드릴 일이 생긴 겁니다."

"나한테 부탁이라니...?"

"선생님! 제 고향이 경남 의령이라고 말씀드린 적 있죠? 어려서 가난 때문에 떠나온 고향이지만 저도 이 나이를 먹으니까 고향을 위해 뭔가 하고 싶어졌습니다. "

"으음! 성공한 사람이라면 응당 고향을 위해 봉사도 해야지!"

"그래서 제가 고향인 의령의 천강 곽재우 홍의장군 생가 근처에 수련관을 만들려고 이미 건물까지 신축했는데요, 선생님께서 그 수련관의 관장을 맡아주셨으면 해서 이렇게 모셨습니다."

"뭐라구..? 그런 막중한 일을 나에게...?"

"네! 수련 학생들을 받는 건 주로 여름방학과 겨울방학 때고요, 평소에는 한 달에 두어 번 정도를 계획하는데 어떻습니까? 선생님의 훌륭하신 교육관을 한번 펼쳐보심이…?"

"글쎄! 내가 과연 잘 해낼 수 있을까?"

"선생님께선 학교에 계실 때 담임을 하고 싶어도 글을 쓰는 작가라고 따돌려놓아 섭섭했다고 말씀하셨잖습니까? 이제라도 교장은 아니지만 저희 수련관의 관장을 하시면서, 청소년 학생들에게 충절의 고장인 의령의 천강 곽재우 홍의장군의 호국의병 정신을 가르치는 교육을 하신다면 더욱 보람된 노후가 되시지 않을까요?"

이리하여 딸봉 한유복 선생은 제자복에 의해 정년을 하고도 또다시 이런 교육의 천직을 이어갈 수 있게 되었던 것이다.

"선생님! 정말 감사합니다. 저를 위해 이렇게 시골까지 오셔서 맡아주시니 말씀입니다."

드디어 박천식 제자가 설립한 〈홍의장군 수련관〉이 개관되어 딸봉 한유복 선생은 관장으로 취임하게 되었는데, 어느덧 일년이 훌쩍 지나는 동안 처음에는 몇몇 시행착오도 겪게 되었던 것이다. 하지만 날이 갈수록 〈홍의장군 수련관〉의 틀이 잡히고, 교과부에서 학생들에게 인성교육이 강조되면서 전국적으로 수련생들의 위탁교육 참가신청이 늘어났다. 그런데 바로 이번과 같은 입소생의 상상을 초월한 질문과 행동은 처음이고 보니, 딸봉 한유복 관장으로서는 일반 학교에 봉직할 때보다도 더욱 충격을 받지 않을 수가 없었던 것이다. 하지만 그에 대한 현명한 해답을 찾은 이젠 조금 안심이 되었다. 그래서 다음날 오전 그의 특강시간에 이렇게 말을 꺼냈던 것이다.

"에, 어젯밤에 이곳 〈홍의장군 수련관〉의 명칭에서 홍의장군이 붉은 옷을 입은 이유를 질문한 학생이 누군가?"

그러자 앞줄에 앉은 한 학생이 거침없이 손을 번쩍 들며 외치듯 대답했던 것이다.

"접니다! 관장님께서 답변을 해주시겠습니까?"

"으음! 그럼 나의 답은 KBS 텔레비전의 '골든벨을 울려라'란 방송프로처럼 문제를 내어 풀어주겠다! 내가 인터넷을 보니까 여러 얘기가 떠돌고 있었는데, 내 생각으론 고려말 충신 정몽주의 시조에 그 답이 있었어요."

"관장님! 선죽교에서 이방원의 철퇴를 맞고 순절한 정몽주 말입니까?"

"역시 학생은 빠르군! 바로 그 시조의 종장을 외워 보면 될 거야!?"

"네! 임 향한 일편단심이야...?"

"바로 그거야! '한 조각 붉은 마음'! 즉 충성심의 표현으로 천강 곽재우 의병대장은 붉은 옷을 입고 왜군과 싸워 홍의장군이 되었다면 학생의 질문에 정답이 되지 않는가?"

"네에! 관장님! 맞습니다! 그것이 가장 멋진 해답이라고 생각합니다!"

그 순간 질문했던 학생이 이렇게 크게 소리치자 나머지 학생들도 함성과 함께 우뢰같은 박수를 쳐댔다.

"와아! 관장님 짱이야! 관짱! 관짱!"

그때 딸봉 한유복 관장은 새로운 교육방법을 깨달았다. 입소한 학생들이 아무리 치졸한 질문을 하더라도 일반 학교에서처럼

"얌마! 그 따위 질문같지 않은 질문은 집어치워! 이 짜슥아!"

하고 호통만 친다면 학생들은 어떻게 생각할 것인가? 이곳 〈홍의 장군 수련관〉은 단순히 학생들이 들어와 이삼일 동안 친구들과 어울려 놀다가 돌아가는 장소로 전락할 것이 아닌가 말이다.

"아니! 학생들 블로그와 트위터에서 뭐라고 썼다고...?"

이런 일을 겪은 후 최 학감이 발견한 일이지만, 글쎄 입소생들의 블로그와 트위터에서 발견한 글들은 아래와 같았다고 한다.

'하이! 다음 주에 홍짱(홍의장군 줄임말) 수련관에 가는데여, 조교들은 얼짱인가여? 궁금해여!'

'내가 작년 여름방학에 가봤는데여, 규율이 쎄구여, 얼짱보다는 몸짱이 많아여! 아마 임진왜란 때의 의병체험을 가르치기 때문인가 봐여! ㅋㅋㅋ!'

홍짱 수련관엔 개그콘서트에 나오는 김병만 달인같은 짜리몽땅 관장이 있는데여, 별명이 아주 웃겨여! 서울에 있는 고등학교에서 국어 샘을 했는데, 고딩들에게 딸봉이란 몽둥이로 때려서 별명이 딸봉 관장이래염! ㅎㅎㅎ!'

"자! 〈홍의장군 수련관〉에 입소한 제군들은 듣거라! 지금부터 여러분은 1592년 임진왜랜 때 조선 최초의 의병으로 왜군과 맞서 싸운 천강 곽재우 홍의장군이 이끌었던 홍의군이 된다. 그러니까 지금부터 몽땅 벗고 홍의군복으로 갈아입어라! 실시!"

학생들이 〈홍의장군 수련관〉에 입소하여 숙소에 배정되어, 담당 조교의 이런 명령이 떨어지자 학생들은 어리둥절하여 서로 눈치만 살폈다.

"뭣들 하나? 홍의군복으로 갈아입지 않고! 엉?"

이미 홍의군복을 입은 몸짱의 조교가 호통치자 그제야 학생들은 침상에 놓인 홍의군복으로 갈아입기 시작했다.

"야! 동작 봐라! 빨랑 못해?"

마치 논산훈련소의 신병에게 다그치듯이 다시 명령이 떨어지자 학생들은 허겁지겁 홍의군 복장을 갖추었다.

"에, 이제부터 제군들은 퇴소할 때까지 홍의군이 되는 거다. 그럼 모두 따라오라! 현장견학을 간다!"

이윽고 최 학감과 조교의 인솔로 홍의군이 된 학생들은 맨먼저 의병광장으로 갔다. 그곳은 천강 곽재우 홍의장군과 의병들의 호국정신을 기리고 조선 최초 의병의 고장으로서 의령을 전국에 널리 알리기 위해 세운 홍의장군 동상이 있는데, 기단을 합쳐 높이 17미터로 붉은 옷을 입은 곽재우 장군이 백마에 올라 적진을 향해 호령하는 웅장한 기상을 담았다. 또한 벽면 전시대에는 왜군들과 전투하는 홍의장군을 비롯한 장령들의 비장한 모습이 부조로 새겨져 보는 사람들의 옷깃을 여미게 했다. 따라서 이를 바라보는 홍의군 학생들은 자신이 홍의장군의 부하가 된 듯한 착각에 빠졌다.

"야! 관람 질서가 이게 뭐냐? 왜군들이 본다면 비웃겠다. 질서있게 관람하라!"

"옛! 명에 따르겠습니다!"

다음 두번째로 홍의군 학생들을 인솔하여 간 곳은 의령군 유곡면 세간리에 위치한 현고수였다.

"여기는 곽재우 장군이 임진왜란으로 나라의 운명이 풍전등화일 때 이 느티나무에 큰북을 매달아 울림으로써 사방의 의병들을 모아 훈련시킨 조선 최초의 의병 발상지이다! 보라! 지금도 그때의 충정을 과시하듯 600년의 풍상에도 끄떡없이 버티고 있으니, 제군들도 나라를 사랑했던 홍의장군의 애국혼을 본받아야 할 것이야!"

"예엣! 장군의 명을 따르겠나이다!"

최 학감의 해설에 홍의군 학생들은 사극 드라마의 엑스트라 병졸들처럼 힘차게 대답했다. 다음은 오늘의 현장견학 중 마지막 코스인 정암루 솥바위로 갔다. 남강물이 유유히 흐르는 철교 아래 가마솥을 닮은 바위가 물 위에 떠있듯이 유유자적하니, 그 이름이 바로 정암루 솥바위였던 것이다.

"이곳은 그 옛날 선인들이 나룻배를 타고 왕래하던 나루터이지만, 임진왜란 때에는 곽재우 홍의장군이 왜적을 잠복끝에 몰살시킨 승전지로 유명하다. 그야말로 지금도 살아있는 역사의 현장이라 할 것이야."

역시 최 학감의 일장 해설에 홍의군 학생중에 한 녀석이 큰소리로 외쳤다.

"제군들은 들어라! 임진왜란 때 이곳에서 빛나는 승리를 거두신 홍의장군님께 묵념!"

"와아! 하하하! 모(뭐)야? 여기가 개그콘서트의 봉숭아학당이냐?"

그러자 홍의군 학생들은 일제히 웃음을 터뜨렸는데 이때 최 학감이 받아쳤다,

"그래! 말 잘했다. 천강 곽재우 홍의장군님을 위한 묵념 시작!"

그리하여 엄숙한 분위기 속에 묵념이 끝나자, 이윽고 그들은 수련관으로 되돌아왔다. 그런데 식당에서 홍의군 학생들이 받은 저녁식사가 상상을 초월한 식단이었으니, 그것은 꽁보리밥으로 뭉친 주먹밥이었던 것이다.

"어어! 이게 뭐예요? 이걸 먹어요?"

그래서 처음 주먹밥을 대한 수련생들은 와자지껄 소란을 떨었는데, 이때 식사지도를 위해 참석한 딸봉 한유복 관장이 일갈했다.

"제군들은 듣거라! 바로 이것이 임진왜란 때 홍의군 의병들이 먹었던 보리주먹법이니라! 소금에 간도 맞췄으니 군말 말고 한 덩이씩 먹도록 하렸다!"

"예에? 이것만 먹는 거예요? 중학교 때 수련원에 가서는 뷔페에 간식으로 피자까지 먹었다구요!"

"뭐야? 왜군과 싸우는 의병인 너희들이 그런 대접을 받길 바라느냐? 잔말 말고 어서 먹엇! 식사시간은 단 5분이야! 언제 왜군이 쳐들어올지도 모르니까...!"

이때 최 학감이 이렇게 호통을 쳐서 홍의군 학생들은 마지못해 보리주먹밥을 먹었는데, 점점 꿀맛으로 변해서 더 달라고 아우성을 치는 녀석들까지 나타났으니...!

저녁 식사 후에 휴식을 취하고 저녁 8시가 되자 야간교육으로 '의병 횃불점화식' 후에 조선군 의병과 왜병으로 편을 갈라서 '의령 큰

줄다리기'가 펼쳐졌다. 먼저 운동장에 모여 준비된 홰에 불을 붙여 횃불을 흔들며 천강 곽재우 홍의장군이 신조로 삼았다는 다음과 같은 구호를 외쳤다.

"의병은 싸울 뿐이다!"

"결코 승리를 자랑하지 않는다!"

천강 곽재우 홍의장군은 필승의 전략으로 연전연승을 거둔 유격전의 맹장이었다. 하지만 그는 전공의 포상을 바라지도 않았고, 부귀와 공명을 탐하지도 않았던 것이다.

"어떠냐? 이제 의병 횃불체험으로 홍의장군의 애국 충혼이 느껴지지 않느냐?"

최 학감이 큰소리로 묻자 홍의군 학생들이 합창하듯 대답했다.

"예! 왜적은 나와라! 우리가 무찌른다!"

"좋아! 그럼 지금부터 홍의군 의병과 까마귀 왜병으로 편을 갈라 '의령 큰줄다리기'를 하겠다. 그래서 이긴 편은 의령의 명품 수박을 상으로 내리고, 진 편에겐 뒷산에 가서 해병대 훈련체험을 시키겠다! 알았나?"

그리하여 홍의군 학생들을 한 줄로 세워 홀수와 짝수로 나눈 다음에, 홀수는 홍의군으로 짝수는 왜군으로 정해서 시합을 벌였는데 그 결과는 어찌 되었던가? 3전2승의 룰로 각 경기당 5분씩 했는데 양편모두 1승씩에 3전은 끝내 무승부로 결말이 나지 않아, 의령의 명품 수박은 반쪽으로 쪼개어 함께 먹지 않을 수 없었던 것이다.

"나는 이곳 〈홍의장군 수련관〉을 세운 박천식 이사장입니다. 내가 이 수련관을 짓게 된 것은 여기가 저의 고향이지만, 어릴 때 가난으로 떠나지 않을 수 없었기에 특별히 애향정신이 깊다고는 말할 수 없겠습니다. 그런데 바로 여긴 계신 한유복 관장님이 저의 야간공고 시절의 국어선생님이셨던 바..."

하면서 박천식 이사장은 학창시절에 한유복 은사와의 사연을 소개한 후 말을 이었다.

"...에, 저는 천강 곽재우 홍의장군이 탄생하신 이곳을 고향으로 가진 사람으로서, 그분의 의병정신을 어떻게 구현할까를 생각해 보았습니다. 그러다가 저는 이 시대의 산업역군이 되어 우리나라를 부강시키는데 일익을 담당하기로 결심했습니다. 그리하여 지금은 견실한 중소기업을 운영하게 되어..."

이렇게 고향에 〈홍의장군 수련관〉을 짓게 된 진솔한 연설을 하자, 홍의군 학생들은 차츰 공감하고 감동에 빠져들었다. 그리고 다음날 천강 곽재우 홍의장군이 임진왜란 때 실제로 격전을 벌였던 정암진 전투체험을 하게 되었는데, 그것은 수련생들에게 참으로 값진 체험이 아닐 수 없었다. 여기서 참고로 역사에 기록된 정암진 전투를 소개하면 다음과 같다.

곽재우의 거듭되는 승전(勝戰) 소식을 듣자 사람들의 생각이 달라지기 시작했다. 산 속에 숨어서 동정을 살피던 사내들이 무더기로 내려와 홍의장군(紅衣將軍)의 깃발 아래로 모였다. 처음에 10여명으로 첫 발을 내디딘 의병의 수는 수백 명으로 불어나 마침내 2천명을 헤아리는 대부대가 되었다.

곽재우의 의병부대는 여러 전투에서 승리했지만, 정암진전투(鼎巖津戰鬪)야말로 그의 활약 중 가장 빛나는 승리로 꼽히는 싸움이다. 1592년 6월 함안을 점령한 왜군 2만명은 의령을 공격하기 위해 정암진에 도착해서 강을 건너기 위한 작전을 시도했다. 당시 경상도를 맡은 적장은 모리 테루모토이고 전라도를 맡은 자가 고바야카와 다카카게(小早川隆景)인데, 이순신이 이끄는 조선 수군이 일본 수군을 연속 격파하면서 제해권을 장악하자 해안으로 상륙하는 것이 어려워지게 되어, 육로를 통해 전라도를 침범할 계획을 세운 것이다.

하지만 정암진은 물이 워낙 깊은 데다가 그나마 얕은 곳은 진창이어서 도저히 깅을 건널 수가 없었다. 그래서 사로잡은 조선 백성들을 동원해 마른 곳만 골라서 깃발을 꽂아 표시하게 하고 다음 날 해가 뜬 후 강을 건너려고 했다. 이런 사실을 손바닥 보듯 훤히 알고 있던 곽재우는 밤새 의병들을 시켜 깃발을 모조리 뽑아 진창으로 옮겨 꽂게 하고, 수심이 깊은 곳에는 장애물을 설치한 뒤 강변 갈대밭에는 궁수들을 매복시켜 놓았다.

날이 밝자 과연 왜병들이 강가로 꾸역꾸역 몰려 나왔다. 그리고 깃발을 달아 강을 건너다가 모조리 진창에 빠져 허우적거리기 시작했다. 이때 정암진 벼랑 위에 붉은 갑옷을 입고 백마 위에 높이 앉은 장수 한 사람이 나타나더니, 긴 칼을 높이 쳐들고 벼락치듯이 소리를 질렀다.

"쏴라! 한 놈도 놓치면 안 된다."

비오듯 화살이 날고 여기저기서 왜병들이 거꾸러지기 시작했다. 선발대가 조선 의병들의 매복작전에 걸려 거의 전멸되자, 왜군은 머릿수만 믿고 인해전술로 밀고 나왔다. 곽재우는 무모하게 숫적으로 우세한 적군과 맞서지 않고 의병들을 후퇴시킨 다음, 여기저기 산등성이와 산골짜기 속에 군사들을 숨긴 뒤 유인작전을 펼쳤다. 그뿐 아니라 자신과 키와 몸집이 비슷한 부하 10여명을 뽑아서 가짜 홍의장군을 만들어 천강홍의대장군(天降紅衣大將軍)이라고 쓴 대장기를 들고 곳곳의 길목을 지키게 하였다. 그런 후 한 무리의 군사를 거느리고 적진으로 쳐들어가 백병전(白兵戰)을 벌이다가 말머리를 돌려 후퇴하니, 그제서야 제 정신으로 돌아온 적병들은 고래고래 악을 쓰고 조총을 쏘며 추격해 오기 시작했다.

그런데 그렇게 한참을 쫓다보니 이게 웬 조화란 말인가. 여기에도 홍의장군, 저기에도 홍의장군이 나타나서 우렁차게 호통치며 어지럽게 칼춤을 추는 것이 아닌가. 놀라서 넋이 나간 왜병들은 등을 보이며 다시 강변으로 도망치니 이번에는 사방에 숨어 있던 의병들이 나타나 마구 공격해대기 시작했고, 결국 이 전투에서 2만의 왜군 가운데 8천여명이 전사하는 피해를 입고 참패하였다. 그 뒤부터 왜군은 홍의장군만 보면, "하늘에서 내려온 신장(神將)이 나타났다!" 하면서 도망다니기 바빴다.

2박3일의 〈홍의장군 수련관〉 교육일정이 끝나는 날 운동장에서 해단식을 할 때였다.

"홍의군들은 듣거라! 지난 2박3일 동안에 곽재우 장군님을 꿈속에서 뵈었느냐?"

한유복 관장이 첫날처럼 훈시를 하는데, 이때 학생복으로 갈아입은 입소생들이 합창처럼 외쳤다.

"옛! 봤습니다!"

"정말이더냐?"

"지금도 저희 앞에 서 계십니다! 바로 딸봉 관장님이 홍의장군 아 니십니까?"

그때 홍의장군 수련관에 입소한 학생들의 대표학생이 의병처럼 오 른팔을 치켜들며 외쳤다.

"허허! 누가 그리 시키더냐? 그래야 너희를 집에 보내준다고 말이 야? 사실대로 고하렷다!"

사실은 언젠가부터 최 학감이 그렇게 사주를 했는데, 하지만 한유 복 관장은 모른 체 하며 오늘도 이처럼 엄포를 놓는 것이었다. 그런 데 이때 수련생 모두의 입에서 함창처럼 터져나온 함성은 전혀 뜻밖 이었으니...!

"홍짱 수련관! 만세! 홍짱 수련관! 만세!"

"어허! 그건 또 무슨 소리냐?"

"넷! 〈홍의장군 수련관〉이 최고라구요! 조교님, 학감님, 관장님, 이사장님! 모두 짱이니까요!"

그제야 〈홍의장군 수련관〉의 딸봉 한유복 관장이 만면에 웃음 띤 얼굴로 해단식의 마무리 인사를 마쳤다.

"좋다! 이제 돌아가면 너희들은 21세기의 홍의군이 되어라! 그래 서 글로벌 시대의 한국인으로서, 세계 평화와 나라 발전에 기여하기 를 바란다! 이상 끝!"* (원제-「스승과 제자」 2011 청하문학 11호)

아홉.
너는 가수다

케이블 TV의 신인발굴 오디션 프로에서 사기를 당한
나영의 앞에 스타를 만들어 주겠다며 박태성이란 매니
저가 나타나서 그녀에게 집요하게 목포에서 열리는
'난영가요제'에 출전할 것을 권유한다. 나영은 처음엔
시큰둥한 반응을 보였지만 그가 MBC대학가요제에서
은상까지 수상한 경력과 그도 가수를 꿈꿨던 사연을 듣
고 의기투합하여 드디어 '난영가요제'에 출전하게 되
는데...!

창작 메모 : 이 소설은 82MBC대학가요제에서 본인이
'봄놀이'란 노래를 작사하여 금상을 수상했던 경험
을 바탕으로 썼다.

너는 가수다

"헤이! 미스 아가씨! 잠깐 나랑 얘기 좀 할까요?"

거리의 가로수 플라타나스 낙엽이 바람개비처럼 맴돌며 저만큼 보도 위에 추락한다. 넋이 빠진 듯 경황없이 걷던 나영은 마치 자신의 모습처럼 느껴졌다. 바로 이때 누군가 그녀의 뒤에서 말을 건네왔던 것이다.

"누구시죠? 전 지금 시간이 없다구요!"

나영은 낯선 남자에게 이렇게 대꾸했지만 말투는 당장 싸움이라도 걸듯이 사납게 쏘았다.

"하하! 내가 부른 미스 아가씨란 '미래 스타 아가씨'란 뜻이예요! 그러니까 잠깐 10분만! 아니 5분도 좋아요!"

"뭐라구요? 그럼 아저씨도 사기꾼이예요?"

순간 나영은 남자의 앞으로 다가서며 날카롭게 외쳤다.

"뭐라구? 날더러 사기꾼...? 하하! 그걸 어찌 알았지? 좋아요! 그럼 잠깐만 사기꾼 얘길 들어봐요!"

그러자 40대 후반으로 보이는 남자가 앞장을 서며 나영을 바로 골목 안에 숨어 있는 〈7080 추억호프〉로 이끌었던 것이다.

"...그래, 제게 하실 말씀이 뭐죠?"

이윽고 써빙하는 알바생이 호프 500짜리 둘과 마른 안주를 통짜 나무 테이블에 내려놓고 가자 나영이 역시 날카로운 말투로 물었다.

"요즘 인터넷 세대들은 피망증(피해망상증) 세대인가봐! 우선 한 잔 하고서 얘기하자구...!"

그가 먼저 호프잔을 들어 기울이는 바람에 나영도 어쩔 수 없이 보조를 맞추었는데, 이윽고 빈 잔을 쾅 소리나게 내려놓은 남자가 다시 입을 열었다.

"미스 아가씨! 난 미스타 박! 박태성이란 가수 겸 작곡가 겸 매니저예요. 근데 내 경우 미스타란 '미수에 그친 스타' 란 뜻이구...! 하하!"

그의 장황한 자기 소개에 나영이 순발력있게 받아쳤다.

"그러니까 절 미래의 스타로 만들어 주겠단 감언이설인가요?"

"어? 그리 감동없이 말하는 걸 보니까, 정말로 미스 아가씬 사기꾼한테 당했나보군?"

그러자 박태성이 난처한 표정을 지으며 잠시 침묵을 했다가 나영에게 엄숙한 어조로 질문을 해왔다.

"미스 아가씨! 또 한번 속는 셈치고 '난가페' 에 나가보지 않겠어요?"

"네에? '난가페' 라구요?"

"으응! 목포에서 가을에 열리는 '난영가요페스티벌' 인데, 내가 왕년에 MBC 대학가요제 은상 출신이걸랑! 그래서 신인 발굴을 하고 싶어서...!"

"흥! 어쩜 내가 만난 가짜 PD랑 똑같은 얘기네요?"

"아하! 그래서 아까 날더러 사기꾼이라고 했군? 암튼 좋아요! 그쪽 사기꾼한텐 어떻게 당했는지 모르지만 대신 나한테 복수해봐요!이번엔 미스 아가씨! 그래서 진짜 미래의 스타가 돼보라구! 하하!"

이곳에 따라올 땐 5분도 길다고 여겼는데 나영과 박태성은 벌써 20분 가까이 대화를 이어가고 있었다.

"네! 지피지기면 백전백승이라죠? 아저씨! 아니 박 가작매(가수.작곡가.매니저) 쌤에게 한번 더 속아드릴께요! 호호!"

나영은 웃음으로 말끝을 맺으며 문득 지난 날 그 치욕스런 사기사건의 추억에 잠겼다.

"공부는 천재가 아니라도 노력만 하면 우등생은 되는겨! 그래서 에디슨도 말했잖니? 자신의 성공은 99%의 땀으로 이루어진 것이라고...! 하지만 가수는 달라! 타고난 소질이 있어야지!"

바로 나영이 중학교 때부터 하란 공부는 안 하고 가수의 꿈에 미쳐 날뛰자, 그녀의 어머니가 마치 계모처럼 미워하며 꾸중하는 말이었다.

"엄마! 바로 내가 가수의 소질을 타고 났다구요! 한번 해볼까?"

하면서 나영은 중학교때 한창 인기가수이던 보아의 노래 '넘버원'

을 부르며 춤까지 추었다. 그러자 어머니가 기가 막혀 소리쳤다.

"이 년아! 가수는 아무나 하는 줄 알아? 잘못 하면 돈 날리고 몸 더 럽히는 게 가수란 말야!"

하고 이런 끔찍한 말을 아무렇지 않게 내뱉었던 것이다. 그런데 바로 그런 예언 탓이었을까? 기어히 그녀가 어머니의 뜻을 꺾고 예대 (藝大) 실용음악과에 입학하여 가수의 꿈에 넋이 빠졌을 때 가짜 PD가 그물을 쳐온 것이었다.

"이나영 학생! 나 이런 사람인데...!"

실용음악과의 전통에 빛나는 음악동아리의 회원이 되어 노래 연습을 마치고, 마악 캠퍼스의 교문을 나선 그녀 앞에 30대 초반의 남자가 다가와 말을 건네왔다.

"네? 누구신데 저를 아세요?"

"아! 한국예대 실용음악과의 이나영을 모르는 방송국 PD라면 그건 가짜라구! 학생이 얼마나 노래 잘 한다구 방송가에 소문난 지 알아?"

"뭐라구요? 그게 정말예요?"

그때만 해도 나영은 순진하고도 어리석은 가수 지망생에 불과했다고나 할까? 이런 한 마디에 홀딱 넘어가 그 남자가 내미는 명함을 소중히 받아들고 그를 우러러 보았던 것이다.

"요즘 우리 케이블 TV에서 대박난 프로 '슈퍼가수 M' 알지? 내가 그 프로의 PD라구! 그래서 은밀히 슈퍼가수로 띄울 후보를 찾고 있다구...?"

"네에? 그건 지망생들끼리 경합하는 프로가 아닌가요?"

"이런! 그런 지망생 애들은 모두 오합지졸이야! 진짜 산삼같은 숨은 스타감은 나처럼 찾아다녀야 한다구...!"

"아! 그렇군요? PD 선생님! 고맙습니다!"

그때 나영은 벌써 인기 연예인이라도 된 듯 PD라는 사람에게 허걱 덤벼들었던 것이다.

"근데 나영이를 슈퍼 가수로 띄우려면 충전비가 필요해!"

이윽고 귀신에 홀린 듯 몇 번 그와 만나는 동안에 나영은 정말로 전국 예선에서부터 계속해서 합격자로서 승승장구했던 것이다. 그때마다 가짜 PD는 케이블 TV방송국으로 불러 은밀한 지시와 정보를 줌으로써 나영에게 사이비 교주처럼 군림했던 것이다. 그러던 어느 날 이런 요구를 아주 당당하게 해왔다.

"PD님! 충전비라뇨?"

"야! 풍선이 그냥 하늘로 떠오르냐? 가스를 넣어야지! 슈퍼가수도 마찬가지란 말야!"

"아아! 네에! PD님!"

결국 나영은 평소에 남몰래 저축했던 비자금과 어머니에게 최대한 이쁜 딸도둑년이 되어 털어낸 거금을 홀딱 날리고 말았던 것이다. 그리고 석 달이나 지났지만 나영은 아직도 충격의 후유증에서 벗어나지 못하고 있었다. 한데 또 이 남자의 유혹에 빠져드는 건 아닐까? 나영은 벌써 두 잔째의 호프를 입안에 쏟아붓고 나자 알콜의 반응을 느끼면서 박태성을 쏘아보았다.

"하하! 왜...? 이번엔 절대로 안 속겠단 말이지? 하지만 예술가는...! 아니 가수가 되려면 바보가 돼야 한다구! 누가 뭐래도 가수가 될 수 있다면 무조건 미쳐야 그 꿈을 이룰 수 있단 말야! 내가 MBC 대학가요제에 출전해서 은상을 받을 땐 어떤 일이 있었는지 알아? 그때 나도 한 사기꾼! 아니 선배를 만났는데...!"

하면서 박태성은 그녀 앞에서 20여년 가까운 세월 너머로 멀어진 대학시절의 캠퍼스 추억속으로 달려갔다.

'아! 난 언제나 저 탑에서 날아볼 수 있을까?'

태성은 캠퍼스의 벤치에 앉아 남산 타워를 바라보면서 혼잣말로 중얼거렸다. 바로 그가 다니는 대학의 뒷산이 남산이요, 그곳에 우뚝 서 있는 남산 타워에는 각 방송국의 송신탑이 설치되어 있는 것이다. 그러니까 태성이 가수가 된다면, 그는 전파가 되어 남산 타워에서 쏟아질 것이 아닌가? 이런 상상에 빠져 있는 태성에게 뒤에서 어깨를 툭 치는 선배는 〈남도(남산 도깨비)〉란 별명을 가진 실용음악과의 늦깎이 복학생이었다. 그래서 그는 외모로만 보면 강사, 아니 교수님으로 착각할만 했다.

"야! 아후(아끼는 후배)야! 뭘 그리 보나? 하늘에 UFO라도 떴냐?"

〈남도〉 선배의 말에 태성은 그제야 시선을 돌리며 대답했다.

"형! 대낮부터 웬일이세요?"

"하하! 짜샤! 낮도깨비도 있잖냐?"

"하긴 금방 비가 내릴 것 같네요! ...근데, 형은 강의 없으세요?"

"얌마! 10년 도깨비가 강의 받을 게 뭐 있겠노? 너도 공강(空講)이면 날 따라 온나!"

"땡큐! 써!"

태성은 벤치에서 벌떡 일어나 〈남도〉 선배를 따라나섰다. 그리고 이 대학 학생들의 아지트인 〈동굴집〉으로 향했다. 술을 사는 건 〈남도〉 선배지만, 태성이 앞장선 것은 그만큼 둘이는 여러 번 그곳에 함께 갔던 것이다.

"자! 앉으라잉!"

마침 올 때마다 같은 테이블이 비어 있어서, 오늘도 태성과 〈남도〉 선배는 똑같은 자리에 마주 앉았다.

"마담형! 여기 술과 안주 줘잉!"

주인이 〈남도〉 선배와 나이가 비슷한 터여서 〈남도〉 선배는 이렇게 주문했다.

"오우! 예스! 〈송강주〉로 할까잉?"

여기서 〈송강주〉란 국문학사에 나오는 송강 정철이 〈장진주사〉에서 〈꽃꺾어 산놓고, 무진무진 먹세 그려!〉한 것처럼, 술을 여러 병 마시겠느냐는 뜻이었다.

"아후(아끼는 후배)랑 왔으니까, 물론이지잉!"

두 사람은 말꼬리마다 ㅇ(이응)을 붙여 주고받았다. 그리고 술이 오기가 바쁘게 서로 상대방의 잔에 따라서 마치 시합이라도 하듯이 들이켰던 것이다.

"헤이! 태성아! 너 그리도 빨리 가수가 되고 싶냐?"

술잔이 서너번 오갔을 때, 〈남도〉 선배가 태성의 눈을 쏘듯이 바라보며 물어왔다.

"형처럼 7수8수 할 수는 없다구요!"

〈남도〉 선배는 군대에 있을 때를 빼놓고, 해마다 연례행사처럼

MBC대학가요제에 출전했다지 않던가? 그래서 태성이 이렇게 야유성 대꾸를 했지만, 〈남도〉 선배는 오히려 기다린 대답이었다는 듯이 미소로 받아주었다.

"좋았어! 그럼 우리 합작 한번 해볼래잉?"

"합작이라뇨? 형이랑 나랑 듀엣? ...음! 그럼 팀 이름을 뭐라고 짓죠? 〈낮도깨비와 테리우스〉?"

태성이 이렇게 대답하자, 〈남도〉 선배는 팔을 내저으면서 말했다.

"얌마! 칠전팔기(七顚八起)는 복싱에서나 써먹는 말이구! 가수 스물아홉은 환갑이야! 그러니까 난 노래를 만들고, 네가 싱어로 출전하란 말야!"

"우와! 〈남도〉형! 저를 그리 평가하시는 걸 보니까, 벌써 꽤나 취해셨나봐잉!"

태성은 기쁜 마음이면서도, 짐짓 〈남도〉 선배의 말투를 흉내내어 대답했다.

"짜슥! 이제부턴 내 말을 하느님으로 알고 복종해! 알았제잉?"

그러면서 〈남도〉 선배는 갑자기 엄숙한 얼굴로 태성의 잔에 술을 따랐고, 태성 역시 진지한 태도로 〈남도〉 선배의 잔을 채웠던 것이다. 그리고 그들은 정말로 정철처럼 〈송강주〉로 마셔댔다. 태성은 결국 집에 들어가지 못하고 〈남도〉 선배의 자취방에서 하룻밤 묵는 신세를 졌다.

"...내 자취방이자 작업실이라서 엉망이다! 흉보지 말라잉!"

〈남도〉 선배는 무척 취했으면서도 이렇게 태성에게 양해를 구했고, 아닌게 아니라 그의 자취방은 마치 이삿짐을 풀어놓은 것처럼 난

장판이었다.

"아휴! 형! 정말 도깨비네잉! 하하!"

너무 기가 막혀 웃는 태성에게 갑자기 〈남도〉 선배가 달려들면서 소리쳤다.

"야! 이 짜슥아! 넌 꼭 대학가요제에 입상해야 한다잉! 그래서 내 지난 날의 꿈을 네가 대신...! 으흐흑!"

〈남도〉 선배는 더 이상 말을 잇지 못하고 갑자기 울음을 터뜨려, 태성을 당황스럽게 만들었다. 그때 태성도 왠지 가슴이 북받혀서 마주 〈남도〉 선배를 끌어안고 이렇게 외쳐댔다.

"그래! 형! 나 기어히 금년 대학가요제에 출전해서 입상을 할 거야! 그러니까 형이 좋은 노래만 만들어 줘요!"

"좋은 노래? 그건 내가 만드는게 아니야!"

그런데 이때 〈남도〉 선배는 뜻밖에도 이런 대꾸를 하는게 아닌가?

"아니! 형! 아까 〈동굴집〉에서 분명히 형이 내 출전곡을 만들어 준다고 했잖아요?"

"물론 그랬지! 하지만 아기를 낳으려면 어떻게 해야 하지?"

"으응? 그건 또 무슨 얘기우?"

의아해서 묻는 태성에게 〈남도〉 선배가 옷을 훌훌 벗어던지면서 대답했다.

"에헴! 그건 샤워 하고 와서 가르쳐 줄께!"

그러면서 〈남도〉 선배는 그의 버릇인듯 나체로 화장실을 향해 걸어갔다. 태성은 어지러움에 하나뿐인 침대로 가서 쓰러지고 말았다. 얼마나 시간이 흘렀을까?

"얌마! 너도 씻고 오라잉! 어린 게 웬 수컷 냄새람!"

별수없이 태성도 샤워를 하고, 두 사람은 한 침대에 누워 수면용 조명등을 켰다. 갑자기 방안이 푸른 세상으로 바뀌자, 〈남도〉 선배가 정말로 〈남산 도깨비〉처럼 기괴한 모습으로 변했다.

"와아! 형이 왜 〈남도〉인가 했더니, 이제 보니 정말이네? 히히!"

그래서 태성이 이렇게 놀려대자, 〈남도〉 선배는 두 팔을 뻗어 태성의 얼굴을 끌어당기고는 마치 주문을 외듯이 속삭였다.

"노래가 뭔지 알아? …그건 죽음이야!"

그의 눈빛은 SF영화의 외계인처럼 번뜩였다.

"형! 노래가 죽음이라뇨?"

어처구니가 없어 묻는 태성에게 〈남도〉 선배는 혼잣말처럼 중얼거렸다.

"그래! 목숨을 걸고 도전해야 하는 것이 노래니까! 그런데 난 소질만 믿고, 겨우 취미삼아서 했으니까 여지껏 안 됐지!"

그러면서 〈남도〉 선배는 침대에서 벌떡 일어나 머리칼을 쥐어뜯었다. 그의 이런 처참한 모습은 태성에게 정말로 도깨비를 만난듯 황당스럽기만 했다. 하지만 태성 역시 그의 심정을 너무나 잘 이해할 수 있었기에, 그냥 바라만 볼 수밖에 없었다.

"형! 이제 그만 자요!"

이윽고 태성이 〈남도〉 선배를 향해 애원하듯 말하자, 그제야 다시 침대에 그의 알몸을 눕혔다.

"태성아! 오늘밤 나의 모습을 기억해둬! 넌 나와 같은 아픔을 되풀이 해선 안 되니까…!"

"...참! 형! 아까 샤워하고서 가르쳐 준다던 건 뭐지?"

이윽고 태성이 궁금증이 생각나서 묻자, 그제야 마음이 진정된듯 〈남도〉 선배가 차분한 목소리로 대답했다.

"물론 내가 노래를 만들지만, 그 노래를 부를 태성이 얼마나 열망하느냐에 따라, 내 안에서 작사와 작곡이 나오게 된단 말야!"

"......?"

"아직도 이해가 안 가니? 노랫말과 작곡과 노래는 따로 떨어진게 아니라 하나라구! 즉 생명체와 같단 말야! 그러니까 남녀가 아기를 만들 때처럼, 너와 나는 한 마음 한 몸이 돼야 하는 거지!"

"점점 어려워요!"

"바보같은 짜슥! 얌마! 너의 노래에 대한 목숨건 처절한 열망이 내 마음속에 전달돼야만, 내가 그와 같은 작사와 작곡을 해낼 수 있을 게 아냐?"

"아! 이제야 알 것 같아요! 형의 말뜻을...!"

그순간 태성은 〈남도〉 선배의 마음! 아니 그의 영혼이 만신창이가 되어 몸부림치는 걸 보았다. 그와 동시에 자신도 같은 모습이 되어 나뒹굴었다.

"사랑한다잉! 너의 노래를...!"

"저두요! 형의 모든 것을...!"

이윽고 두 사람은 떨리는 목소리로 주고받으며, 서서히 한 마음 한 몸이 되어가고 있었다. 그것은 태성이 난생 처음하는 야릇한 체험이었다. 그런 탓인지 밤새도록 꿈도 이상스럽게 꾸었다. 다만 안타깝게도 그 꿈의 내용이 모조리 잊혀져서 기억나지는 않았지만, 암튼 황홀

하고도 행복했던 것만은 분명하다고나 할까?

"태성아! 너 오늘부터 나랑 〈영혼 주고받기〉를 해야 한다잉!"

다음 날 태성이 눈을 떴을 때, 〈남도〉 선배는 이미 아침식사까지 다 챙겨 놓고 활기에 넘치는 목소리로 건네왔다.

"어떻게요?"

"대학가요제에 출전할 너의 노래가 빨리 만들어지도록 재촉하는 메시지를 나의 삐삐에 수시로 보내는 거야!"

"아니! 형은 아직두 삐삐를 쓰우?"

"으응! 핸드폰은 내 작업을 방해할 수가 있거든! 019-233-454 0이니까, 알았지?"

"오케이! 밤낮 불문하고 지겹도록 할 테니까, 빨리 작업이나 끝내 줘요잉?"

태성은 이렇게 약속하고, 〈남도〉 선배가 차린 아침식사를 후딱 비워버렸다. 그리고 오전 강의가 첫 시간부터 있어서 먼저 학교로 왔던 것이다.

〈형! 어젯밤에 교향악을 연주했어요! 무슨 코를 그리 골우? ...참! 나 삐삐친 사연 아시지잉? 내 노래! 우리 이미 한 마음 한 몸이 됐으니까, 작사 작곡이란 쌍둥이를 임신할 수 있겠죠잉? 히히! 형을 무지 러브하는 태성이 띄웁니다! 하하! 참 제 핸드폰은 아시죠? 답신도 부탁해요잉!〉

첫번째 메시지라서 무척 고심하다가, 태성은 낯이 좀 뜨거웠지만 〈남도〉 선배의 삐삐에 이런 내용을 되도록 분위기를 잡고 목소리를 깔아 전송했다. 한데 이상하게도 〈남도〉 선배는 하루! 이틀! 사흘이

지나도록 태성에게 아무런 답신이 없었다.

〈형! 뭐야잉! 외로운 나 혼자 놔두고 무슨 딴 꿈을 꿔요? 내 노래는 어찌 되고 있어요잉?〉

짐짓 화가 난 투로 태성이 다시 〈남도〉 선배의 삐삐에 메시지를 입력시켰지만, 역시 무소식이었다. 그뿐 아니라 〈남도〉 선배가 수강하는 실용음악과의 강의시간에도 찾아가 보았으나, 그의 모습조차 사라져 버렸다.

'무슨 일이 생긴 건 아닐까?'

태성은 불길한 예감까지 들었지만, 그렇다고 불쑥 〈남도〉 선배의 자취방까지 찾아 갈 수는 없었다.

"아후(아끼는 후배)야! 네 맘대로 다시 여기에 와선 안돼! 닭도 알을 낳을 때에는 혼자 있어야 한다구! 알았지잉?"

그날 아침에 태성이 〈남도〉 선배의 자취방을 나설 때, 그는 다짐하듯 이런 당부를 해왔던 것이다.

〈혀엉! 너무해! 날 잊었우? 아니면 버린 거야? 노래는 나중 문제고, 핸드폰이나 한 번만 때려줘요잉! 흐흑!〉

정말 태성은 화도 나고 걱정을 지나 의혹도 생겨서, 〈남도〉 선배의 삐삐에 이렇게 아우성을 쳐댔다. 그리고 〈남도〉 선배가 태성의 핸드폰을 타고 달려온 것은 그때였다.

"태성이니? 오래 기다렸지잉?"

"와아! 심했어잉? 형! 살아는 있었구려?"

"미안해! 근데 큰일 났다!"

"무슨 큰일?"

"짜샤! 좋은 노래를 만들려면, 너의 삐삐를 백번쯤은 받아야 하는데, 오십 번도 안 받았으니, 작품이 미숙아가 됐지 뭐노? 안 그래?"

"왓? 벌써 노래가 완성됐단 말이우? 거기 어디예요? 형 자취방...? 당장 갈께요!"

그러나 태성은 조급한 마음에 이렇게 외치며, 핸드폰을 끄고 캠퍼스 교문을 향했다. 그리고 택시를 잡아타고 단숨에 〈남도〉 선배의 자취방으로 달려갔다.

"얌마! 너 총알이냐? 하하!"

태성이 곧장 〈남도〉 선배의 자취방 문을 열고 들어서자, 〈남도〉 선배는 말은 그리 하면서도 반가운 얼굴로 맞았다.

"형! 악보나 봐요!"

"얌마! 테리우스! 성질도 급하긴...! ...그래! 이 작품은 네가 쓴거나 마찬가지야! 너의 간절한 소망이 내게로 왔으니까!"

다음 순간 〈남도〉 선배는 한 손으로는 태성을 얼싸안고, 다른 손으로는 악보를 들고 기타를 찾았다. 태성은 빼앗듯이 악보를 받아서 〈신입생〉이란 노래의 가사를 읽어보았다.

그애와 내가 만난 건 정말 우연이었네!
그날은 대학입시 발표하던 날!
새벽부터 떨리는 조급한 가슴을 안고
흰눈 내리는 학교길을 걸어서 갔네!
학교로 독서실로 혹은 도서관으로
지나간 학창시절 3년 동안은

정말로 바쁘고 고달팠었네!

아! 가슴뛰는 입시의 관문!

흩어진 머리칼을 쓸어넘기며

함박눈 쏟는 하늘에 합격을 빌며 걸을 때

아차차! 우린 서로 맞부딛쳤네! 하!

아차차! 우린 서로 맞부딛쳤네!

그애와 내가 만난 건 정말 기쁨이었네!

그날은 처음으로 미팅하던 날!

아침부터 설레던 들뜬 가슴을 안고

꽃바람 부는 거리를 달려서 갔네!

어엿한 신입생된 그애의 모습을

이렇게 또다시 만날 줄이야!

정말로 기쁘고 반가웠었네!

아! 가슴 벅찬 사랑의 느낌!

하지만 그애도 나와 같을까?

가로등 불빛 아래 서로 마음 전할 때

아차차! 우린 그만 포옹을 했네! 하!

아차차! 우린 그만 포옹을 했네!

"형! 바로 제가 신입생된 추억과 딱이야! 너무 가슴에 와닿아요! 고마워잉! 혀엉!"

그때 태성은 눈물까지 글썽이며 〈남도〉 선배를 와락 끌어안고 이렇게 외쳤던 것이다.

"그런데 그때 놀라웠던 일은 〈남도〉 형이 내가 MBC대학가요제에서 무슨 상을 받을 것인지도 귀신같이 알아맞혔단 말야!"

이윽고 대학시절 가요제에 출전했던 추억에서 돌아온 박태성은 아직도 마술에서 풀리지 않은 해리포터의 주인공 같은 표정으로 나영을 바라보며 말했다.

"네에? 정말요? 어떻게요?"

"글쎄 본선에 뽑힌 출전자들이 한 달 가까이 합동연습을 했는데, 날더러 누가 노랠 제일 잘 하냐구 묻더라구...?"

"그래서요?"

"당시 내 생각엔 '지금 그대로의 모습으로'를 부른 유열과 "첫눈이 온다구요'의 이정석이 아무래도 큰 상을 받을 것 같았는데, 드디어 잠실 체육관에서 생방송으로 MBC대학가요제가 열리던 날 〈남도〉 선배가 응원차 나온 거야! 그리고 드디어 내 차례가 되어 무대로 나가려는 순간 대기실에서 매니저 노릇을 하던 〈남도〉 형이 글쎄 나에게 종이쪽지를 쥐어주면서 '넌 무조건 상을 탈 테니까 걱정말고 이 부적을 꼭 쥐고 노래를 부르라'는 거였어."

"네에? 부적이라고요? 호호!"

"으응! 근데 노래를 마치고 내려와서 살짝 종이쪽지를 펴보니까 뭐라 쓰였는지 알아? 세상에! '금상 아니면 은상'!"

"그래 맞았나요?"

"아암! 난 은상을 받았거든!"

"그럼 대상과 금상은요?"

"대상은 유열의 〈지금 그대로의 모습으로〉였고, 금상은 이정석의 '첫눈이 온다구요'였는데, 〈남도〉형이 말한 이유가 또 기가 막혔어요. 유열이 대상인 것은 그 해 MBC대학가요제가 10회였는데 열과 열이 만났으니 장땡이라서 최고상인 대상이 된 거고, 이정석이 금상인 것은 노래 제목이 '첫눈이 온다구요'인데 그날 정말로 체육관 창밖으로 첫눈이 펑펑 내리는 게 보이는 거야! 그러니까 이정석 노래 제목과 기가 막히게 맞아떨어졌던 거지! 결국 그런 천우신조(天佑神助)! 아니 천우이치(天佑理致)로 대상과 금상이 정해졌고, 나는 작사 작곡자인 〈남도〉선배의 본명인 최은휴(崔銀休)란 이름에 은(銀)짜가 들어가 은상을 받을 수밖에 없었대나...?"

이러한 별난 사연을 가진 박태성을 만난 덕택에 나영은 사기를 당하고도 또다시 〈난영가요페스티벌〉에 출전하게 되었는데, 과연 결과는 어찌되었던가? 바로 다음날부터 출전일이 100여일밖에 남지 않았으므로 〈100일 작전〉에 들어간 두 사람은 매일 박태성의 기획사에서 고시 공부하듯 스파르타식의 훈련에 돌입했던 것이다.

"노래가 뭔지 알아? 스포츠야! 그러니까 체력부터 키워야 해!"

하면서 헬스장에 데리고 가서 체력을 다졌다.

"노래는 수영 같아! 노래를 잘 하려면 호흡이 짧아선 안돼!"

하면서 노래 일절을 다 부르도록 숨을 쉬지 않는 훈련을 시키기도 했다.

"가수는 개성이야! 너만의 색깔을 가지라구!"

하면서 가수 싸이가 '챔피언'을 부를 때처럼 오도방정을 떨던지 미친 지랄을 해도 좋다고 했다.

"가수는 매력있어야 해! 걸그룹처럼 예쁘던지 방실이처럼 뚱땡이라도 뭔가 사람 끄는 매력이 있어야 한다구!"

하면서 온갖 느끼한 표정과 몸짓도 서슴치 말라고 가르쳤다.

"가수는 혼이 담겨야 최고수 가수가 되는 거야! 온갖 고통과 절망을 겪은 후에 부르는 노래! 그런 혼이 담겨야 관객을 감동시킨다구!"

하면서 소리꾼 장사익의 공연을 관람시키기도 했고, 피를 토하듯 열창하는 조용필의 '한오백년'과 임재범이 '나가수'에서 부른 윤복희의 노래 '여러분'을 들려주기도 했다. 이때 노래를 듣던 나영이 자신도 모르게 눈물을 흘리자 그제야 제대로 노래의 교육이 됐다며 흡족해했던 것이다.

"미스(미래 스타)야! 이젠 현장답사를 나가자!"

〈난가페〉가 한 달쯤 남았을 때 갑자기 박태성이 나영에게 말했다.

"네에? 현장답사라뇨?"

"이번 행사가 목포에서 열리잖냐? 그러니까 목포로 현장답사를 가잔 말이야!"

그리하여 나영은 박태성과 서울 반포터미널에서 고속버스로 목포를 향해 출발했다. 그런데 서해안고속도로로 달리니까 생각보다 빨리 도착했다. 물론 나영에게 목포는 초행이었다. 가수 이난영의 노래 〈목포의 눈물〉과 이순신 장군이 임진왜란 때 목포의 노적봉으로 승리를 거두었다는 얘기 정도밖에 모르는 그녀였지만, 서해와 남해의 남단에 위치한 목포는 너무나 아름다운 항구였다.

목포에 도착하여 택시를 불러 관광지를 부탁했더니, 유달산 조각 공원, 낙조대, 갓바위, 삼학도, 유달산 유원지, 춤추는 바다분수, 유달산 예술공원 등을 두루 친절하게 안내해 주었다.

"기사 아저씨! 목포란 이름에 포(浦)짜가 들었으니 항구인 줄은 알겠는데요, 목포란 지명의 유래는 어디서 온 겁니까?"

이윽고 관광을 마치고 숙박할 모텔로 오면서 묻자 택시 기사가 기다렸다는 듯이 대답했다.

"예! 목포란 이름은 나무가 많아서라우! 또 목화가 많이 나서 그리 불렀다는 얘기도 있지라우! 하지만 서해 끄트머리에서 육지로 들어오는 중요한 길목이라서 목포라고 했다는게 아무래도 가장 정설이지라우!"

목포에서 과히 크지는 않으나 친절하고 청결한 모텔에서 일박을 하고 난 나영과 박태성은 아침식사 후에 목포에서 태어난 '눈물의 가수' 이난영(1916년-1965) 여사를 기념하는 난영공원 대삼학도로 갔다. 약 1천여평의 부지에 조성된 공원에는 '목포의 눈물'과 '목포는 항구다'의 노래비와 우리나라 수목장 1호라는 이난영 가수의 수목장이 있었다. 수목장이란 죽은 유해를 화장한 뒤 뼛가루를 나무뿌리에 묻어 자연친화적인 장례 방식이라 하겠다. 2006년에 경기도 파주 공원묘지에 있던 이난영 여사의 묘를 이장한 후 유해를 목포로 운구해 삼학도의 20년생 백일홍 나무 밑에 화장한 유골을 묻는 절차로 수목장 안장식을 했다고 한다. 그녀가 세상을 떠난 지 41년만에 수목장으로 안장식을 하고 기념공원을 조성한 것이다. 이난영 가수의 혼이 살아 숨쉬고, 넓고 쾌적한 녹지공간과 시민의 편의시설 등이 설치된 이

공원은 목포의 관광명소로 자리잡았다.

"'목포의 눈물'로 유명한 이난영은 집안 형편이 어려워 목포공립 보통학교 4학년을 중퇴하고 조선면화주식회사에서 여공생활을 하다 가 16세가 되던 해에 태양극단에 입단하여 무명가수로 활동했다고 해! 그러던 중 1934년에 OK레코드사에 발탁되어 전속가수가 되었는 데, 손목인이 작곡한 '불사조(不死鳥)'를 취입함으로써 가요계에 데 뷔한 요즘 말로 하면 전설의 가수야!"

"황금심, 백설희 같은 우리나라 1세대 가수죠?"

"으응! 나영인 역시 트롯가수 체질인가봐? 그런 왕선배 가수들을 꿰고 있는걸 보니...! 하하! 암튼 그때부터 차츰 이름이 알려지기 시 작했을 때, 도쿄 히비야공회당에서 열린 '전국 명가수대회'에서 다시 한 번 재능을 인정받게 됐는데, 특히 이난영이 〈목포의 눈물〉을 발표 했을 때는 삽시간에 선풍적인 인기로 전국을 휩쓸게 됐어요! 지금도 '목포의 눈물'은 아마 가요무대 프로에서 단골 레퍼토리가 될걸?"

그순간 나영은 서울에서 태어나 햄버거나 피자를 즐겨 먹고 고생 이라곤 등하교 때 버스나 전철에서 승객들에게 떠밀린 기억밖에 없 으니, 이난영이 여고생 나이에 여공을 하면서 가수를 꿈꾸었다는 사 실이 도무지 상상되지 않았다. 하지만 이난영의 노래비에서 흘러나 오는 '목포의 눈물'을 듣는 순간 그녀의 목소리가 어찌나 애조를 띠 었는지, 가슴을 에이듯 스며들어와서 나영은 눈시울이 시큰해지고 말았던 것이다.

목포에서 1박2일의 현장답사를 마치고 서울로 돌아온 박태성과 나영은 〈나가페〉에 출전할 곡목을 결정하기 위하여 토론을 벌였다.

"이난영의 노래로만 출전할 수 있으니까, 기왕이면 잘 알려진 '목포의 눈물' 이 어때요?"

먼저 나영이 묻자 박태성이 고개를 좌우로 흔들며 대꾸했다.

"얌마! 수많은 출전자 중에 그 노래 선택할 사람은 너무 많을거야!"

"그럼 잘 안 알려진 노래를 찾아봐요?"

"그것도 불리해! 사람들이 모르는 노래는 막상 본선에 나갔을 때 청중들의 반응이 시원찮을 테니까...!"

"그럼 어떤 노래로 하죠?"

"얌마! '목포는 항구다' 가 있잖아?"

"그건 또 왜요?"

"요즘 '나는 가수다'! 즉 '이거는 저거다' 가 대세잖아? 하하하!"

이리하여 나영의 출전곡은 '목포는 항구다' 로 정했는데, 인터넷에서 이난영의 노래를 들어본 나영과 박태성은 고민에 빠지고 말았다. 대체 어쩌면 저리도 노래의 맛과 멋을 그처럼 가슴 저린 슬픔과 한으로 표현할 수가 있단 말인가? 요즘 K-POP 세대인 그녀로서는 도저히 흉내조차 낼 수가 없었던 것이다. 그래서 나영은 20여년의 삶속에서 아픔을 끄집어내려 애써 보았으나 허사였다.

"초등학교 4학년 때 중퇴할만큼 가난했던 소녀가 가수로 데뷔하여 파란만장한 삶을 살면서 결혼도 두 번씩이나 했던 아픔은 얼마나 컸을까? 그런 그녀에게 어쩌면 노래는 구원이었을지 몰라! 바로 그 처절했을 이난영처럼 나영도 노래를 생명줄로 여기고 붙잡아 보라구!

그리고보니 이름도 받침 하나만 틀리네! 하하하!"

박태성은 농담처럼 말했지만 나영에겐 비수처럼 파고드는 질책이었다. 결국 그런 고통스러운 과정끝에 어느덧 〈난가페〉 행사날을 맞게 되었고, 노적봉 예술공원 특설무대에서 KMS TV의 생방송으로 진행되었다.

"남도의 예향! KMS TV 주최로 서남해안 시대의 관문인 목포에서 화려하게 펼쳐드리는 〈난영 가요 페스티벌〉! 정말 뜨거운 열기속에 진행되고 있는데요, 드디어 오늘의 마지막 출연잡니다. 걸그룹의 멤버로 착각할만큼 미모와 댄스 실력을 겸비했는데요, 우리의 전통가요에 푹 빠졌다고 하네요! 〈목포는 항구다〉를 부를 이나영 양입니다. ...어? 근데 이난영 가수와 너무 비슷한 이름이죠? 하하!"

수다 버전인 MC의 소개가 끝나자 이난영 가수의 인기 절정때 모습인 흰색 저고리와 검정치마로 분장한 나영이 역시 이난영이 부른 원곡 버전의 반주로 다소곳이 무대에 나와 〈목포는 항구다〉의 1절을 불렀다.

영산강 안개 속에 기적이 울고 / 삼학도 등대 아래 갈매기 우는
그리운 내 고향 목포는 항구다 / 목포는 항구다 똑딱선 운다.

그런데 노래의 1절이 끝나고 간주로 접어들자, 갑자기 현대적 감각의 트롯메들리 반주로 바뀌면서 무대복도 앙드레 킴의 화려한 한복의상으로 순식간에 갈아입고 나와 〈신사동 그 사람〉의 주현미와 〈밧줄로 꽁꽁〉의 김용임을 섞어찌개한 듯한 버전으로 신바람나게 불

러제쳤던 것이다.

　유달산 잔디 위에 놀던 옛날도 / 동백꽃 쓸어 안고 울던 옛날도
　그리운 내 고향 목포는 항구다 / 목포는 항구다 추억의 고향

　그러자 잠시 어리둥절했던 관중들이 웃음을 터뜨렸고 박수갈채가
쏟아져 나왔다. 그런데 2절이 끝나고 다시 시작된 간주부터는 정말로
상상을 초월했으니, 글쎄 이번엔 걸그룹 '소녀시대'의 멤버같은 하의
실종과 파격노출로 바꾸어 떼거리 아이돌 무용팀과 함께 K-POP으
로 편곡된 3절을 불렀던 것이다.

　여주로 떠나갈까 제주로 갈까(말까 갈까) / 비 젖은 선창 머리 돛대
를 달고(내리고 달고)
　그리운 내 고향 목포는 항구다(아름다운 항구다) / 목포는 항구다
이별의 고향(타향 고향)

　이렇게 노래가 반전되자 행사장은 발칵 뒤집어질 정도로 폭소와
박수와 함께 함성이 쏟아졌고, 이윽고 불꽃조명과 꽃종이폭탄이 터
지는 가운데 나영의 엔딩춤이 마무리되자 마치 대상 수상자같은 분
위기가 연출되었다. 하지만 요즘 최고 인기 절정인 아이돌그룹과 걸
그룹 그리고 인순이의 축하공연이 끝나고 막상 심사결과가 발표되었
을 때, 인기상, 특별상, 동상, 은상, 금상 수상자가 호명될 때까지 제
발 자신의 이름이 불리워지지 않기를 기도했던 나영은 드디어 대상

이 발표되는 순간 하마터면 졸도할 뻔했다.

"오늘의 대상은... KMS TV 주최 〈난영가요페스티벌〉! 한국가요 100년 '가요계의 여왕' 이난영을 추모하는 오늘의 대상은...! 첫번째 출연자인 황금산 군입니다! ...아! 좀 의외인데요! 남자 가수가 '난영 가요페스티벌'의 대상을 먹었으니까요! 하하!"

MC가 그뒤에도 뭐라고 떠들었지만 나영의 귀에는 아무 소리도 들리지 않았다. 다만 폭포수처럼 쏟아지는 눈물속에 비틀비틀 무대를 내려왔을 뿐이었다. 이윽고 얼마나 시간이 흘렀을까? 그 많던 관중들이 마치 목포 앞바다의 썰물처럼 빠져나가고, 스산한 가을 밤바람만 행사장을 휩쓸어갔을 때 누군가 나영의 앞으로 다가왔다. 그리고 그녀의 어깨를 토닥이며 조용히 속삭여왔다.

"나영아! 슬퍼하지 마라!"

"선생님! 으흐흑! 허억! 크크크윽! 죄송해요! 으흐흑!"

그녀는 박태성의 가슴에 무너지듯 쓰러졌다.

"이제야 나라를 빼앗기고 사랑에 상처받으며 노래 부른 이난영 가수의 아픔과 슬픔을 이해할 수 있겠니? 바로 그걸 깨달았다면 넌 진정한 가수가 된거야! 그러니까 '너는 가수다.'!"

"제가 가수라고요? 이렇게 처참하게 떨어졌는데두요?"

나영이 믿을 수 없다는듯, 아니 도저히 믿어지지 않아 이렇게 묻자 박태성이 미소를 띄우며 대답했다.

"으응! 이제야 내가 MBC대학가요제에 나갔을 때 〈남도〉 선배가 은상을 받을 걸 예언한 이유를 알겠다. 오늘 대상을 받은 황금산은 이름이 좋았던 거야. 황금으로 산...! 그렇잖니?"

"...아! 이젠 아무래도 좋아요! 선생님이 저를 가수로 인정해 주셨으니까요! 그리고 제가 무대에서 내 스타일대로 개성과 매력과 혼을 담아 원없이 노래를 불렀으니까요."

"그래서 '너는 가수다'!"

"맞아요! '나는 가수다!' ...전 오늘 진정한 가수로 태어났다구요!"

얼굴은 웃고 있어도 눈물범벅이 된 나영이 이렇게 대답하자, 박태성이 저 멀리 검푸른 밤바다의 수평선을 바라보며 말했다.

"나영아! 지금 노랫소리가 들리지 않니? 이난영의 '목포는 항구다'! 바로 네가 부른 그 노래가...!"

두 사람은 함께 귀를 기울였고 분명히 아까 나영이 부른 노랫소리가 메아리되어 굽이쳐왔다.* (2013 동서문학 봄호)

여얼.
검은 백죠

M대학 학보사 편집국장인 한정필은 간밤에 캠퍼스의
중앙광장에 서 있는 모교의 설립자 민초 한신교 선생의
동상에 밧줄을 걸어 목매어 죽은 정진창 강사의 사건을
기사로 쓰려고 컴퓨터 앞에 앉았으나 한 줄도 못쓰고
망연자실해 있을 뿐이다. 그리고 그는 학보사의 신입
기자 시절에 처음 인터뷰했던 정진창 강사와의 추억 속
으로 달려가게 되는데...!

창작 노트 - 〈다문화가족〉이란 말이 생겨난 요즘이
지만 명문대학에서 교수를 채용할 때는 〈순혈주의〉
의 해악에서 벗어나지 못하는 것 같다.

검은 백조

지난 여름의 서울은 너무나도 엄청난 몸살

을 앓았다고나 할까? 그 이름처럼 조용히 잠자던 우면산에 산사태가

일어나 16명의 사망자가 발생한 사건은 아무리 생각해봐도 어처구니

없는 일이었다. 물벼락을 쏟아붓던 여름이 물러가고 어느새 북악산

의 하늘이 파랗게 높아졌다. 가을이 성큼 다가왔다. 그리하여 M대학

의 캠퍼스에도 온통 찬란한 단풍축제가 펼쳐졌는데, 바로 이런 상상

을 초월한 사건이 터진 것이었다.

'이건 우리 대학 100년사에 초유의 사태야! 6.25때 인민군이 주둔

하여 캠퍼스를 점령한 것보다도, 군사독재 시절에 위수령을 발동하

여 군인들이 난입한 것보다 더욱 끔찍한 일이 아닌가?' M대학 학보

사 편집국장 한정필(韓正筆)은 이 사건의 기사를 쓰기 위해 컴퓨터를

켜놓고 앉았지만, 벌써 한 시간 동안이나 자판과 모니터만 번갈아 바

라볼 뿐이었다. '사건'이란 다름 아닌 간밤에, 캠퍼스의 중앙 잔디광장에서 있었다. 우뚝 서 있는 학교의 설립자 민초(民草) 한신교(韓信敎) 선생의 동상에다 밧줄을 걸어 학교의 강사가 목매어 죽은 일이었다. M대학의 건물 내부나 외부 곳곳에 CCTV가 설치되어 있어서 24시간 녹화되고 있었으나, 캠퍼스 중앙 잔디광장의 사고지점은 예외여서 엉뚱한 의문점을 자아냈던 것이다. 즉, 사망의 정황은 자살로 추측되지만 혹시 누가 타살하여 연출한 의문도 상상할 수 있었다.

'도대체 정진창 강사님은 왜 그렇게 죽었을까? 아니 누가 그를 죽인 걸까?'

이미 경찰에선 그의 죽음을 자살로 단정하여 장례까지 치르게 되었다. 그러나 M대학 학보사 한정필은 이런 근원적 의문이 머릿속을 떠나지 않았다. 곧 마감 날짜가 다가왔지만 기사 작성을 못한 상태였다. 문득 한정필 편집국장은 M대학 학보사의 수습기자 시절에 국어국문학과의 정진창 강사와 처음 인터뷰 기사를 쓰던 추억이 떠올랐다.

"야! 쫄따구들! 이제 수습딱지 떼려면 마지막 관문이 남았다."

당시 편집국장인 대호(大虎-M대학의 상징동물인 호랑이 중에 우두머리란 뜻으로) 형이 새내기 수습기자들을 불러 모아 말문을 열었다.

"네에? 그게 뭔데요?"

아직 순진티를 벗지 못한 쫄수(쫄따구 수습기자)들이 이구동성으로 물었다.

"에, 해마다 같은 과제인데 '명강사 명강의'란 인터뷰 기사를 쓰는 거다! 즉, 우리 학교엔 강사가 70%다. 그 중에 '슈퍼 스타K'처럼 최고의 명강사가 있을 거야! 바로 그런 명강사를 찾아 3일 안에 참신하고도 따끈따끈한 인터뷰 기사를 써 오면 쫄수상(쫄따구 수습기자상)을 수여하게 된단 말이다! 알았나?"

"넵! 알았슴다!"

"좋아! 그럼 현장 찾아 런닝맨! 출발하란 말야!"

그리하여 한정필을 비롯한 10여명의 쫄수들은 전쟁터의 전투병처럼 흩어졌다.

'근데 이 넓은 캠퍼스의 수많은 학과의 강의실 중에서 어떻게 명강사를 찾지?'

설립자 한신교 선생의 동상이 있는 중앙광장의 본관을 중심으로 좌우에 위치한 캠퍼스 건물이 무려 40여동이나 빽빽이 늘어서 있었다. 이를 다 돌아보자면 아마도 일주일은 걸릴 것이었다. 그중에 어떻게 명강사를 찾아 3일 기한 안에 기사를 쓸 수 있단 말인가? 한정필은 교양학부 과정을 마치면 전공학과를 국어국문학과로 내심 결정하고 있었기에, 문과대학 건물인 '녹두관'으로 찾아갔던 것이다. 학교 개교 이래로 매 시간마다 차임벨의 소리를 '새야 새야 파랑새야'로 해서 붙여진 건물명이었다.

"안녕하세요? 학보사 새내기 수습기자 한정필입니다. 혹시 국문과 선배님이신가요?"

몇 번의 실패 끝에 국어국문학과 2학년 선배를 찾아 용건을 부탁하자 단박에 '명강사' 주인공을 가르쳐 주었던 것이다.

"오우! 명강사라구? 그야 '엉망진창 강사'가 있지!"

"네에? '엉망진창 강사'라뇨?"

"하하하. 그건 하도 강의가 파격적이라서 붙여진 별명이구, 정진창 강사님이라구 아주 강의의 달인이야!"

"강의의 달인요? 개그콘서트의 김병만을 닮았나요? 하하하."

얼핏 그런 생각이 떠올라 2학년 선배에게 물으며 한정필도 웃음을 터뜨렸는데, 선배는 따라오란 눈짓을 하며 앞장을 섰다.

"바로 지금 그 강사님의 수업이야! 백문이 불여일견이니까 와서 직접 들어보라구!"

그래서 한정필은 마침 공강(空講)이라서 당장 그의 안내로 정진창 강사의 수업을 듣게 되었는데, 그 결과는 어떠했던가? 우선 여느 강의실과 똑같았지만 뜻밖에도 칠판 앞의 교탁에 새하얀 배나무꽃이 화병에 소담하게 꽂혀 있는 것이었다. 한정필은 입학한지 겨우 2개월 여밖에 안 됐지만 대학 강의실에서 꽃병은 전혀 보지를 못했던 것이다. 그런데 유독 정진창 강사의 강의실에만 꽃병이 놓이다니 의아하지 않을 수 없었다.

"선배님, 여고 교실도 아닌데 웬 꽃병이죠?"

"학생들이 사온 게 아니라 정진창 강사님이 직접 가져 온 거야. 정진창 강사님은 자기의 수강생들에게 꽃처럼 아름답고, 향기로우며, 열매를 맺는, 그런 강의를 하고 싶다는 거야! 그래서 강의 때마다 꽃병을 가져온 거라구."

그러니까 제자를 이 세상에서 꽃처럼 아름다운 존재로 만들고, 꽃처럼 향기로운 즉 인간미 넘치는 사람으로 만들고, 꽃처럼 열매를 맺는 즉 보람과 결실을 거두는 사람으로 만들고 싶어, 이를 상징하는 꽃을 항상 가져와서 교탁에 꽂아놓고 강의를 한다는 것이었다. 한정필은 고개를 끄덕이며 2학년 선배의 설명에 깊은 감명을 받았다. 한데 정진창 강사의 복장은 한술 더 떠서 더욱 상식을 벗어났다. TV드라마로 젊은 층에까지 큰 인기를 끌었던 〈성균관 스캔들〉에서, 정약용 역을 맡은 탤런트 안내상과 비슷한 조선시대의 훈장 도포를 입었던 것이다.

"후후! 선배님! 저 옷은 또 뭐예요?"

그래서 한정필이 터져 나오는 웃음을 가까스로 참으며 물었다. 2학년 선배가 아주 당연하다는 투로 대답했다.

"그야 '조선 소설사' 시간이니까 그렇게 입었지! 좀더 있어봐! 정강사님의 강의는 진짜 드라마라니까."

이윽고 창가에 앉은 학생들이 일어나 창문의 커튼을 내리자 강의실은 어두워졌다. 다음 순간 칠판 위 천장에서 스크린이 내려오면서 요란한 국악 배경음악과 함께 강화도에서 배를 타고 청나라 군대에 쫓기는 와중에 고대소설 '구운몽'을 쓴 김만중이 선상(船上)에서 태어나는 장면이 나왔다.(무슨 사극 드라마와 역사 스페셜 프로에서 짜깁기를 한 화면 같았다.) 바로 여기에 정진창 강사의 사극조 해설이 깔렸던 것이다.

"조선시대 소설가라면 여러분은 처음 한글소설을 쓴 '홍길동전'의 허균을 떠올리겠지만, 나는 '구운몽'과 '사씨남정기'의 김만중을 더욱 가슴 아프게 떠 올린다 이겁니다. 왜냐? 이 화면에서 보듯이 김만중은 아버지가 당시 높은 관직에 있었지만, 인조 임금이 청나라에 항복하자 자결을 하여, 강화도에 피난을 갔던 어머니가 선상(船上)에서 김만중을 낳았으니, 그리하여 아명(兒名)을 선생(船生)이라 지은 불쌍하고도 가련한 유복자가 되었던 것이예요. 실은 나 역시 1980년 군부독재의 등장으로 나라가 엉망진창이던 때 총탄이 비오 듯 쏟아지던 광주의 금남로에서 쫓기던 나의 모친이 유복자로 나를 낳았으니, 김만중은 바로 이 몸의 아바타가 아니고 무엇인가? 그러니 나에게 조선 최고의 소설가는 김만중이라 이런 말씀입니다요."

김만중의 일대기와 작품에 대하여 한 편의 소설처럼, 아니 드라마로 엮어서 스크린의 화면과 함께 입체적 연기로 풀어가니까, 정진창 강사의 강의는 요즘 대세인 '예능강의'였다고나 할까. 하지만 다른 강사들이나 교수들은 이를 두고 '딴따라 강사'라며 악의적 혹평을 서슴치 않았다. 하지만 학생들에게는 대학 강의로서 너무나 신선한 충격이었으므로 '명강사 명강의'로 소문나게 되었던 것이다.

다음날 M대학 학보사의 새내기 수습기자인 한정필은 국어국문학과 강사들의 합동연구실로 정진창 강사를 찾아가 '명강사 명강의'의 기사를 위해 인터뷰를 요청했다.

"뭐? 날 인터뷰 하겠다고? 내가 웃긴다고 한정필 기자도 날 웃길거야? 허허허."

그는 한정필이 내민 명함을 보면서 마치 친구처럼 대꾸했는데 이는 완곡한 거절임에 분명했다.

"정 강쌤! 그러시면 전 학보사의 기자 수습딱지도 떼지 못하고 퇴출된다구요. 그러니까 꼭 좀……."

"뭐? 그게 정말이야? 그렇담 할 수 없지! 나도 앞으로 전임강사를 따야 하니까 남의 일 같지 않네!"

"네! 감사합니다."

그리하여 두 사람은 자리를 옮겼는데 그곳은 M대학 학생들이 잘 가는 '이모집'이었던 것이다. 옛날엔 M대학의 상징인 막걸리집이었다. 지금은 완전 탈바꿈하여 상호만 촌스런 '이모집'이지, 수입 맥주에 와인까지 다양한 주류를 선택할 수 있는 퓨전술집이었다.

"한 기자? '객잔방'으로 할까, '호방'으로 할까?"

이윽고 '이모집'에 도착하자 정진창 강사는 단골인 듯 먼저 물어 왔다.

"네? 객잔방은 뭐구 호방은 또 뭐예요?"

한정필이 의아하여 묻자 정진창 강사가 미소를 지으며 설명했다.

"으응! 우리 국문과는 여기 와서 막걸리를 마시면 '객잔방'이라 하고, 호프를 마시면 '호방'이라고 하거든!"

"아하! 그래요? 그럼 아무래도 객잔방이 좋겠죠? 저도 내년에 전공을 국문과로 택하려구요."

"오! 그래? 그럼 내 수강생! 아니 제자가 되겠군? 방가! 방가요!"

그러자 정진창 강사는 손을 내밀어 악수를 청하며 더욱 반갑게 소리쳤다.

"이모! 여기 막걸리 피처로요!"

"예에? 막걸리는 주전자가 아녜요?"

"하하! 여긴 막걸리뿐 아니라 호프와 와인까지 파는 글로벌 술집이잖아?"

그러니까 '민족의 대학'이라던 M대학에서 외국 유학파 총장이 나오자 '글로벌 대학'이라고 캣치 프레이즈를 내걸더니, 이젠 학교 앞의 술집마저 글로벌화된 것인지 몰랐다.

"그럼, 우리 '취중 인터뷰'로 할까?"

이윽고 막걸리 한 피처를 비우고 나자 정진창 강사가 먼저 입을 열었다.

"옛 써! 스탠 바이!"

순간 한정필은 만년필형 녹음기를 옷깃에 꽂고 정진창 강사와의 인터뷰를 시작했다.

"먼저 '정진창 명강사의 명강의 인터뷰'! '그것이 알고 싶다'! 강쌤께서 교수의 꿈을 갖게 된 동기는요?"

"어? 무슨 인터뷰가 그래? 국문과 강사에겐 '술에 얽힌 광란의 추억은?' 뭐 이런 게 제격이잖아?"

"아하! 좋아요! 강쌤! 그럼 술에 얽힌 에피소드는요?"

갑자기 뒤통수를 한 대 얻어맞은 느낌이어서 한정필은 자작으로 막걸리를 술잔에 넘치게 부어 입안에 쏟아붓고 나서 물었다.

"내가 우리 M대학 대학원에서 박사 학위를 할 때 지도해주신 장문학 교수님께선 '술의 급수와 단수'를 이렇게 말씀하셨네."

하면서 바로 장문학 교수의 은사이신 청록파 시인 조지훈 교수한테 들었다는 '주도론(酒道論)'을 소개했는데 '주도(酒道) 9급'과 '주도(酒道) 9단'은 다음과 같았다.

[9급]부주(不酒)-술을 못먹는 건 아니지만 안 먹는 사람
[8급]외주(畏酒)-술을 마실 줄은 알지만 마시는 것을 겁내는 사람
[7급]민주(憫酒)-술을 어느 정도 마실 줄도 알고 겁도 내지 않지만

취하는 것을 민망해 하는 사람

[6급]은주(隱酒)-술을 어느 정도 마실 줄도 알고 겁도 내지 않고 취할 줄도 알지만 혼자 숨어 마시는 사람

[5급]상주(商酒)-술을 어느 정도 마실 줄도 알고 겁도 내지 않고, 취할 줄도 알지만 무슨 잇속이 있을 때에만 마시는 사람

[4급]색주(色酒)-성생활을 위해 술을 마시는 사람

[3급]수주(睡酒)-잠을 자기 위해서 술을 마시는 사람

[2급]반주(飯酒)-밥과 함께 밥맛을 돋우기 위해 술을 마시는 사람

[초급]학주(學酒)-술의 진경을 배운 사람

[초단]애주(愛酒)-술을 취미로 마시는 사람

[2단]기주(嗜酒)-술의 진미에 푹 빠진 사람

[3단]탐주(眈酒)-술의 진경을 터득한 사람

[4단]폭주(暴酒)-술 마시는 것을 수련하는 사람

[5단]장주(長酒)-술 마시는 삼매에 빠진 사람

[6단]석주(惜酒)-술을 아끼며 인정도 아끼는 사람

[7단]낙주(樂酒)-술과 더불어 유유자적하는 사람

[8단]관주(觀酒)-술을 보기만 해도 즐거워 하되 이미 더 마실 순 없는 사람

[9단]폐주(廢酒)-술과 함께 이미 다른 술세상으로 떠나간 사람, 일명 열반주

그러나 '주도 9단' 이상은 없다는 것이다. 이유는 9단 이상의 사람

은 이미 이승 사람이 아니라나!

"자! 한 기자! 그럼 우린 무슨 술을 마실까? 급과 단을 골라 보라구."

이윽고 정진창 강사의 물음에 한정필이 잠시 망설이다가 재치있게 대답했다.

"정 강쌤! 아무래도 제게 해당하는 주급이나 주단은 없는 것 같네요. 그래서 이걸로 마시고 싶네요."

하고 막걸리에 소주를 타면서 말했던 것이다.

"정 강쌤! 이런 막소주는 어때요?"

그러자 정진창 강사가 폭소를 터뜨리며 그도 막소주를 만들어 입안에 쏟아부으며 말했다.

"역시 한 기자의 섹스, 아니 센스는 달라! 하하하!"

이렇게 펼쳐진 M대학 학보사 한정필 수습기자와 정진창 강사의 술자리는 주도 5단인 장주(長酒)로 이어져 그 결과는 한정필의 인사불성으로 막을 내렸으니, 역시 정진창 강사는 명강사(名講師)뿐만 아니라 명주사(名酒師)였다고나 할까?

이런 절차로 한정필 수습기자와 정진창 강사는 서로 급속히 가까와져서, 그의 자서전 같은 과현미(過現未과거/현재/미래)를 듣게 되었던 것이다.

이미 말했듯이 정진창은 광주 민주화운동 때 총탄의 우박에 쫓기며 유복자로 태어났던 것이다. 그의 삶은 홀어머니를 교통사고로 잃은 후 고아처럼 세상에 내던져졌다. 그보다 먼저 아버지는 유명한 대학교수였지만 반국가 시국사건에 연루되어 옥사하였던 것이다. 그래도 삼촌 덕택에 가까스로 고교 졸업까지 광주 고향에서 버티다가, 도저히 안 되어 서울로 올라왔고, 노량진 학원가의 강의실 청소부가 되어 대입 공부를 할 수 있었다. 이때 정진창은 기라성같은 입시학원 명강사의 명강의를 컨닝할 수 있었다. G대학과 M대학원에 입학해서는 하나뿐인 누나의 희생적인 도움과 본인의 고학으로 견뎌야 했다. 그 바람에 어머니의 교통사고 보상금까지 모두 소진하고 말았다. 그런데 박사 학위 과정에서 좀체로 통과가 되지 않았다.

"사실은 내가 M대학을 졸업한 순혈(純血)이 아니거든! 이제야 얘기지만 명문 사립대학에선 강사 자리를 놓고 순혈과 잡종(雜種)의 경쟁이 치열하다구."

"아하! 그런 일도 있나요?"

이때 M대학에 입학한 지 몇 달 안된 한정필로서는 전혀 상상하지 못한 일이었다.

"따라서 나는 M대학원 입학부터 난관의 연속이었지! 아마 내가 우리 M대학의 전국 대학문학상 소설모집에서 당선하지 않았다면, 국문과의 소설가이신 장문학 교수님과의 인연을 맺지 못했을 거구, M대학원 입학의 꿈도 꾸지 못했을 거야."

"그러니까 정 강쌤은 소설 당선으로 장문학 교수님의 총애를 받은 문하생이 되셨던 거군요?"

"맞아, 그래서 내가 G대학 졸업 후에 대학원을 여기 M대학에서 다닐 수 있게 되었고, 지금의 강사 자리도 역시 장문학 교수님 덕택이지. 현재 우리 국문과에서 전강(전임강사)을 놓고 다투는 강사는 나와 여기 학부생 출신들인데……아참! 내가 한 기자한테 별소릴 다하는군. 지금 난 주도(酒道) 중에 주책인가 봐."

정진창 강사는 여기서 말을 끊었지만, 이때 한정필은 충분히 그의 말뜻을 이해할 수 있었다. 하지만 요즘 '강부자'와 '고소영'으로 회자되는 세상에서, 이런 학맥주의(學脈主義)는 어쩔 수 없는 현상이 아닐까?

"아참! 한 기자도 국문과를 택할 거라구 했지?"

"네! 하지만 학문이나 문학 쪽은 아니구요, 언론이나 방송에 관심이 있어요. 물론 희망대로 되는 건 아니겠지만요!"

"으음! 하지만 어느 쪽이든 국문과라면 문학적 바탕이 중요하겠지? 그래서 얘긴데 나는 G대학의 국문과 시절에 예수님이랑 부처님을 만난 적이 있다구!"

"네에? 정말요?"

한정필이 어이가 없어 정진창 강사를 똑바로 바라보며 의아한 눈길을 보내자, 그는 다시 소막주를 단숨에 들이키고 나서 입을 떼었다.

"G대학에서 고학으로 버텨야 했던 그 시절의 마지막 4학년 때 10월 31일 밤의 추억인데……."

이때 정진창은 고3입시생을 지도하는 논술강사로 간신히 학비와 숙식을 해결하고 있었다. 그런데 갑자기 논술과외가 끊어졌고 자취방의 세를 대폭 올려달라는 주인의 요구로 친구네와 찜질방 등을 떠도는 신세가 돼버렸다. 이때 정진창은 서울역이나 영등포역에서 노숙자를 본 적이 있지만, 설마 자신이 그런 신세가 되리라곤 상상도 못했다. 하지만 그들처럼 지하철역을 전전할 수는 없었다. 학교 캠퍼스의 뒷산에 G대학 설립자의 묘소가 있었는데, 마치 왕릉처럼 잔디가 잘 가꾸어져 아직 날씨가 춥지 않았으므로 그곳에서 한데잠을 자게 되었던 것이다.

G대학이 도심의 변두리에 있어서 밤이 깊어지자 묘지는 적막강산이 되었다. 폭신한 잔디밭에 누운 정진창은 묘한 기분에 빠져 잠을 청했다. 그런데 점점 밤이 깊어지자 10월의 마지막 밤은 예상치 못한 추위가 엄습해왔다. 그는 엎드려도 보고 웅크리기도 하고 입었던 점퍼를 벗어 가슴을 덮어보기도 했지만 한기는 점점 몸속으로 파고들었다. 이렇게 추위와 싸우면서 전전반측(輾轉反側)의 실랑이 속에 밤을 지새웠는데, 순간 갑자기 '내가 이렇게까지 꼭 살아야 하나?' 하는 절망감이 엄습했던 것이다. 그래서 자신도 모르게 '죽어 버리자!' 자살을 꿈꾸게 되었다. 그리하여 마음속으로 '자살! 자살!' 소리를 중얼거렸던 것이다. 한데 몇 번 '자살 자살 자살 자살자...살자!' 로 바뀌는 게 아닌가. 세상에! '자살' 을 뒤집으니까 '살자' 가 되었던 것이다. 바로 그때였다. 정진창은 그의 곁에 누군가 다가오는 걸 보았다. 그래서 깜짝 놀라 자세히 본즉 바로 예수님과 부처님이 아닌가?

"허허허. 이젠 학생도 우리처럼 도를 깨쳤군 그래. '자살' 에서 '살자' 라! 그러니까 죽으려다가 살길을 찾은 게 아닌가?"

그순간 정진창은 분명히 예수님과 부처님이 이런 말을 하는 걸 보았다고 했다.

"정 강쌤! 혹시 그때 꿈을 꾼 게 아닐까요?"

너무도 믿기지 않아 한정필이 묻자, 정진창 강사는 술잔을 쾅 탁자에 내려 놓으며 외치듯 말했다.

"한정필! 네가 직접 경험하지 않았다고 믿지 않는 건 기자로서의 자세가 아니지! 세상엔 얼마나 현실 같지 않은 현실이 존재하는지 알기나 해?"

"그야 물론 저도 압니다. 가령 우리나라 대학들만 해도 전강(전임강사) 자리를 따려면 억소리 나는 돈을 바쳐야 하고...!"

"그건 내가 할 소리군. 자아, 이젠 그딴 소리는 집어치우구 우리 술이나 더 마시자구! 이러다간 주단(酒段)은 커녕 주급(酒級)도 못 따겠네!"

그날 저녁에 한정필은 정진창 강사와의 인터뷰를 이쯤에서 끝냈다. 그러나 그가 쓴 수습기자의 딱지를 뗀 '명강사 명강의' 기사는 M대학 학보사의 편집국장인 대호로부터 쫄수상(쫄따구 수습기자상)을 받았던 것이다.

그토록 자신감과 의욕에 불탔던 정진창 강사가 바로 전임강사 자리를 앞두고 자살을 하다니? 정진창 강사와의 추억에서 돌아온 M대학 학보사의 한정필 편집국장은 아무리 생각해도 해답이 나오지 않았다. 그래서 정진창 강사의 자살 기사를 쓰지 못하고 여전히 컴퓨터의 자판과 모니터만 쏘아 볼 뿐이었다. 바로 이때 그의 핸드폰이 자지러질듯 울렸다.

"여보세요? M대학 학보삽니다."

모르는 전화번호라서 의아심을 가지며 그가 핸드폰을 받자, 폴더 속의 여자는 아주 세련된 목소리로 용건을 말했다.

"한정필 편집국장님이신가요?"

"네! 그렇습니다만? 누구신지?"

"아! 맞군요.? 전 정진창 강사의 누나예요."

"네? 정진창 강사님의 누나라구요?"

한정필 편집국장이 의아하여 되묻자 그녀는 좀더 빠른 말씨로 대꾸해왔다.

"참! 이름을 안 밝혔네요. 정진창 강사의 누나인 정나미라고 해요. 초면에 죄송합니다만 한번 만나 주셨음 해서요?"

순간 한정필 편집국장은 그러지 않아도 정진창 강사의 기사가 쓰여지지 않아 전전긍긍하던 차였으므로 쾌히 승낙했다.

"지금 오후 3시니까 오늘 오후 6시에 강남 청담동... 아, 이 번호로 장소를 찍어드리죠."

한정필 편집국장은 그녀의 안내대로 약속 장소를 찾아가게 되었다. 그곳은 그가 상상도 못한 아주 은밀한 곳이었다. 언젠가 얼핏 신문에서 본 연예인들이 자주 찾는다는 청담동의 고급 유흥가에 있었던 것이다. 그리하여 한정필 편집국장이 가까스로 그녀의 앞에 섰을 때, 정진창 강사와는 전혀 딴판인 정나미가 방금 무슨 드라마 촬영을 하다가 달려 온 탤런트 같은 모습으로 반갑게 맞이했다.

"놀라셨죠? 하지만 M대학신문 편집국장님이라면 이런 장소도 와 보시는 게…!"

그런데 한정필 편집국장은 학교 앞의 '이모집'과 같은 술집에나 익숙했지만, 이런 고급 휴흥가의 레스토랑도 별로 놀랍게 느껴지지는 않았다. 그건 초면임에도 정진창 강사의 누나라는 여자가 친밀하게 느껴졌기 때문이었을까?

"우선 한 잔 하세요."

음료수와 맥주와 양주 중에서 음료수를 유리컵에 따라주며 그녀가 권해왔다. 한정필 편집국장이 음료수를 마시자 그녀가 이번엔 맥주를 한껏 거품이 뿜어지게 따르며 말했다.

"정진창 강사가, 아니 제 동생이 자살 전에 얘기하더군요. 자신에게 무슨 일이 생기면 M대학신문사 편집국장인 한정필 씨를 만나라구요."

"네에?"

정진창 강사의 누나 정나미가 아무렇지 않게 '자살'이란 단어를 내뱉으며 거침없이 용건을 쏟아내어, 한정필 편집국장은 거의 경악스럽기까지 했는데, 하지만 그녀의 어조는 여전히 마찬가지였다.

"정 강사는 동생이지만 정말 대단한 분이었어요. 유복자로 태어나서 그 숱한 고통 속에서도 M대학 강사까지 하고, 드디어 전임강사 자리에, 아니 거기에서 좌절하긴 했지만…!"

대단한 분? 정진창 강사의 누나라고 하면서 '분'이란 호칭이 의아하여 한정필 편집국장은 눈을 크게 뜨며 대꾸했다.

"그건 저도 잘 압니다. 그 분의 명강의를 취재하기도 했으니까요."

"그래요? 하지만 그 대학 학생들은 잘 모를 거예요."

"왜요? 정 강쌤에게 무슨 일이 있으셨나요?"

"그러니까 M대학에서 박사 학위를 받고 강사가 됐지만, 전임강사 앞에선 결국 '검은 백조'가 됐던 거죠."

"검은 백조라구요?"

"아! 아카데미 여우주연상을 받은 '블랙 스완'이란 영화를 보셨나요? 그 영화 속의 '검은 백조' 처럼, 정진창 강사는 M대학에서 다른 강사와 교수들한테 너무나 큰 스트레스를 받았던 거죠."

아! 그렇구나! 그런 일이 있었구나! 한정필이 M대학학보사의 수습 기자로서 정진창 강사를 찾아가 '명강사 명강의' 를 취재할 때 벌써 그런 낌새를 눈치 채긴 했지만 그후로는 만나지 않아 모르고 있었다고나 할까. 그동안 정진창 강사는 너무도 튀는 강의 기법에 학생들한테는 명강사로 인기였지만, 다른 강사들이나 교수들로부터는 '딴따라 강사' 라는 모멸을 받았을 것이다. 더구나 한정필 편집국장도 정진창 강사가 개설한 카페인 '엉망진창토피아' 에 가입했었다. 온갖 상상초월한 각종 메뉴에 경탄과 폭소를 금할 수가 없었던 것이다. '엉망 모꼬지(잔치의 옛말)' 에는 각종 오락방으로 가득 찼었고 '진창 모꼬지' 에는 다양한 학문방으로 꾸며졌던 것이다. 그래서 이 카페의 가입자만도 수 만 명에 매일 방문자만도 수백 명에 이르렀으니, 그야말로 요즘 유행하는 SNS에 도통한 달인이었다고나 할까?

"그러니까 세상에 처음 새로운 길을 만드는 사람한텐 가시덤불이 있듯이, 정진창 강사님도 그런 시련을 겪으신 거군요?"

직접 당하지 않았어도 한정필 편집국장 역시 충분히 짐작이 가는 일이어서, 그녀에게 이렇게 대꾸하자 더욱 황당한 사실이 쏟아져 나왔던 것이다.

"근데 대학 교수들은 최고의 지성인이라면서 어쩜 그럴 수가 있죠?"

"왜 또 무슨 일이 있었나요?"

"동생은 전임강사를 따기 위해 수많은 논문을 썼나 봐요. 그런데 이런저런 핑계로 실어 주질 않는다고 분개했죠. 세상에 왕따는 초중고 학교에서나 있는 줄 알았는데…!"

이제 그녀는 더 이상 말을 잇지 못하고 작은 유리잔에 양주를 가득 따라 마치 독약처럼 거푸 마셨다. 그런 그녀의 모습을 바라보며 한정필 편집국장은 계속 거기에 머무를 수가 없었다. 그리하여 벌떡 일어서며 말했다.

"이제야 알았습니다. 정진창 강사님은 자살이 아니군요!"

"네에? 아녜요! 내 동생은 분명히 내게 그런 암시를… 아니, 나라도 그런 모멸을 당했다면…!"

"아뇨! 제가 학보사 수습기자 때 인터뷰를 했을 적에 정 강쌤은 저에게 얘기했어요. 너무나 힘겹던 대학시절에 '자살'을 하려고 '자살 자살.' 하다가 보니까 어느 순간에 '살자'가 되더라구요. 그런 깨달음으로 세상과 맞서 온 분이 그럴 수는 없다구요!"

나의 분개한 목소리에 정나미는 다시금 확신에 차서 부르짖듯 소리쳤던 것이다.

"한정필 편집국장님! 그렇담 뭐죠? 이미 내 동생은 하얀 뼛가루가 되어 세상과 영별(永別)했다구요!"

"그래서 제가 그 의문사의 해답을 찾으려 했던 겁니다. 실은 오늘 우리 M대학학보사 편집국장으로서 정진창 강사님에 대한 기사를 쓰다가 왔거든요! 근데 영 쓰여지지가 않아 망설였는데 이제야 쓸 것 같네요."

"그럼 자살이 아니면 어떻게 쓰려구요? 누나로서 알고 싶네요! 그래야 세상을 떠난 동생의 원혼이라도 달래줄 수 있을 테니까요."

그러자 정나미는 맥주컵으로 테이블에 놓인 모든 종류의 술로 폭탄주를 만들어 단숨에 입안에 쏟아 붓고 나서 울부짖듯 말했던 것이다.

"그건 정 강쌤의 기사를 쓰면서 생각해낼 거예요. 그러니까 다음 주에 학보사 신문이 나오면 다시 여기 와서 누나에게 드리죠."

한정필 편집국장은 더 이상 대화를 중단하고 그 장소를 물러나 왔다.

어느새 청담동의 고급 유흥가는 더욱 요란한 불빛으로 거리의 인파와 차량을 밝혔다. 한정필은 잠시 헤매다가 겨우 전철의 입구를 발견했고, 이제야 취기가 오르는 듯 몹시 흔들리는 지하철 안에서 빈자리에 쓰러지듯 주저앉았다. 그때 안개처럼 몽롱하던 머릿속에 뚜렷이 떠오르는 해답이 보였다.

'정진창 강사님은 자살이 아니야. '자살'을 '살자'로 바꾸었던 그에게 세상이 '자살'을 하게 만든 거야. 따라서 그의 자살은 자신의 선택이 아닌 한 글자가 더 첨가된 타자살(他自殺)이야!'

다음날 한정필 편집국장은 신문 마감일이어서 아침부터 정진창 강사의 기사를 썼다. 그리고 그가 내린 결론대로 정진창 강사의 자살은 '타자살'이란 신조어로 명명(命名)했는데, 이때 뜻밖에도 M대학 학보사의 담당 지도교수인 권세현(權勢現) 교수가 나타나 지시를 했다.

"한 국장! 이번 학보의 편집에서 정진창 강사의 기사는 빼버리게! 학교 당국과 재단의 뜻이야."

"넷? 뭐라구요?"

"어허! 이봐! 학보의 국장은 모교의 강사로 가는 에스컬레이터인 것 자네도 알잖아? 그러니까 군소리 말고 시키는 대로 하라고...! 이미 일간지에 몇 줄 난 기사는 다들 잊었을 테니까, 새삼스레 다시 학보에 쓸 필욘 없잖은가? 참! 이번 가을에 열리는 대학축제에 학보사 차원의 특집기사나 잘 써보라구! 알았나?"

학보사의 담당 지도교수인 권세현 교수는 마치 명령하듯이 내뱉고는 뒤뚱뒤뚱 편집실 문을 열고 사라졌다.

'아아, 정진창 강사가 '검은 백조'라면 그럼 난 이제 뭐가 되어야 하나?'

한정필 편집국장은 마우스로 컴퓨터를 다운시키면서 혼잣말로 중얼거렸다. 하지만 그에 대한 해답은 얼른 떠오르지 않았다. 머릿속은 온통 로그 오프된 컴퓨터의 모니터 화면처럼 캄캄한 어둠 속에 묻혀버렸다.* (2013 문학나무 가을호)

열하나.
통일남북

48개 총무의 달인인 스승 최원일과 5만명의 고교총동
창회 총무인 한국일 제자가 의기투합하여 〈신속! 신
뢰! 비전!〉을 바탕으로 정치적 새바람을 일으켜 2012
년에 한국일이 40대 최연소 대통령으로 당선하여, 20
대의 북한 지도자와 남북통일을 함으로써 새로운 국경
일 〈통일절〉의 제정은 과연 가능할까?

창작 노트 - 지구상에 단 하나뿐인 비극적 분단국가
우리 조국의 현실에서 정치인이 해내지 못하는 〈통
일남북〉을 작가의 힘으로 실현하고 싶었다.

 **통일남북**

프롤로그 – 2015년 남북통일의 시대가 열린다!

삼각산을 타고 내려온 밤바람이 미끄러지듯 파란 지붕의 큰집을 감돌아 광화문 앞 세종대왕상의 등에 부딪혀 좌우로 흩어지는 밤이었다. 안가에 모여 앉은 몇 명의 주인공들은 서로 바라만 볼뿐 질식할 듯한 분위기였다. 이를 못견디겠다는듯 좌장이 무겁게 입을 열었으나 목소리는 하이톤이었다.

"말씀들 해보세요! 도대체 어떻게 하겠다는 건가요?"

하지만 아무도 먼저 입을 열려 하지 않았다. 이런 자리에서 섣불리 앞장섰다가는 자칫 미움이나 사는 경험을 했기 때문일까? 이때 좌장의 곁에 앉은 신임 총리가 입을 열었다.

"제가 이런 말씀을 드리는 것은 송구합니다만, 우리도 진즉 오바마와 힐러리처럼 했어야...!"

"그게 무슨 뜬금없는 소리요? 하도 소통! 소통 해서 아무리 젊은 총리를 앉혔기로...!"

그러자 나이로 말하면 실제보다 훨씬 젊어보이는 대표가 안색을 바꾸며 언성을 높였다. 하지만 당과 무관하게 여론에 떠밀려 입각한 신임 총리는 작심한듯 대꾸했다.

"그렇찮습니까? 오바마와 힐러리는 경선에선 서로 피터지게 싸웠지만 대통령 선거에서 공화당을 이기자, 화기애애한 국정 파트너가 되어 함께 뛰니까 얼마나 보기에 좋습니까?"

"이보세요! 비교할 것을 비교해야지요. 미국과 우리가 같습니까?"

"맞아요! 몇 번이나 회동을 가져봤지만 오히려 찬바람만 불어 아니함만 못했어요. 그래서 결국 오늘과 같은 사태에 직면한 겁니다."

"하지만 한나당이 두나당으로 쪼개지면 정권재창출은 물 건너가고 말아요! 어쨌든 그런 상황은 막아야 합니다!"

"그래서 오늘의 대책회의가 마련된 것 아닌가요?"

"결론은 이제야말로 우리가 함께 살기 위해서는 여지껏 국민들의 안줏감으로 씹히고 있는 소위 〈친주류〉니 〈반주류〉니 하는 것부터 타파해야 한다구요!"

드디어 좌중은 이런 중구난방의 토론장으로 바뀌었고, 좌장은 각자가 입을 열 때마다 지그시 바라다 볼 뿐이었다. 그러다가 이윽고 나시 하이돈의 입을 열었다.

"암튼 우리가 명심할 일은 2년 전 지자체 선거와 금년 4월 19대 국회의원 총선에서 야권의 단일화로 또한번 치명적인 폭탄을 맞은 만큼, 12월 대선에선 여권분열이란 불행을 자초해서는 안 된다는 겁니다!"

좌장의 이와같은 선언에 장내 분위기는 다시 처음처럼 무겁게 가라앉았다. 그러자 신임 총리가 다시 말을 꺼냈다.

"옳으신 말씀입니다. 그러기 위해서는 2007년 후보경선에서 승리했으니까, 요번에는 양보하는 것이...!"

그러자 맞은편에 앉은 대표가 아까처럼 펄쩍 뛰면서 소리쳤다. 마치 물컵이라도 내던질 기세여서 좌장마저 두 눈을 크게 뜨고 바라봤다.

"그런 모르는 말씀은 삼가세요! 정치가 무슨 장난입니까? 양보라뇨?"

"네! 제가 대학에서 한국정치사를 연구할 때 느낀건데, 3김 시절에 군부에 도로 정권을 내준 이유가 뭐였습니까? 서로 양보하지 않고 야권 분열이 되어서 패하지 않았던가요?"

"하지만 우리는 지난 2007년 대선 때 당당히 경선을 통해서 후보를 결정했던 겁니다! 따라서 이번에도 당내 지지도와 국민 여론을...!"

"대표님! 이젠 그런 구태의연한 방법으로는 유권자들을 감동시킬 수 없다는 사실입니다."

이때 신임 총리가 이렇게 대꾸하자 좌장이 손을 내저으며 다시 말문을 열었던 것이다.

"아니! 그게 무슨 얘깁니까? 유권자를 감동시킬 수 없다뇨?"

좌장이 신임 총리를 추천했을 때 매스컴에서 파격을 지나쳐 모험을 했다고까지 떠들었는데, 과연 40대의 소장파답게 그는 소위 정치 9단들 앞에서 겁없이 소신을 밝혔던 것이다.

"한국 정당에서 당내 지지도란 파벌이나 지연과 학연 같은 것에 의해서 얼마든지 왜곡되는 게 현실이지요. 또한 국민여론이란건 어떻습니까? 그건 양은냄비처럼 금방 뜨거웠다 식었다 해서 신뢰성이 없다고 생각합니다. 그러니까 지금까지 〈친주류〉에서 정권을 주도해 온 만큼, 이번 대선에서는 〈반주류〉에게 대권후보를 양보해야 한다는 논리죠. 물론 형식상으로는 민주주의의 원칙에 따라 정정당당하게 후보경선을 치르되 말입니다."

"이것 보세요? 이 나라 정치를 총리 혼자 하려는 겁니까? 그런 앞뒤 안맞는 논리 비약이 어디 있어요? 내 참...!"

이때 대표가 더는 참을 수 없다는 듯이 딴죽을 걸고 나서자, 좌장이 두 팔을 벌려 진정시키고 나서 결말을 짓듯이 휘갑을 쳤다.

"에, 아무래도 오늘 이 자리에서는 이쯤 해두는 것이 좋겠습니다. 총무는 조만간 다시 한번 모임을 주선해주세요. 그럼 늦었지만 만찬으로...!"

결국 여권 핵심부의 대선에 관한 대책회의는 여기에서 끝나고 말았다.

이 나라의 제1야당으로서 국민을 주인으로 섬긴다는 뜻의 국주당 당사에서도 오는 12월 19일의 대선을 위한 최고당직자회의가 열리고 있었는데...! 먼저 당총재가 좌중을 둘러보며 입을 열었다.

"그럼 오늘의 회의를 시작하겠습니다. 근데 지금 여당에서는 아주 골치 아픈 사태가 벌어지고 있죠? 친주류파와 반주류파 사이에 서로 양보하라고 으르렁거리는가 하면, 요즘 여론조사에서 대선후보로 인기가 치솟고 있는 지사와 시장까지 여차하면 당내 경선에서 한판 붙어보자고 나서는 판이니까요!"

"그래서 곧 한나당이 두나당으로 박살날 거라고 매스컴에서 떠들어대고 있으니, 우리는 구경만 하다가 굿판이 끝나면 떡이나 줏어먹는 거죠! 하하하!"

그러자 원내대표가 이렇게 맞장구를 치며 웃음을 터뜨렸다. 하지만 다른 참석자들은 매우 심각한 표정을 지은 채 이에 거들고 나서지 않았다. 그제야 당총재도 진지한 어조로 바꾸어 다시 말을 이었다.

"에, 얘기가 잠깐 샛길로 빠졌습니다만, 우선 현재의 전체적인 야당 상황을 점검하고 나서, 우리 당의 대책을 논의해보심이 어떻겠습니까?"

"좋습니다. 먼저 지난 4월 11일의 19대 국회의원 총선에서 기막힌 선거 결과가 나왔지요! 그간은 항상 여대야소거나 야대여소였는데, 최근에 여당 국회의원 한 분이 세상을 뜨는 바람에 현재는 여당이 149석! 제1야당인 우리 당을 포함해서 야당도 149석인 여야 동수! 그러니까 여대야대라고나 할까요? 하하하!"

"하하! 하지만 우리가 110석이나 차지했으니까 앞으로 여당이 개헌같은 술수는 어림없게 됐지요!"

"한데 문제는 제2 제3 제4 제5 군소야당들이 4월의 국회의원 총선에서 야권 단일화를 이룰 적에 대폭적으로 양보한 만큼, 이번 대선에서의 야권 후보는 우리 더러 포기하라고 벌써부터 난리법석을 떨어 대니 말입니다.!"

"허참! 미친 놈들! 아니 제1야당 더러 그런 어불성설이 어디 있어요?"

"누가 아니랍니까? 지난 4월 총선에서 군소야당들이 합쳐서 39석 이나 얻은 건 제1야당인 우리 국주당의 희생적인 양보로 일궈낸 기적 인데, 지금에 와서 대권후보를 내놓으라고 찍자 붙는 건 순 도둑놈들 심뽀예요! 안 그렇습니까?"

국회에서 툭하면 멱살잡이 같은 몸싸움꾼인 총무가 당장 그들에게 붙을듯이 양복 소매를 걷어붙이며 언성을 높였다.

"아아! 그런 말같잖은 말엔 대응할 필요조차 없어요! 그러니까 흥 분은 좀 가라앉히시구...!"

당대표가 총무를 말리고 나서자 그제야 고문이 좌중을 둘러보고 나서 무겁게 말을 꺼냈다.

"에, 하지만 문제는 이번 대선에서도 반드시 야권후보 단일화를 성사시켜야 한다는 겝니다. 지난 역사를 돌아볼 것도 없이 야권분열 은 오직 자멸을 초래할 뿐이니까요! 그런데 군소에서 저리 나오니까 우리로서는 특단의 묘안이 있어야 한다는 겝니다."

"고문님께서 옳으신 말씀을 하셨습니다. 그래서 오늘의 대책회의 가 매우 중요합니다. 좋으신 의견이 있으시면 기탄없이...!"

당대표가 고문이 개진한 의견을 옹호하고 나서자 곧 회의판은 중 구난방으로 시끄러워졌다.

"어림없는 소리지요! 정권을 바꿀 수 있는 절호의 찬스인데, 제1야당인 우리한테 대권후보를 포기하라니요?"

"암만! 엿장수 맘대로요? 우리 당은 4월 총선에서처럼 여론조사에 의한 단일화 방안을 무조건 밀고 나가야 합니다!"

"제1야당 후보가 물러난다는 건 소가 웃을 일이예요! 거참! 진보쪽 애들은 사사건건 막무가내니, 이번 기회에 아예 저들과 단절함이 어때요?"

"허허! 빈대 잡자구 초가삼간을 태울 수는 없는 법이지요! 정치란 타협으로 문제를 풀어야 하는 법! 그렇게 막가파로 나아가다가는 우리도 이로울 게 없다구요!"

"맞습니다. 정치의 묘미는 막판뒤집기에 있지요! 그러니까 아직 마지막 패를 꺼내기엔 이른 감이 있으니, 좀더 추이를 지켜본 후에 군소정당들과 협상을 해도 늦지 않을 겁니다. 그럼 오늘의 회의는 이쯤에서 마치는 게 어떻겠습니까?"

이윽고 벽시계를 쳐다보며 당대표가 제의하자 좌중은 모두 고개를 주억거리며 동의를 표했고, 땅땅땅 의사봉 두드리는 소리가 실내에 울려퍼졌다.

여기는 여의도 모 빌딩의 지하식당가에 위치한 설렁탕집의 으슥한 내실! 그 주인은 지난 4월 국회의원 총선에서 낙선한 진보성향의 정치꾼으로 4년 후의 권토중래를 위해 여의도를 떠나지 못하고 설렁탕집을 개업했는데 나름 성황을 이루고 있었던 것이다.

지금 시각은 밤 11시로 일반 손님은 끊어지고 드디어 군소야당의 비밀회동이 시작되었다. 오늘의 사회자 격인 제3야당의 대표가 먼저

서두를 떼었다.

"역시 국주당과 선자당은 끝내 불참인 모양이니, 그럼 우리끼리 회의를 시작합시다!"

"선자당이야 태생이 보수쪽이니까 나홀로 간다고 치더라도 국주당이 이렇게 나와서는 안되는 일이죠!"

이때 제4야당의 대표가 운을 떼자, 기다렸다는 듯이 제5야당 대표가 이렇게 맞장구를 쳤다.

"맞아요! 지난 총선에서 의석 좀 늘렸다고 교만을 떠는 모양인데, 실은 열참당 사람들이 헤쳐 모여서 간판만 바꾼 주제들이 아닙니까?"

"아하! 평양감사도 제가 싫으면 그만이라는데, 그까짓 일로 더 이상 왈가왈부할 것 없이 우리들만이라도 한번 뭉쳐 봅시다!"

이윽고 제3야당 대표가 주의를 환기시키자, 제4 제5 야당 대표도 고개를 끄덕이며 서로 시선을 맞추었다.

"그렇다면 이런 상황에서 우리들의 갈 길을 모색하자는 게 오늘 회동의 목적이지요! 좋은 의견이 있으시면 말씀들 해주세요!"

다시 사회자 격인 제3야당 대표가 입을 열자, 제4 제5 야당대표가 다투듯 답변을 쏟아냈다.

"에, 지금 여당에선 친주류파와 반주류파가 쪽박을 깨고라도 각각 대권 도전에 나설 모양이고, 제1야당인 국주당은 당권을 틀어진 대표가 대권후보까지 거머쥘 예상인가 하면, 선자당은 3수생까지 갈 모양이니까, 이리 되면 이번 12월 대선은 춘추전국시대가 될 게 뻔하지 않습니까? 그렇다면 우리들도 각당 후보를 내는 게 어떻습니까?"

최근 야권의 대선후보 여론조사에서 뜻밖에도 1위를 달리고 있는 제5야당 대표가 장광설을 늘어놓자, 제4야당 대표가 낯색을 붉히며 언성을 높였다.

"뭐라구요? 야권분열이야말로 야당의 무덤이 되는 걸 몰라서 하는 말씀입니까? 2010년의 지자체선거에서 지방정권을 창출한 것도, 지난 4월의 국회의원 총선에서 한국 정치사상 최초로 '여대야대'라는 희한한 결과를 가져온 것도 다 야권 단일후보를 만든 덕택이 아닌가요?"

"그야 물론 그런 방식으로 야권이 재미를 좀 봤지요! 하지만 이번 대선은 상황이 달라졌다 이겁니다. 여당도 분열되는 판이고, 제1 제2 야당이 저리 나오는데 우리들만 언제까지나 단일화의 희생양이 될 수 있느냐 말입니다!"

두 당의 대표가 왈가왈부 서로의 뜻을 굽히지 않자, 드디어 사회를 맡은 제3야당 대표가 우울하게 말꼬리를 접었다.

"좋습니다! 어차피 국주당과 선자당이 빠진 이상 우리들만의 야권 후보 단일화란 의미가 없는 셈이지요! 그러니 우리 모두 함께 각개전투로 뛰어봅시다! 국민들의 선거인심이 여당 편들었다가 야당 편들었다가 종잡을 수 없으니, 한번 모험을... 아니 기적을 기대해보는 거지요! 한국 선거사상 최초로 군소정당에서 대통령이 나올지 누가 압니까? 하하!"

"예에! 여당이 교만해지면 야당에게 표를 몰아주고, 야당이 까불면 여당을 살려주니, 도대체 한국 유권자들은 우리 정치인들을 갖고 노는 것 같은 무서운 생각도 든다니까요!"

결국 야권 군소정당의 대선후보 단일화를 위한 모임은 이렇게 끝장이 나버리고 말았던 것이다. 이리하여 여권과 야권의 대선후보 단일화 노력은 올여름의 장마와 무더위 만큼이나 지루하게 공방을 거듭했지만 끝내 성사되지 못하고 말았다. 그래서 결국 각당 후보들은 출마 시한을 앞둔 무렵에야 결판이 났는데, 수없이 엎치락뒤치락 끝에 확정된 후보들은 쪼개진 여당의 후보 둘에 탈당 무소속까지 3명이 출사표를 던졌고, 급조된 간판을 단 야당까지 무려 8명과 선거 때마다 나타나는 요상스런 무소속 후보까지 꼽아 이번 대선의 출마자는 15명에 이르는 진풍경을 연출했던 것이다.

바로 이런 어처구니없는 대한민국의 18대 대통령 대선가도에 정말 엉뚱한 사태가 벌어졌으니, 그것은 2030 세대가 주축이 된 40세의 최연소 대선후보의 출현이었다.

이런 기이한 사건의 시발점은 아주 사소한 일에서 시작되었다. 한국 소설가들의 친목단체에서 총무이사를 역임한 바 있는 최원일 소설가는 30년간 서울시내의 공립고교에서 국어교사로 재직하다가 몇년 전에 명퇴했는데, 바로 그가 20여년 전에 근무한 비룡고등학교의 제자가 졸업 20주년 행사를 앞두고 찾아왔던 것이다.

"선생님! 비룡고 문예반장이었던 한국일입니다. 선생님께서 명퇴하셨단 소식은 들었습니다만, 그간도 안녕하셨습니까?"

"오오! 내가 그때 문예반을 담당했었지. 그래 오랜만에 웬일인가?"

"그간 찾아뵙지 못해 죄송합니다. 실은 저희가 비룡고를 졸업한

지 20주년이 됩니다. 제가 우리 기별동창회의 총무라서 선생님께 조언을 듣고 싶어서요. 최근에 선생님께서 〈대한민국 최원일 대총무〉란 책을 내셨더군요?"

"으음! 작가가 소설은 못 쓰고 그런 엉뚱한 책을 썼네만, 제자가 마침 잘 왔군!"

"네! 실은 진작에 선생님을 뵙고 싶었지만 선생님과의 약속을 못지켜서...!"

"하하! 자네도 나처럼 소설가가 되라고 한 나의 부탁 말인가?"

"네! 전문대 문예창작과를 졸업했지만 지금은 저의 모교인 비룡고등학교의 총동창회 사무실에서 10여년째 총무직을 맡고 있을 뿐이라서요!"

"오호! 그래? 그렇다면 더욱 잘 됐네!"

"네에? 잘 되다니요? 선생님!"

한국일 제자가 의아한 눈길을 보내자, 최원일 소설가는 요즘 베스트셀러인 그의 새로운 저서 〈대한민국 최원일 대총무〉를 한권 꺼내어 사인을 해서 내밀며 엄숙하게 말했다.

"에, 자네의 졸업 20주년 행사는 이 책을 읽어보면 될 터이니 그리알고, 그래 비룡고 총동창회의 회원이 모두 몇 명인가?"

"졸업생 수가 8만명이 넘지만 현재 5만명 정도와 연락이 닿고 있습니다."

"으음! 그럼 자네 대통령 한번 해볼 생각없나?"

"뭐라구요? 선생님! 무슨 농담을 그리 하세요? 하하!"

제자인 한국일이 웃음을 터뜨리며 어이없어 하자, 은사인 최원일 소설가는 아주 진지한 어조로 말을 이어갔던 것이다.

"에, 모교의 5만명 총동창회의 총무를 한다면 5천만의 총무도 해낼 수 있지 않은가?"

"5천만의 총무라구요?"

"그래요! 이번 대선 선거판 돌아가는 꼴을 보니까, 그간 역대 선거의 나쁜 점만 모아놓은 것 같네! 여당은 분당에 무소속으로 뛰쳐나가 3파전을 이루고, 야당은 또 어떤가? 저마다 잘났다고 갈가리 찢겨 어중이 떠중이 몽땅 덤벼드는가 하면, 각설이처럼 또다시 나타난 무소속에...!"

"네! 그래서 이번 대선의 후보가 역대 선거 중에 가장 많이 입후보할 거라고 벌써부터 시끄럽지요!"

"그러니까 내 말은 자네가 졸업 20주년을 맞는다면 현재 우리 나이로 마흔 하나! 만으로 마흔이니까 대선 출마를 할 수 있지?"

"네! 그렇습니다. 선생님과 헤어진 지 엊그제 같은데 말입니다."

"미국 오바마 대통령도 40대에 대통령이 됐고, 영국의 어느 수상은 서른 몇엔가 된 적이 있지...? 그러니까 이번에 대한민국에서 세계 최초 선거로 뽑은 최연소 대통령을 해보란 말일세!"

"에이! 선생님! 아무리 소설가이시지만 너무 오바하십니다. 저같은 고등학교 총동창회 총무가 어떻게 그런 꿈을...! 술이나 한잔 하게 나가시지요!"

하도 어처구니가 없어 한국일이 자리에서 일어나며 말하자, 최원일 소설가도 따라 일어서며 말했다.

"좋네! 우리 집앞에 좋은 호프집이 있으니 그리로 가지! 다음 구체적인 얘기는 거기서 하세!"

이리하여 호프집으로 자리를 옮긴 스승과 제자는 피처로 주문한 호프를 잔에 따라 쭈욱 들이키고 나서 하던 대화를 계속했다.

"물론 자넨 컴퓨터 정도는 잘 하겠지? 나도 웬만큼 하니까 말일세!"

"네! 저의 세대야 못한다면 당장 낙오자가 되죠!"

"그래서 얘긴데 지난번 미국 대선에서 뭐라 구호를 내세워 당선했는지 알지? 〈예스! 위 캔!(Yes! We Can!) 우리는 할 수 있다!)였네!"

"압니다. 그럼 저희는 〈우리는 바꿀 수 있다!〉가 어떻습니까? 기존의 모든 나쁜 것을 확 뜯어고치는 겁니다."

"바로 그거야! 지금까지의 후진적 정치 경제 사회의 관행들을 다 바꿀 수만 있다면, 모든 유권자들은 쌍수를 들어 환영할 게 아닌가?"

이제 조금씩 더 술기가 오르자 스승과 제자는 더욱 기고만장해서 아이디어를 쏟아냈다.

"이번 내 책에 다 쓰여 있네만 그간 나는 살아오면서 대학의 국문과 기별동창회를 시작으로 초중고대학의 학연모임, 종친회를 비롯한 가족회 처가회 등 혈연모임, 고향의 군민향우회 같은 지연모임, 30년 교직생활에서 만난 직장모임뿐 아니라, 그밖에 최고 많이 할 땐 48개의 총무를 동시에 맡은 적이 있네. 그래서 얻은 노하우인데 대통령도 총무처럼 한다면 반드시 성공한 대통령이 될걸세!"

"총무같은 대통령이라구요?"

"으응! 말하자면 '대한민국 대총무' 가 되는거지. 근데 그러자면 총무의 3대 조건이 뭔지 아나? 첫째가 '신속' 하게 일처리를 하는 걸세!

한국인들은 매사에 빨리빨리 해야 직성이 풀리지! 외국여행을 가보면 현지 가이드가 하는 한국말에 '빨리빨리 식사하세요! 빨리빨리 모이세요! 빨리빨리 따라오세요!' 하고 외치더라구! 그런데 총선이나 지자체 선거에 참패하고서 개각을 하는데 두어달씩 질질 끄는 우리 대통령을 보면 온 국민이 속터진단 말이야! 한국인의 속성을 몰라도 너무나 몰라요!"

"하하! 선생님! 다음 조건은 무엇입니까?"

"둘째는 각종 일처리나 예산을 집행할 때 정확하고 투명하게 해서 회원들에게 '신뢰'를 받아야 하네! 대통령이 취임초엔 인기가 하늘을 찌르다가도 곧 바닥으로 추락하는건 신뢰도가 떨어졌기 때문이야!"

"그럼 마지막 세번째는 뭔가요? 선생님!"

"그건 미래에 대한 '비전'을 제시해야 하네! 가령 우리 동창회의 연회비를 지금은 5만원을 받지만, 5년 후부터는 매년 1만원씩 낮춰서 10년이 지나면 나처럼 연금생활하듯이 연회비 없이도 동창회를 꾸려갈 수 있게 알뜰히 기금을 조성한다고 공약을 내걸고 그대로 실천한다면 어떻겠는가?"

"아! 대통령이 된다면 국가예산을 흑자로 운영해서 세금을 줄여나가다가 종국엔 무세금의 유토피아를 건설한다는 말씀이죠?"

"하하! 거기까지는 안 돼도 소위 세금폭탄이란 아우성이 터져나오게 해선 안되지!"

"네에! '신속! 신뢰! 비전!' 이 총무의 3대조건! 아니 대통령의 조건이 되기도 한다는 말씀이군요?"

"으음! 하지만 모든 모임 회칙엔 부칙이 있듯이 그것만으론 2% 부족이야!"

"선생님! 그건 또 뭡니까?"

"총무는 모든 회원을 끌어안는 '포용력'이 있어야 하네! 미운놈 고운놈 따지지 않고 요즘말로 '소통'을 하는 거지! 따라서 전직 어느 대통령처럼 편가르기를 하면 절대 실패해요! 아울러 총무는 회원들의 '경조사'를 잘 챙겨주어야 한다구! 그러니까 대통령은 국민들의 애환을 잘 헤아릴 줄 알아야 한단 말일세!"

"하아! 선생님! 그렇다면 선생님께서 이번 대선에 나가보시죠? 이런 아이디어와 공약을 내건다면 새바람을 불러 일으킬 것 같은데요?"

"에끼! 이 사람아! 새 술은 새 부대란 말 못들었나? 모든 걸 바꾸려면 자네들처럼 때묻지 않은 새로운 세대가 나서야 하네!"

그리하여 48개 총무의 달인 스승 최원일 소설가와 5만명의 모교 고등학교 총동창회의 총무인 한국일 제자가 의기투합한 결과는 어찌 되었던가?

제18대 대선의 후보자 등록마감이 겨우 두어달 남짓 남은 어느날 트위터에 태풍이 불어닥쳤다. 그런데 그 내용은 다음과 같았다.

〈대한민국 총무들은 다 모여라!

드디어 우리가 나설 때가 됐습니다! 18대 대선후보인 〈대한민국 대총무〉를 뽑기 위해 우리 모두 함께 합시다! 운운...〉

그러자 순식간에 전국 각지의 온갖 모임의 총무들이 마치 다단계 조직처럼 50여만명이나 결집하여 카페 '인터넷 총무세상'을 개설했고, 기존의 차떼기 같은 검은 정치자금의 유입없이도 대선 공탁금의 몇배나 모금이 이루어진 것이었다. 더욱 놀라운 일은 2030 세대뿐 아니라 기존 정당이나 정치꾼들에 염증을 느낀 405060을 넘어 언젠가 '어르신들은 투표장에 나오시지 말고 집에서 푹 쉬시라!' 는 막말까지 들었던 노인층 유권자들까지 호응하고 나서자 매스컴에서는 난리법석을 떨어댔다. 그래서 '대한민국 대총무' 로 선출되어 대선 후보가 된 한국일 총무의 기자회견이 열렸는데...!

"KMS TV의 OOO기자입니다. 우선 출마의 변을 듣고 싶습니다."

"네! 우리나라 근세사 100년을 돌아볼 때 일제 36년의 식민지 시대와 6.25전쟁을 겪고도 우리는 세계경제와 올림픽에서 10위권이란 자랑스런 기적을 이루었지만, 정치 만큼은 아직도 후진성을 벗어나지 못하고 있습니다. 바로 이것을 우리 〈대총연대(대한민국 총무연대)〉가 바꾸려는 것입니다. 이를 위해서 저희들은 '총무정신' 을 발휘하여 〈우리는 바꿀 수 있다!〉는 캐치프레이즈를 내걸고, 이번 대선에서 반드시 승리를 쟁취할 것입니다!"

"조중동 신문의 OOO기자입니다. 하지만 선거란 막강한 여당과 야당이 있는데, 어떻게 이런 선거에서 이긴다고 장담하는지 얼핏 수긍이 가지 않습니다. 무슨 비책이라도 있나요?"

"그건 지난 60여년간 대한민국의 선거사를 분석해 볼 때 '정권심판론' '여당견제론' '야당생존론"에서 근래엔 '전쟁론' '평화론' 까지 내세웠는데, 우리는 조국과 민족의 최대 숙원인 남북통일을 위해 '통일론' 을 제시하는 바입니다. 더구나 북쪽에서도 20대의 지도자가 나타났으므로 우리 역시 최연소인 40세 대통령이 탄생한다면 아마도 통일의 길은 의외로 쉽게 열릴 것이라고 확신하는 바입니다. 바로 후보인 저의 이름이 한국일 아닙니까? 그러니까 한국을 하나로 만들어야죠!"

"YBN 케이블의 OOO기자입니다. 하지만 설사 대통령에 당선된다고 해도 단 한명의 국회의원이나 지자체장을 갖지 못한 '대총연대'로서 어떻게 국정을 이끌어 갈 겁니까?"

"아! 그건 걱정없습니다. 우리에게 현재의 여당과 야당은 적이 아닙니다. 우리 함께 국정을 맡아 서로 힘을 모아갈 우당(友黨)이니까요."

'대총연대' 한국일 대선후보의 이런 기자회견에 좌중에서는 폭소와 박수가 함께 터져 나왔는데, 정말로 이번 대선의 기류는 종래와 영 딴판으로 흘러가는 게 감지되었다. 즉 여당 견제 대신 야당 견제라든지, 현 정권의 심판보다 야당 지방권력의 심판이라든지 하는 지난 선거와는 아주 양상이 달랐던 것이다. 말하자면 유권자들의 표심이 여야 모두를 향해 정치불신이 극도에 달했다는 것을 암시하면서, 앞으로 밀어닥칠 정치 쓰나미의 징조가 엿보였다고나 할까?

다시 말해서 현재까지 대한민국에 뿌리박아 온 20세기적 정치방식인 내부 권력투쟁의 정치, 정책과 능력보다 '고소영, 강부자'로 회자되는 조직과 학연과 인맥에 집착하는 정치, 당내 경선에서만 이기면 되는 정치, 지역바람을 이용하는 정치, 젊은 세대를 포퓰리즘이나 색깔론으로 이용하는 정치는 머잖아 혹독한 심판을 받을 것이라는 경고의 메시지임을 깨달아야 할 것이었다. 따라서 이런 과거의 정치기준으로는 정치의 방식이라 할 수 없는 '비정치의 방식'을 개발해야 한다고 어느 신문사의 논설위원이 이미 설파했지만, 18대 대선에서 '대총연대'의 선거운동 방식은 기존과는 너무나 달라 21세기 글로벌 대한민국을 이끌어갈 방안으로 유권자들에게 선풍적인 새바람을 일으켰던 것이다.

"대총연대를 믿어주십시오! '우리는 바꿀 수 있습니다!'

첫째 부정부패 안 합니다. 최저생계비로도 버티는 88만원 세대인데, 억 소리나는 돈을 어찌 무서워서 먹겠습니까?

우리는 성희롱 발언 같은 건 절대 없습니다. 애인이나 아내들한테 당장 쫓겨나려구요?

우리는 단지 일자리를 원합니다. 대기업들의 고액연봉을 자율조정해서 2030 백수들에게 더 많은 일자리 기회를 주고 싶을 뿐입니다. 우리는 부모님에게 효도하듯이 국민님께 '아바타 정치'로 효도하겠습니다. '아름답고 바르고 타인을 배려하는 정치'를 말입니다."

이런 구호와 정견을 터뜨리며 마치 인기가수가 전국순회 콘서트를 하듯이 축제와 같은 전국 지방유세와 인터넷 그리고 트위터를 활용한 SNS식 첨단적 선거운동을 하자, 다른 정치권 후보들은 어안이 벙벙해졌던 것이다.

"이게 무슨 날벼락인가? 10년 전 '노풍' 보다도 훨씬 쎈 허리케인이 아닌가?"

"이러다가는 제2의 천안함 사건으로, 서울 근교까지 장사정포를 때려도 '역풍'을 기대할 수 없겠는걸!"

여당과 야당은 모두 사색이 되었고, 이런 상상초월의 선거바람은 대선 투표일 오후 6시 정각에 방송 3사의 출구조사 결과에서부터 여지없이 확인되었던 것이다.

"이건 선거혁명입니다! 아니 일종의 선거 쿠테타이지요! 이제야 대한민국의 경제와 스포츠 수준에 걸맞는 정치개혁이 이루어진 것이죠!"

온갖 매스컴에서 불어내는 나팔소리가 아니라도 18대 대선으로 한국의 정치 역사는 다시 쓰여지게 되었는데, 그로부터 반년쯤 후에 남북의 2040 지도자들의 정상회담이 성사되었던 것이다.

6자회담의 주체인 미일중러의 눈치를 따돌리기 위해 개성공단의 임원으로 가장한 한국일 대통령의 고교시절 은사 최원일 소설가는 특사로서 평양을 방문했는데...!

그간 북한의 국빈들이 묵었던 백화원 초대소는 새봄을 맞아 온갖 기화요초가 만발한 무릉도원과 같았다. 바로 이곳에서 최원일 특사는 권력을 승계한 위원장의 인척으로 북측의 최고 실세인 부위원장과 저녁 식탁에 마주 앉았다.

"최선생께서는 남측 한국일 대통령 고교 때 은사님이시라구요? 오시느라 수고가 많으셨습네다."

먼저 부위원장이 미소를 띠우며 입을 열었다.

"아닙니다. 차로 몇 시간이면 오는 길인데...! 이젠 정말 남북이 자유왕래하는 세상이 되었으면 하는 생각이 들었습니다."

"그래야디요. 참 요번 남측의 18대 대선에서 최연소 40세 대통령이 당선되어 취임을 했으니께니, 우리 북남은 고저 20대와 40대의 젊은 지도자가 탄생한 셈이디요. 아마 세계에서 이런 예는 전무후무

한 일이 될겁네다.”

“그래서 요즘 남쪽에선 2040 세대의 두 지도자가 우리 민족의 숙원인 통일의 위업을 이루어낼 거라고 벌써 기대들이 아주 크답니다.”

“아암! 그래야지요. 우리 민족화합의 단초가 된 6.15선언이 발표된 지 벌써 13주년이나 되지 않았습네까?”

“네! 그간 남북간에 우여곡절도 많았으나, 서로 손만 잡는다면 당장 새로운 세상이 열릴 것입니다.”

“그점에 대해선 우리도 많은 연구를 했디요. 지속적인 개성공단과 금강산 관광 재개로 숨통이 트인 북남 사이에 호상적 협력을 한다면...!”

북측 부위원장이 반주로 들쭉술 병을 들어 최원일 특사의 잔에 따르며 말을 이었다.

“...우선 농업 분야에서 남쪽은 농촌 인구의 고령화로 고민이 크다고 들었습네다. 여기에 우리측의 협동농장 일꾼들은 내려보낸다면...!”

“그뿐입니까? 남측의 기술력과 북측의 노동력을 결합한다면 남북이 하나의 경제권으로 통합되어, 연간 1조 달러로 조만간 세계 무역 7위권 안에 들 수 있을 거구요!”

“암튼 북남과 재외 동족 등 8천만이 하나가 되어 세계로 뻗는다면 우리 민족이 주체가 되어 세계에 일떠서게 될 것입네.”

“그런걸 우리는 글로벌이라고 합니다. 우리 두 사람이 이에 대한 좋은 방안을 논의했으면 합니다.”

바로 이때 밖에서 인기척이 들리며 문이 열리더니, 앳된 청년같은 주인공이 나타났던 것이다. 그러자 부위원장이 반가이 일어서며 말했다.

"위원장 동지! 오셨습네까? 남측 특사 최원일 소설가 선생이십네다."

"반갑습네다. 식사는 잘 드셨는디요?"

"안녕하십니까? 입맛에 딱 맞아 평소보다 과식한 듯합니다."

"하하! 두 분이 마치 구면의 친구처럼 보이십네다. 좋은 말씀을 나누신 모양이디요?"

"우리 북남이 어떻게 하면 잘 살게 될 것인가에 대하여 담화를 나누었디요."

"우리 대통령께서 기탄없이 흉금을 털어놓고 다 이야기 하라고 하셨습니다."

그러자 위원장은 최원일 특사의 바로 곁에 앉으며 두 사람에게 들쭉술을 따르고 나서 입을 열었다.

"고모부! 저도 한잔 괜찮겠지요?"

"고럼요! 취할 때까지 마셔도 좋습네다. 취중진담이란 말도 있지 않습네까?"

"그럼 제 술부터 한잔 받으시죠. 제가 소설가라선지 술을 무척 좋아합니다."

이윽고 세 사람은 술잔을 들어 건배를 한 다음에 거푸 석 잔이나 원샷으로 마셨다. 그제야 다시 위원장이 말을 꺼냈다.

"저의 아바이께선 저에게 통큰 정치를 하라고 말씀하셨습네다. 고래서 남측 선생님께 묻습네다. 대통령께서 제게 원하는 게 무엇입네까?"

그 순간 특사 최원일 소설가는 자리를 고쳐 앉아, 위원장에게 시선을 보내며 진지한 어조로 말했다.

"네에! 조국과 민족의 번영을 위해 남북이 하나가 되는 통일을...!"

"그건 저의 할아버지와 아바이께서도 염원하신 과업입네다. 아직도 제 귀에 생생한 할아버지의 말씀! 모든 인민이 이밥에 고깃국 먹고 북남통일을 이루는 게 염원이시라고...! 또한 아바이께서는 강성대국이 되어 외제의 침략없는 세상을 기필코 만드시겠노라고...!"

"이제 그러한 소망을 3대인 위원장께서 이룰 때가 되신 것이디요."

"네! 해방 60여년이나 흘렀지만 기성세대로선 도저히 풀 수 없었던 난제였으나, 지금의 남북 두 지도자들께선 가능한 일이라고 생각합니다. 지구상에 단 하나 남은 남북분단의 비극은 이젠 끝내야 합니다."

"좋습네다! 우리 한번 일내 봅세다! 금년 6월 15일에 제가 남측을 방문하여 정상회담을 갖도록 두 분께서 주선해주시기 부탁드립네다."

"아니! 그렇게 빨리 깜짝 방문을...?"

"정말 그리 하시겠습니까?"

순간 북측 부위원장과 남측 최원일 특사가 거의 동시에 외쳤다.

한국일 내통녕의 특사 최원일 소설가가 평양방문을 마치고 돌아온 다음날 매스컴은 남북정상회담의 뉴스로 벌집을 쑤신듯 발칵 뒤집혔고, 동시에 세계의 톱뉴스가 되어 지구촌을 술렁이게 했던 것이다. 그리고 드디어 2013년 6월 13일에 북측 위원장이 남측 대통령과 서울에서 남북정상회담을 위해 만났다. 1차회담을 마친 그날 저녁 청와대의 환영 만찬회장에서 나란히 선 두 정상은 대국민 환영사와 답방사를 했는데...!

"...본인은 오늘 반만년 우리 역사에서 가장 감격과 자랑스런 자리에 섰습니다. 일제 36년의 암흑기를 거쳐 다시 분단 60여년만에 남북의 정상이 통일을 위하여 만남을 가졌기 때문입니다! 이렇게 역사적인 방문을 해주신 데 대하여 먼저 감사드리며, 뜨거운 박수를 부탁드립니다...!"

먼저 남측의 40세 젊은 대통령의 환영사가 끝나자, 이어서 북측의 청년 위원장이 답방사를 시작했다.

"...이처럼 열렬한 환영에 고동치는 가슴을 억누르며, 일찍이 부친께서 2000년 6.15 선언 때 김대중 전 대통령께 약속하신 답방을 이제야 지키게 되었음을 기쁘게 생각하는 바입네다. 이제 시대와 세대를 뛰어넘어 우리는 하나된 조국통일을 위해 북과 남이 함께 손잡고 나아갈 것입네다...!"

그리하여 3박 4일간의 남북정상회담에서 합의된 통일선언의 골자는 다음과 같았다.

2013년 6.15 통일선언

60여년 분단된 조국과 민족을 위하여 남북(북남) 두 지도자는

2013년 6월 13일부터 15일까지 서울에서 개최된 정상회담에서 아래와 같이 합의하고 이에 '6.15 통일선언'을 공표한다.

첫째, 해방 70주년이 되는 2015년 6월 15일에 남북(북남)통일을 한다.

둘째, 이를 위하여 앞으로 2년의 시한 동안에 통일작업을 완료한다.

셋째, 남북(북남)은 민족해방일 광복절인 오는 8월 15일부터 경제협력과 자유왕래를 실현한다.

넷째, 남북(북남)은 이번 정상회담에서 평화협정을 체결하고, 쌍방의 국방력을 절반으로 축소한다.

다섯째, 남측은 북측에 필요한 식량 등 물자를 지원하고, 북측은 남측에 필요한 농업일꾼 등 인력을 지원한다.

이상의 합의사항은 남북(북남)공동으로 서명과 동시에 효력을 발생한다.

3박 4일의 남북정상회담이 끝나는 날 위와 같은 공동선언문이 발표되었는데, 그 동안에 두 지도자의 인기는 마치 연예인처럼 치솟아서, 남측 대통령과 북측 위원장은 청소년들로부터 심지어 '오빠! 오빠!' 하는 아우성까지 들었던 것이다.

그로부터 2년 후 2015년 6월 15일은 우리나라의 새로운 국경일로 〈통일절〉이 제정되었으니, 남북과 세계의 재외 한국인들이 외치는 만세소리는 지구촌을 뒤흔들었다고나 할까?

에필로그 – 소설가의 꿈은 이루어진다! (원제-「통일절」 2010 한국소설 10월호)

한류드라마와 K-POP!
다음은 한류소설이다!

성 암(작가)

2015년 '통일가족' 탄생! 이제는 '통일남북' 이다!
무형제 상팔자? 넌덜머리나는 5형제의 50년 갈등과 불
화의 세월! 그러나 설추석 명절의 차례와 부모님의 제
사로 '통일가족' 이 탄생한다! 남북분단 70주년에 한맺
힌 7천만 민족의 70년 고통과 아픔의 역사! 이제는 '통
일남북' 으로 끝장내야 한다!

지난 2012년에 '작가는 오직 작품으로 말해야 한다'며 출생년도, 출신지, 학력, 성별도 안 밝히고 베일에 숨어 독자와 직접 소설로만 소통하고자 한다'는 비밀의 작가! 그래서 작가 이름도 '오(Oh)! 새로운(New) 소설(Novel)을 쓰고 싶다'는 뜻으로 '오뉴벨'이란 필명으로 지었다는 그(그녀?)의 〈2011 카뮈문학상 대상 수상작〉인 〈통일절(One Korea Day)〉이란 작품집으로 화제를 불러 일으켰던 작가 이은집이 다시 오뉴벨의 필명으로 이번엔 〈광복70주년 기념소설〉로 〈통일가족 통일남북(One Family One Korea)〉을 들고 나와 주목을 끌고 있다.

〈2015년 '통일가족' 탄생! 이제는 '통일남북'이다!

무형제 상팔자? 넌덜머리나는 5형제의 50년 갈등과 불화의 세월! 그러나 설추석 명절의 차례와 부모님의 제사로 '통일가족'이 탄생한다! 남북분단 70주년에 한맺힌 7천만 민족의 70년 고통과 아픔의 역사! 이제는 '통일남북'으로 끝장내야 한다!〉

이 소설집은 광복70주년을 맞아 '통일남북'을 염원하는 민족의 소망을 통쾌한 풍자와 아슬아슬한 수위를 넘나드는 총 11편의 도발적 파격적 충격적인 '재미+의미+감동'의 레시피로 새로운 한류소설들을 선보이고 있는 것이다.

세계를 휩쓰는 한류드라마와 K-POP! 다음은 한류소설이다!

작가의 이런 구호처럼 '한국소설 100년사에 가장 핫(뜨거운)한 젊은 소설'의 잔치를 벌이고 있는 〈통일가족 통일남북〉은 한국 최초로 명명된 〈한류소설〉 11편이 담겨 있다.

이 책의 표제작인 〈통일가족〉은

'시골에서 5형제의 셋째아들로 태어난 범수는 천재 소리를 들을만큼 영민하여 일찌기 서울살이를 한 큰형님의 덕택으로 대학까지 졸업하고 고교 국어교사가 되어 개천에서 용이 났다고나 할까? 하지만 브로커인 큰형에게 사기를 당한 빚쟁이의 행패! 노름으로 패가망신한 둘째형과 목사로 보증을 서달라는 손아랫동생 그리고 막내동생에게까지 넌덜머리나는 갈등과 불화에 시달리게 되는데...!

창작 메모 - 한 가족의 운명적인 애증사를 통하여 남북분단 70주년 간에 한맺힌 7천만 민족의 70년 고통과 아픔의 역사를 패러디해 보았다.

위에서 작가가 소개한 것처럼 이 작품은 한 가족사를 통하여 남북으로 분단된 조국의 비극을 패러디하기도 한다.

또한 2010년 〈한국소설〉에 발표하여 화제를 불러 일으켰던 〈통일남북(원제-통일절)〉은 〈2012년 총선과 대선! 넌덜머리나는 이 나라의 정치판에 대한민국 유권자가 뿔났다! 그리하여 대지진 같은 정치

쓰나미가 휩쓸면서 대한민국에는 최연소 40대 대통령이 탄생한다! 그래서 2040세대 젊은 남북지도자의 정상회담으로 광복 70주년이 되는 2015년에 3.1절, 제헌절, 광복절, 개천절에 이어 새로운 국경일인 '통일절'이 제정된다!)는 가상소설로, 가히 도발적이고도 충격적인 이 소설에 대하여 서연주 평론가는 이렇게 평했다.

'우선 만만치 않은 입담으로 이야기꾼의 면모를 보여주는 오뉴벨의 〈통일절〉은 기발한 아이디어가 흥미로운 작품이다. 기존 정치판에 실망한 '48개 총무의 달인인 스승 최원일 소설가와 5만명의 고등학교 총동창회의 총무인 한국일(韓國一) 제자가 의기투합한 결과 〈신속! 신뢰! 비전!〉을 바탕으로 정치적 새바람을 일으켜 한국일이 최연소 대통령이 된 후, 20대의 북한 지도자와 함께 평화통일을 이룩한다는 내용이다. 현실 반영적 소재를 차용하여 재치있게 이야기를 몰고 가는 품이 맛깔나 시원스레 읽힌다."

이런 오뉴벨 작가의 작품세계를 놓고 김홍신 소설가는 이렇게 평하기도 했다.

'모든 최초로 시도하는 것에는 새로운 관점, 도발, 열정, 충돌의 미학이 있다. 오뉴벨 작가가 최초로 시도하는 한류소설 〈통일가족 통일남북〉 또한 고정관념을 깨는 신선한 시도로 독자들은 뜻밖의 통쾌함을 느끼게 된다. 기존의 틀을 깨고 끊임없이 창의력을 발휘하는 작가의 열정으로 독자들은 놀라움과 즐거움을 느낄 것이다.'

그밖에 함께 수록된 10편의 소설들의 목록을 꼽으면 아래와 같다.

무궁화 머스매와 사쿠라 가시내 – 광복70주년인 2015년 한여름에 한수는 천만 뜻밖에도 고향의 신문사 기자로부터 해방되던 해에 헤어진 소꿉동무 하나꼬가 그를 찾는다는 전갈을 받고, 타임머신을 탄 듯 한수는 그 시절의 추억속으로 돌아가는데...?

제떡왕 김떡보 – 국민드라마 〈제빵왕 김탁구〉를 패러디한 소설로, 남성 드라마 작가와 뺑소니 운전사건으로 퇴출된 샛별 탤런트가 펼치는 감동적 드라마이다.

짐승의 나라 – 구청의 복지과 팀장으로 전보된 부하직원이 〈인간 쥐 과장〉의 강요로 부정부패에 휘말려야 되는 하소연을 듣는 나는 문득 문학을 꿈꾸던 시절에 사형수 작가가 감방에서 까치와 쥐로 변신한 허황된 이야기를 들었던 추억에 빠진다.

가면의 세상 – 국내 굴지의 연예기획사의 간판가수 하이나는 방송 출연에서 인기순위 1위가 되어 사장의 집무실로 호출된다. 그로부터 은밀하게 벌어지는 방송국 고위층과 재벌 2세와 정치판의 노리개로 전전하면서 '가면의 세상'에 살아가는 자신을 깨닫는데...!

메달 탄생 – 올림픽에서 한국의 메달 텃밭인 양궁 국가대표 선수들의 훈련과 2008년 베이징올림픽 양궁 남자단체전에서 금메달을 따내는 숨막히는 스토리!

문하생 – 베스트셀러 작가였던 유민하 교수가 문예창작과의 문하생을 보면서 자신의 문청시절과 천양지차로 달라진 요즘 문하생 모습에 아연실색하는데...!

홍짱수련관 – 딸봉 한유복 선생은 거짓말로 화장실에 간다고 나가 수돗물로 배를 채우는 제자를 고의적 수업방해로 오해하고 무지막지한 체벌을 가한다. 그후 기업가로 성공한 제자는 고향에 〈홍의장군 수련관〉을 개관하여 한유복 선생을 관장으로 초빙하는데...!

너는 가수다 – 케이블 TV의 신인발굴 오디션 프로에서 사기를 당한 나영의 앞에 스타를 만들어 주겠다며 박태성이란 매니저가 나타나서 그녀에게 집요하게 목포에서 열리는 '난영가요제'에 출전할 것을 권유한다.

검은 백조 – M대학 학보사 편집국장인 한정필은 간밤에 캠퍼스의 중앙광장에 서 있는 모교의 설립자 민초 한신교 선생의 동상에 밧줄을 걸어 목매어 죽은 정진창 강사의 사건을 기사로 쓰려고 컴퓨터 앞에 앉았으나 한 줄도 못쓰고 망연자실해 있을 뿐이다.

통일남북 – 48개 총무의 달인인 스승 최원일과 5만명의 고교총동창 회 총무인 한국일 제자가 의기투합하여 〈신속! 신뢰! 비전!〉을 바탕으로 정치적 새바람을 일으켜 2012년에 한국일이 40대 최연소 대통령으로 당선하여, 20대의 북한 지도자와 남북통일을 함으로써 새로운 국경일 〈통일절〉의 제정은 과연 가능할까?

요즘 작가들과 문단에선 〈소설은 죽었다!〉고 한탄한다. 그만큼 소설이 안 읽히고, 소설책이 안 팔리기 때문이리라! 하지만 오뉴벨의 〈통일가족 통일남북〉은 독자를 단숨에 끝까지 끌고가는 작가의 입심과 작품의 파격적인 내용에 압도당한다. 그리하여 한 번 책을 펼쳐들면 정신없이 빠져들어 끝까지 독파하게 된다. 그렇다면 요즘 〈재미없는 한국소설〉에서 이 작가는 어떻게 탈출했을까?

이에 대한 해답은 그가 밝힌 〈작가의 말〉에서 '요즘 우리 나라의 드라마나 가요는 중국과 동남아 그리고 유럽과 아프리카 심지어 남미의 칠레에서까지 한류 열풍을 일으키고 있는 바, 이처럼 지구촌에 불어닥친 한류바람에 저의 한류소설도 함께 하고 싶다. 그리하여 저는 좀더 독자와 가까이 SNS식으로 다가가기 위해 소설의 주제와 소재는 물론 구성과 묘사를 독자의 눈높이와 언어감각으로 UCC처럼 리얼하게 파헤쳐, 얼핏 낯설지만 필살감동의 한류소설을 쓰고자 했다. 그래서 현재 지구촌을 휩쓰는 우리의 한류 드라마나 K-POP처럼 세계의 독자들에게도 어필하는 〈한류소설〉을 지향하는 바, 그 첫번째 평가를 독자 여러분의 몫으로 돌리고 싶다.' 는 고백에서 찾을 수 있다고 하겠다.

따라서 기교면으로 볼 때 〈가면의 세상〉 〈홍짱수련관〉 〈너는 가수

다〉에서 보여주는 신세대 주인공들의 인터넷식 용어의 사용은 작품
을 더욱 생동감 넘치게 한다. 이는 작가의 필명인 뉴벨(New Novel)
에 부합되는 기교로 젊은 독자들에게 매우 적절한 방법이 된다고 하
겠다.

다음은 적절한 소설의 지문과 영화나 드라마처럼 세련된 대화의
능란함에서 놀라운 가독성을 발휘한다. 이는 작가가 방송작가와 작
사가로도 활동하고 있다는 체험의 소산인지도 모른다. 암튼 요즘 기
성 소설가들과는 전혀 낯설만큼 새로운 소설작법임에 틀림없다.

또한 소재의 특이성과 기막힌 반전의 스토리 구성은 독자를 몰입
시키는데 크게 공헌하며, 무엇보다도 아슬아슬한 위험수위를 넘나드
는 파격적인 표현은 종래의 소설과는 아주 판이하다고 하겠다. 가령
20대 신인가수와 30대 재벌 2세가 벌이는 〈가면의 세상〉에서 성애
의 장면은 거의 포르노에 가깝지만, 그 독후감은 예술적 탐미주의를
느끼게 할 것이다.

〈"그리하여 그날밤에 하이나는 지난번 인기가요 프로담당 윗분과
는 정반대로 황태자와 무대공연을 펼쳤는 바, 그녀는 에덴의 이브가
될 때까지 그가 옷을 벗겨주는대로 온몸을 맡겼으며, 그녀의 뜨거운
육체가 재만 남을 때까지…! 황태자는 그녀의 혓뿌리까지 뽑아낼듯
딥키스와 그녀의 귓바퀴속을 역시 혓끝으로 소름이 끼치도록 후벼주
너니, 그는 삽사기 피에 굶주린 뱀파이어가 되어 그녀의 목털미와 유
방을 이빨과 입술로 선명한 자국과 핏멍울이 맺히도록 물어뜯고 빨

아주다가, 늘씬하게 펼쳐진 뱃가죽을 타내려 움푹 패인 배꼽을 다시 그의 혓끝으로 온몸이 자지러지도록 간지럼을 태워주었던 것이다. 그리고 잠시 쉬었다가 도톰하게 솟은 그녀의 잔디밭에 숨겨진 샘을 찾아 사막의 갈증난 카라반처럼 그녀의 이슬을 남김없이 마셔주었다. 그 다음에 황태자는 무릎을 꿇어 경건한 자세를 취하더니, 곧 그녀의 몸뚱이 위로 자신을 밀착시키면서 그의 육체에서 가장 예민한 반응으로 팽창된 부분을 하이나의 몸안에 삽입해 주었다. 그리고 그의 결렬한 행위가 이어지자 하이나는 비명을 지를 정도의 고통과 환희에 빠졌다. 평소에 배설의 용도로만 쓰이던 곳에 그와 반대로 남자의 심벌이 파고드는 상황이 벌어지자, 그만큼 충격적 아픔과 미칠듯한 쾌감이 교차되었던 것이다. 그런데 흔히 남자들은 여자와의 이런 행위를 가리켜 '따먹었다' 고 자랑하는데, 지금은 반대로 그녀가 그를 '따먹었다' 고나 할까? 왜냐하면 분명히 그녀는 그의 성기를 질벽까지 깊숙히 흡인하여 현란한 기교로 항복의 눈물까지 흘리게 했기 때문이다. 암튼 그녀는 그날밤에 황태자가 온갖 열정을 바쳐 베풀어 주는 섹스파티를 즐겼던 것이다.〉

〈이미 몇년전에 박홍보이사에게 실습(?)을 받았기 때문이랄까? 아니 어차피 이쪽 판에서 놀자면 그건 피하기 힘든 관문이 아닌가? 그렇다면 정말로 이 일은 그녀가 무대에 올라 노래를 부르듯 혼신의 열정을 다 쏟아야 할 것이었다. 그녀는 윗분의 옷을 한 꺼풀씩 벗겨낸 다음에 물수건을 만들어 마치 염을 위해 영안실의 시체를 닦아내듯 정성스럽게 씻었다.

"야아! 너 선수니? 솜씨가 장난이 아닌데...? 흐흐!"

그동안 쌓인 스트레스가 싹 풀리는듯 윗분이 신음처럼 내뱉었다.

"호호! 이런 경험이 많으신가 보죠? 전 지금 무대에서 노래를 부른다고 생각하걸랑요."

"뭐? 무대에서 노래를...?"

"네! 저의 열정을 다해 노래하듯 이 순간에도 최선을 다 하는 거라구요."

그리고 그녀는 오늘의 무대의상과 화장을 한 채로 입술과 혀로 윗분에게 딥키스를 퍼붓고 나서, 목을 지나 가슴에 맺힌 젖꼭지와 더 내려가 배꼽을 농락하다가, 그 아래 간헐적으로 헐떡대는 생명체를 입안에 가득 베어물었다가 내뱉기를 반복했다.

"으윽! 오늘 네가 부른 노래가 '사랑에 미쳤나봐!' 였지? 정말 그런 기분인데...!"

그가 온몸을 비틀며 몸부림칠수록 하이나도 노래의 클라이막스를 향해 열창하듯 그녀의 행위를 고조시켰다. 그랬다. 정말로 침대는 화려한 조명이 번쩍이는 무대가 되었고, 두 몸뚱이가 빚어내는 섹스는 그녀와 무용수가 함께 격렬하게 이어가는 노래와 춤과 다를 바 없던 것이다. 이윽고 한바탕 태풍이 무대를! 아니 침대를 휩쓸고 지나가자 윗분이 기진맥진해서 중얼거렸다.

"연예인중 최고는 뭐니 뭐니 해도 가수라더니, 진짜 그렇네! 하악! 하악!"〉

인용이 다소 길어졌지만 이런 작가의 파격적 묘사는 그 유례가 드물다고 하겠다. 그뿐 아니라 국민 드라마로 불리운 〈제빵왕 김탁구〉를 패러디한 소설 〈제떡왕 김떡보〉와 2008년 베이징올림픽에서 우리나라의 남자양궁이 단체전에서 금메달을 따낸 〈메달 탄생〉이나, 부정부패한 공직사회를 파헤친 〈짐승의 나라〉에서는 마치 한 편의 다큐멘타리를 보듯이 박진감 넘치는 상황설정과 세밀한 형상화는 서사문학인 소설의 극지점에 도달했다고 하겠다.

아울러 예술을 꿈꾸는 주인공들의 열정과 절망이 활화산의 용암처럼 분출하는 〈문하생〉 〈너는 가수다〉는 그 분야의 직종에 실제로 종사했다고 해도 그토록 처절하고도 감동스럽게 작품화하기는 어렵지 않을까 싶을 정도로 놀라운 필력을 발휘한다고 하겠다. 그리하여 작가가 소망한대로 〈도발적 파격적 충격적인 '재미+의미+감동' 의 레시피로 새로운 한류소설의 요리를 선보인다〉고나 할까?

그래서 최근 어느 작가가 지적한대로 현재 〈재미없는 한국소설〉은 영화나 드라마의 원작으로부터 버림받았을 뿐 아니라 독자들한테도 외면당하여, 이젠 소설이 작가들끼리 돌려보는 외톨이가 된 현실에서 작가 오뉴벨의 〈통일가족 통일남북〉은 하나의 구원이자, 한류드라마와 K-POP의 뒤를 이어, 지구촌에 퍼져나갈 최초의 〈한류소설〉이 되어 줄 것을 기대하는 바이다.*